올마이어의 어리석음
Almayer's Folly

올마이어의 어리석음

조셉 콘래드
Joseph Conrad

원유경 옮김

보르네오섬
Borneo

싱가포르
Singapore

쿠칭
Kuching

수마트라섬
Sumatera

바타비아
(Batavia/Jakarta)

세마랑
Semarang

마두라
Madu

수라바야
Surabaya

보고르
Bogor

자바섬
Java

＊작품의 주요 지영

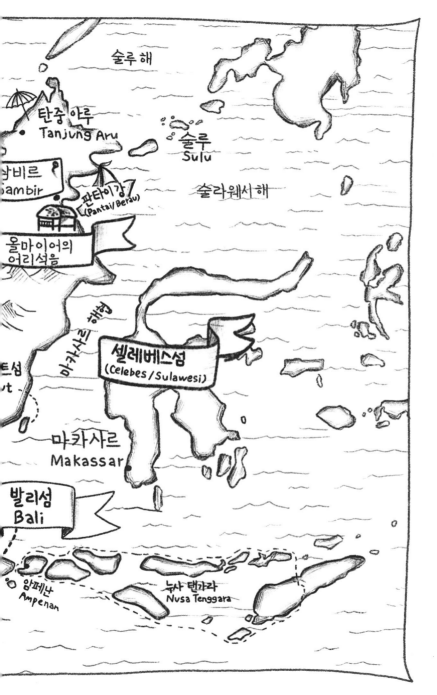

차례

제1장 · · · · · · · · · · · · · · · · · · 9

제2장 · · · · · · · · · · · · · · · · · · 36

제3장 · · · · · · · · · · · · · · · · · · 57

제4장 · · · · · · · · · · · · · · · · · · 79

제5장 · · · · · · · · · · · · · · · · · · 98

제6장 · · · · · · · · · · · · · · · · · 121

제7장 · · · · · · · · · · · · · · · · · 143

제8장 · · · · · · · · · · · · · · · · · 169

제9장 · · · · · · · · · · · · · · · · · 200

제10장 · · · · · · · · · · · · · · · · 232

제11장 · · · · · · · · · · · · · · · · 260

제12장 · · · · · · · · · · · · · · · · 294

옮긴이의 말 · · · · · · · · · · · 333

용어 정리 · · · · · · · · · · · · · · 341

제1장

"카스파! 식사해요!"

익숙한 날 선 목소리에 올마이어는 화려한 미래의 꿈에서 화들짝 깨어나 현실로 돌아왔다. 수년간 들어온 그 불쾌한 목소리는 해가 갈수록 더 지긋지긋해지고 있었다.

하지만 이 모든 것은 이제 곧 끝날 테니 상관없었다.

그는 초조하게 발을 바닥에 문질렀지만 부르는 소리에 더 이상 신경을 쓰지는 않았다. 베란다 난간에 팔꿈치를 대고 눈앞에서 무심하고 급하지만, 한편으로는 도도히 흐르는 위대한 강을 지긋이 바라볼 뿐이었다. 일몰 무렵에 강을 바라보는 것은 마냥 기분 좋은 일이었다. 마지막 기운을 뻗치며 작열하는 태양이 판타이 강 위로 황금빛 색조를 퍼트리는 것을 볼 수 있기 때문이다. 올마이어는 강을 바라보며 종종 황금에 대한 생각에 빠지곤 했다. 그는 황금을 얻는 데 실패했었다. 다른 사람들은 ―물론 부정직한 방법을 쓰긴 했지만— 그 황금을 차지했는데 말이다. 이제 그는 자신과 니나를 위해 정직하게 노력해서 황금을 확보할 작정이었다.

올마이어는 다시금 오랜 세월 살아온 이 해안을 벗어나 부와 권력의 꿈속으로 빠져들었다. 그간 마주했던 쓰라린 노동과 투쟁의 현실은 멋지고 화려한 환상 속으로 사라졌다. 이제 그와 그의 딸은 부유해져 존경받으며 유럽에서 살게 될 것이었다. 백인 남성과 말레이 여성 사이에서 탄생한 혼혈에 대한 경멸 어린 편견이 아무리 심각해도 상관없었다. 딸의 빼어난 아름다움과 그의 엄청난 재력 앞에서 그 누구도 딸이 혼혈이라 생각지 않을 것이었다. 딸의 승리를 보며 그는 젊음을 되찾고 죄수처럼 느껴지는 이 해안의 비통한 25년 투쟁의 세월을 잊어버릴 터였다.

이 모든 것은 이미 자신의 손안에 들어온 것이나 다름없었다. 다인만 돌아온다면! 다인은 자신의 몫을 받기 위해서라도 빨리 돌아와야만 했다. 그런데 벌써 일주일이 지났다. 아마 오늘 밤엔 돌아올 것이다.

이러한 생각을 하며 올마이어는 인생의 마지막 실패작으로 벌써 썩기 시작한 그의 새집 베란다에 서 있었다. 넓은 강은 폭우로 강물이 불어난 탓에 황금빛 색조가 드리워지지 않았다. 무심한 시선 아래 넘실대는 진흙탕 강물 위로 작은 유목(流木)들과 생명이 없는 큼직한 통나무, 그리고 잎이 무성한 채 뿌리째 뽑힌 나무들이 떠내려가고 있었다. 강물은 화가 난 듯 소용돌이치며 포효했다.

떠내려가던 나무 가운데 하나가 올마이어의 가옥 바로 옆 완만한 강둑에 닿았다. 올마이어는 꿈에서 벗어나 별생각 없이 그것을 바라보았다. 나무는 "쉬 쉬" 소리를 내며 거품이 이는 강물을 천천히 돌았다. 그리고 이내 길쭉하고 헐벗은 나뭇가지를 손을 치켜들듯 들어 올리더니, 장애물들을 벗어나 천천히 하류로 흘러내렸다. 마치 강의 사나운 폭력을 말없이 하늘에 탄원하는 듯했다. 그는 갑자기 그 나무의 운명에 관심이 쏠려 물에 잠긴 나무의 밑동이 휩쓸려 내려가는지 보기 위해 몸을 기울였다. 나무가 휩쓸리자 이제 자유로이 바다로 나가겠구나 하는 생각을 하며 올마이어는 뒤로 물러섰다. 그는 깊어가는 어둠 속에서 작아지며 잘 보이지 않게 된 그 죽은 나무의 운명이 부러웠다. 나무가 완전히 시야에서 사라지자 그는 그것이 바다 어디까지 떠밀려갈 것인지 궁금해지기 시작했다. 북쪽 바다로 흘러갈 것인가? 아니면 남쪽 바다로? 어쩌면 마카사르 해협까지 떠내려가 셀레베스섬이 보이는 곳까지 흘러갈지도 모른다.

마카사르! 올마이어의 상상력이 활기를 띠며 나무는 멀

어져 갔다. 기억은 이십 년 전쯤으로 거슬러 올라가 온통 하얀 복장의 겸손해 보이는, 젊고 날렵한 과거의 자신을 떠올렸다. 과거의 그는 늙은 후디크의 부두 창고에서 행운을 잡아보고자 네덜란드 우편선에서 내려 마카사르의 흙투성이 방파제에 발을 디디고 있었다. 인생의 중요한 시점이자 새로운 삶이 시작되는 순간이었다. 그 당시 아버지는 보고르 식물원의 하급 관리였는데 아들을 큰 회사에 보내게 되었다고 무척 기뻐했었다. 젊은 그 자신도 자바섬의 오염된 해변, 시설도 좋지 않은 부모의 방갈로를 떠나는 것이 싫을 이유가 없었다. 그곳에서 부친은 하루 종일 원주민 정원사들이 어리석다고 투덜대고, 모친은 긴 안락의자에 파묻힌 채 자신이 성장한 암스테르담의 영광 그리고 담배 교역상의 딸로서의 위상을 잃어버린 것을 한탄하곤 했었다.

올마이어는 가벼운 마음과 지갑 그리고 영어와 산술 능력을 갖춘 채 세상을 정복할 마음의 준비를 했다. 성공할 것을 믿어 의심치 않으며 집을 떠났다.

그로부터 20년이 지났다. 그는 지금 보르네오의 밀폐된 듯 답답한 저녁 열기 속에 있었다. 즐겁지만 아쉬운 마음으로 후디크 회사의 높고 시원한 물류창고 이미지를 떠올리면서.

후디크의 부두 창고에는 양주 상자와 맨체스터 제품이 든 짐짝이 길게 줄지어 있었다. 거리의 번쩍이는 빛을 피해 창고로 들어서면 희미한 빛 속에서 기분이 쾌적해졌다. 상품 짐 더미 사이에 난간이 세워진 자그마한 공간에는 단정하고 깔끔한, 슬픈 눈빛의 중국인 서기가 앉아 시끄러운 소음 속에서 장부를 기입했었다. 중국인 서기는 일꾼들이 짐짝을 굴리며 시끄럽게 노래를 부르는 와중에도 말없이 신속하게 일 처리를 했다. 저쪽 끝에는 큼직한 문을 마주하고 울타리가 쳐진 큰 공간이 하나 있었다. 불이 환하게 켜져 있고 다소간 구별된 공간으로 소음도 덜했다. 여기서 후디크의 오른팔이자 천재적으로 일을 주관하는 출납원 빈크 씨의 감독 아래, 신중한 중국인들이 돈을 세며 쌓아두고 있었는데 길더 은화의 딸랑거리는 소리가 끊이지 않고 울려 퍼졌다.

올마이어는 그곳의 빈 공간에 책상 하나를 차지하고 있었다. 녹색 페인트칠을 한 작은 문에서 그리 멀리 떨어지지 않은 자리였다. 녹색 문 옆에는 붉은 터번을 쓰고 붉은 허리끈을 맨 말레이인이 서서 천장에 매달려 있는 작은 끈을 잡고 기계처럼 정확하게 위아래로 당겼다. 그 끈은 녹색 문 너머에 있는 큰 부채를 흔드는 용도였다. 부채의 시원한 바람이 향한 곳은 개인용 사무실로 쓰이는 한 공간이었다. 그곳에는 주인님으로 불리는 늙은 후디크가 시끄러운 대접을 받으며 왕처럼 앉아있었다. 푸른 안개 같은 담배 연기에 파묻힌 긴 테이블에는 다양한 모양의 병들과 기다란 물 주전자가 놓여있었고, 등나무 안락의자에는 사람들이 뻗은 채 떠들썩하게 이야기를 나누고 있었다. 때로 녹색 문이 활짝 열리며 후디크가 손잡이를 잡고 머리를 내밀곤 했다. 그럴 때마다 그는 빈크 씨에게 은밀하게 툴툴거리듯 말을 건네거나 물류창고로 천둥 치듯 지시를 내려보냈다. 망설이는 낯선 이를 흘깃 보고는 다정한 포효 소리를 내며 그를 맞이하기도 했다. "환영하오, 까삐딴! 어디서 왔소? 발리에서 왔나? 상아는 갖고 왔어? 난 상아를 원해. 당신이 가진 것 전부! 하! 하! 하! 들어오시오!" 후디크의 말이 끝나기가 무섭게 낯선 이가 끌려 들어갔고 폭풍 같은 외침 속에 문이 닫혔다. 문 바깥은 여느 때의 소음이 되돌아왔다. 노동자들의 노랫소리, 통이 굴러가는 소리, 펜이 신속하게 움직이는 소리. 무엇보다 집중하고 있는 중국인들의 손가락 사이로 큼직한 은화의 딸랑거리는 소리가 음악처럼 끊임없이 들려왔다.

그 무렵 마카사르는 사람들이 들끓는 활기를 띤 교역 장소였다. 스쿠너를 호주의 해안에 정박하고 돈과 모험을 위해 말레이 군도를 침범하던 모든 대담한 인간들이 몰려들던 요지였다. 그들은 무모하고 사업에 맹목적으로 열광하며, 여러 해안에 출몰하고 있던 해적들과의 충돌도 개의치 않고 신속하게 돈을 벌면서, 교역과 방탕을 즐기기 위해 만(灣)에서 '랑데부'를 하곤 했다. 네덜란드 상인들은 그런 사람들을 '영국 보부상'이라고 불렀다. 물론 그들 가운데 신사 계급 출신으로 그런 유형의 삶에 매력을 느끼는 이들도 있었지만, 대부분은 선원 출신이었다. 가장 유명한 인물은 톰 링가드였는데, 말레이인들은 정직한 사람이든 사기꾼이든 조용한 어부든 끔찍한 해적이든 모두가 그를 '라자-라우트(The Rajah-Laut)', 즉 '바다의 왕'이라고 불렀다.

올마이어는 마카사르에 온 지 삼 일이 채 지나기도 전에 그에 대한 이야기를 듣게 되었다. 그의 탁월한 사업 능력과 연애담, 술루 해적과 필사적인 싸움을 벌였다는 이야기, 그리고 정복한 해적의 프라우선(船)에서 찾아낸 한 여자아이. 오랜 접전 끝에 그 배에 올라가 해적들을 모두 바다로 몰아냈을 때 발견한 그 아이에 대한 낭만적인 이야기도 들었다. 소문에 의하면 그는 그 아이를 입양해 자바섬의 한 수녀원에서 교육을 받게 하고, '나의 딸'이라는 호칭을 쓰는 등 각별한 애정을 쏟았다. 그는 고국 땅으로 돌아가기 전에 딸아이를 백인과 결혼시키고 가진 전 재산을 그녀에게 남기겠다는 엄숙한 맹세를 했다.

빈크 씨는 고개를 옆으로 젖힌 채 진지하게 "링가드 선장은 돈이 엄청나게 많아. 엄청나지. 후디크보다도 훨씬 더 많아!"라고 말했었다. 그리고 잠시 침묵한 후, 그런 믿을 수 없는 말을 들은 이들을 충격에서 벗어나게 하려는 듯이 "있잖아. 그는 강을 하나 발견했거든."이라고 속삭이듯 설명을 덧붙였었다.

바로 그거였다! 그는 강을 하나 발견한 것이다! 그 사실이 바로 늙은 링가드가 바다의 다른 흔한 모험가들, 낮에는 후디크와 교역을 하고 밤에는 순다 호텔의 넓은 베란다 아래에서 샴페인을 마시며 도박을 하고 시끄러운 노래를 불러대며 혼혈 여자들과 사랑을 나누던 사람들보다 훨씬 우월한 이유였다.

그는 맨체스터 제품과 황동으로 된 징, 총과 화약 같은 선별된 뱃짐을 자신이 발견한 강의 입구로 가져갔다. 동료들이 자정에 흥청망청 술을 마시고 잠든 사이에, 그가 직접 지휘하는 쌍돛대 범선 플래시 호가 정박지에서 조용히 사라지곤 했다. 그는 술을 얼마를 마셨든 전혀 흐트러지지 않았고 동료들이 테이블 아래 취해 쓰러져 있는 걸 보고는 배에 오르곤 했다. 많은 이들이 그를 쫓아가서 구타페르카, 등나무, 진주조개, 새집, 밀랍과 고무나무 수지가 가득한 그 풍요의 땅을 찾아내려고 애썼다. 그러나 그 작은 플래시 호는 바다에서 모든 배들을 따돌렸다. 어떤 이들은 그를 쫓다 길을 잃고, 화창하게 미소 짓고 있는 바다의 잔인한 마수에 가진 것을 모두 잃고 가까스로 목숨만 구해, 알려지지 않은 모래톱과 암초에 좌초되어 슬픔에 빠지기도 했다. 또 어떤 이들은 아예 단념해 버리기도 했다. 약속의 땅으로 들어가는 입구를 보초처럼 지키고 있는 초록의 평화로운 작은 섬들은, 차분해 보이지만 냉혹한 열대 자연림의 속성을 보이며 비밀을 지켰다.

그렇게 링가드는 자신의 비밀스럽지만 아이러니하게도 모두가 알고 있는, 공개된 탐험을 떠났다가 돌아오곤 하였다. 그 대담한 모험과 링가드가 벌어들이는 엄청난 수익을 보고 올마이어는 그를 영웅으로 떠받들게 되었다. 링가드가 창고로 가서 빈크 씨에게 "안녕하신가?"라고 인사를 내뱉거나, 초록색 문 뒤에서 협상하기 위한 예비 단계로 떠들썩하게 "어이, 늙은 해적 양반! 아직 살아있나?"라고 외치며 후디크를 만날 때, 올마이어에게 그는 정말 위대한 인물처럼 보였다.

사람들이 다 떠난 밤, 조용한 창고에서 ―하숙집 주인인 빈크 씨와 함께 차를 타고 귀가하기 전에― 서류를 치우던 올마이어는 사무실에서 들리는 열띤 논쟁 소리에 귀를 기울이곤 했다. 마치 뼛조각 하나를 놓고 서로 싸우는 두 마리 마스티프 개처럼 후디크는 깊고 단조롭게, 링가드는 말을 끊어가며 포효하듯 으르렁거리고 있었다. 그것을 가만 들어보는 올마이어의 귀에 이는 타이탄 거인족의 언쟁 —신들의 전쟁— 처럼 들렸다.

일 년쯤 지난 후, 링가드는 일 때문에 자주 접촉하던 젊은 올마이어를 갑자기 총애하기 시작했다. 보는 이들로서는 이를 납득하기가 어려웠다. 하루는 밤늦게 친한 친구들과 순다 호텔에 있던 링가드가 술잔을 들어 올마이어에게 찬사를 보냈다. 그러더니 어느 화창한 날 아침에 "저 젊은 친구를 화물관리인으로 써야겠어. 선장의 서기 같은 직책이지. 나를 위해 문서 쓰는 일을 도맡게 해야겠네."라고 선언함으로써 빈크 씨와 후디크를 깜짝 놀라게 했다.

올마이어는 젊은이들이 당연히 그러하듯 변화를 갈망하던 차에, 그의 제안이 싫을 이유가 전혀 없어 얼마 되지 않는 짐을 싸서는 플래시 호에 올랐다. 늙은 선원 링가드는 말레이 군도의 거의 모든 섬을 방문하곤 했는데, 올마이어는 그 긴 항해 가운데 하나를 함께하게 된 것이었다. 몇 달이 흐르고 링가드와의 우정은 더 깊어지는 듯했다. 때로, 섬에서 뿜어져 나오는 짙은 향기가 담긴 희미한 밤바람이 불어와 평화롭고 별이 반짝이는 하늘 아래 배가 조용히 흘러갈 때면, 링가드는 도취된 듯 올마이어와 배의 갑판을 거닐면서 자신의 마음을 터놓곤 했다.

그는 자신의 흘러간 지난 인생 —가까스로 위험을 모면했던 일, 교역에서 남긴 큰 이익, 앞으로 더 큰 수익을 가져올 새로운 제휴 등— 에 대해 이야기를 했다. 그중에서도 딸 이야기를 자주 했다. 갑작스레 아버지로서의 애정을 과시하며 해적선에서 발견한 소녀에 대해 이야기하며, "지금쯤 다 커서 여인이 되었을 거야."라고 덧붙이곤 했다. "그 아이를 본 지 거의 사 년은 족히 되는 것 같아. 올마이어! 이번 여행에는 반드시 수라바야를 거쳐 갈 거야." 그렇게 선언한 후 그는 "무슨 수를 써야 해, 무슨 수를."이라고 혼잣말을 하며 선실로 들어가 버리곤 했다. 그는 여러 차례 무슨 말을 하려는 것처럼 힘찬 "에헴!" 소리로 목청을 가다듬으며 빠른 속도로 다가왔다가 홱 돌아서 가버리고는, 침묵 속에 방파벽에 기대어 있거나 몇 시간씩 미동도 않은 채 배 옆을 따라오는 바다의 윤슬과 반짝이는 빛만 응시하여 올마이어를 놀라게 하곤 했다. 링가드가 은밀하게 시도해왔던 '수'가 성공한 것은 수라바야에 도착하기 바로 전날 밤이었다. 그는 목청을 가다듬은 후 말을 꺼냈는데, 뭔가 의도하는 바가 있는 듯했다. 그는 올마이어가 자신의 양녀와 결혼하기를 원했던 것이다. 깜짝 놀란 젊은이가 뭐라 말할 틈도 주지 않고 그는 갑자기 "자네가 '백인'이라고 해서 그냥 차버리지는 말게!"라고 외쳤다. "나한테는 안 통해! 누구도 자네 아내의 피부색을 따지지 않을 거야. 정말이지, 그러기엔 돈이 너무 많거든. 그리고 자네 알아두게. 내가 살아있는 한 돈이 더 쌓일 거야. 카스파! 수백만 달러는 될 거라고. 수백만 달러! 그 모든 게 딸아이 것이고, 내가 말한 대로만 한다면 또 자네 것이 되는 거지."

뜻밖의 제안에 깜짝 놀란 올마이어는 멈칫하며 잠시 말이 없었다. 강렬하고 활발한 상상력을 지닌 그는, 그 짧은 순간에 눈부신 불빛이 터져 나오듯 빛나는 길더 은화가 무더기로 쌓여있는 장면을 보았다. 그는 부유하고 풍성한 삶이 가져올 모든 가능성을 실감했다. 자신에게 너무도 잘 어울리는 느긋하고 편안한 삶, 선박들, 물류창고들, 상품들…… 게다가 먼 미래가 되겠지만 ―늙은 링가드가 평생 살지는 못할 것이다― 그 어떤 것보다 더 멋진, 동화 속 궁전 같은 암스테르담의 대저택이 그의 눈앞에 떠올랐다. 이 꿈같은 지상천국에서 자신은 늙은 링가드의 돈으로 왕처럼 살며 엄청난 영광 속에서 여생을 보내게 될 것이다.

배에 가득한 해적들의 유산인 그 말레이 여성을 평생의 동반자로 맞이하는 그림의 다른 면에 대해서 그는 마음속으로 자신이 백인이라는 데서 오는 수치심을 의식하며 혼란스러웠다. 그러나 사 년간 수녀원에서 교육을 받았다는 것! ―그리고 고맙게도 그녀는 죽을 수도 있다. 그는 늘 운이 좋지 않았던가, 돈이 곧 힘이다! 해보자! 왜 못해?― 그는 자신의 화려한 미래로부터 그녀를 배제하며, 그곳이 어디든 간에 어딘가로 가둬두리라는 막연한 생각을 했다. 아무튼 수녀원에서 교육을 받았든 말았든, 결혼식을 치르든 말든, 그의 동양인에 대한 사고방식으로 볼 때 노예에 불과한 이 말레이 여성을 제거하는 것은 무척 쉬운 일 같았다.

그는 고개를 들어 초조해하면서도 성이 나있는 선원을 마주보았다.

"저야 ―물론― 원하시는 대로 하겠습니다, 링가드 선장님."

"자네, 나를 '아버지'라고 부르게. 그 아이처럼." 마음을 가라앉힌 늙은 모험가가 말했다. "자네가 거절할지도 모른다는 생각을 안 했다면 거짓말이지. 카스파, 잘 듣게. 나는 내가 하고자 하는 일은 꼭 해내는 사람이야, 그러니 자네가 거절해봤자 소용없었을 거야. 하지만 자네도 바보는 아니지."

그는 그 순간을 ―링가드의 표정, 억양, 어휘, 그로 인한 자신의 내면의 섬세한 변화, 그때의 주변 상황까지도― 잘 기억하고 있었다. 범선의 좁고 기울어진 갑판, 조용히 잠들어 있는 해안, 떠오르는 달빛을 받아 황금빛 막대를 간직한 매끈하고 검은 바다 수면. 그는 그 모든 것을 기억했다. 자신의 손안에 던져진 행운과 미친 듯 황홀했던 그때의 기분도 잘 기억하고 있었다. 그 당시 그는 바보가 아니었으며, 지금도 그렇다. 지금의 불행은 단지 상황이 그에게 맞지 않았던 것뿐이다. 재산이 사라졌어도 희망은 남아 있었다.

밤공기에 올마이어의 몸이 떨렸다. 해가 진 직후 짙은 어둠이 반대편 해변의 윤곽을 완전히 지워버리며 강 위로 내려앉았음을 갑작스럽게 깨달았다. 라자의 구역을 둘러싼 방책 바깥에서 사람들이 마른 가지를 태우고 있었고, 그 불빛으로 인해 주변을 둘러싼 나무들의 울퉁불퉁한 줄기가 언뜻언뜻 드러났다. 유목들이 강의 중간쯤에 붉게 빛나는 얼룩을 지나, 꿰뚫을 수 없는 듯한 어둠을 통과해 바다로 급히 흘러갔다.

그 순간 자신을 몇 번씩이나 소리쳐 불렀던 아내의 목소리가 희미하게 떠올랐다. 아마 저녁밥을 먹으라는 거겠지. 새로운 희망이 싹트는 가운데 과거의 잔해를 명상하느라 바빴지만, 그는 집으로 돌아갔다. 시간이 많이 늦어

있었다.

그는 사다리를 향해 느슨한 널빤지 위로 조심스럽게 발걸음을 옮겼다. 발소리에 놀란 도마뱀 한 마리가 구슬픈 소리를 내며 강둑에 자라는 기다란 풀들 사이로 서둘러 도망쳤다. 그는 조심스럽게 사다리를 내려왔다. 이제 돌과 썩어가는 널빤지와 톱질을 하다 만 목재가 엉망으로 쌓여 있는 울퉁불퉁한 땅에서 넘어지지 않으려고 애쓰는, 현실의 삶으로 완전히 되돌아온 것이다.

그가 "나의 옛집"이라고 부르는 현재 거주하는 가옥 쪽으로 돌아섰을 때, 강의 어둠으로부터 찰싹찰싹 노 젓는 소리가 들려왔다. 물살이 세지는 이 늦은 시각에 누군가 강에 있다는 것에 의아해하며 길에 가만히 멈춰 서서 귀를 기울였다. 점점 노 젓는 소리가 선명하게 들려왔다. 낮은 어조로 재빨리 주고받는 말소리와 그가 서있는 강둑에 흐름을 거스르며 카누를 대느라 거칠어진 호흡 소리까지도 들렸다. 아주 가까운 거리였음에도 너무 어두운 데다가 늘어진 나뭇가지가 시야를 가려 아무것도 알아볼 수가 없었다.

올마이어는 "아랍인들이겠지."라고 중얼거리며 짙은 어둠을 응시했다. "이 시간에 뭘 하는 거지? 압둘라가 또 장사를 벌이는 건가, 그 망할 인간!"

이제 카누는 아주 가까이 와 있었다.

"아, 여봐! 자네!" 올마이어가 소리쳤다.

사람들의 목소리가 끊겼지만 격렬하게 노 젓는 소리는 여전했다. 그때 올마이어 앞의 덤불이 흔들리더니 카누에 노가 떨어지며 내는 날카로운 소리가 조용한 밤에 울려 퍼졌다. 이제 그들은 덤불을 휘어잡고 있었다. 어두운 강둑 위로 한 사람의 머리와 어깨의 불분명한 형체가 드러났다.

"거기, 압둘라인가?" 올마이어가 주저하며 물었다.

"투안 올마이어, 당신은 지금 친구와 이야기를 하고 있어요. 여기 아랍인은 없습니다."

올마이어의 심장이 크게 뛰기 시작했다.

"다인!" 그가 소리쳤다. "마침내! 결국! 나는 매일 밤낮으로 당신을 기다리고 있었소. 하마터면 당신이 안 온다고 포기할 뻔했어요."

"그 어떤 일도 제가 여기 돌아오는 걸 막을 수는 없어요." 라고 다인이 다소 거칠게 대답했고, 이내 속삭이듯 중얼거렸다. "목숨이 달린 문제라 해도요."

"친구끼리 하는 말이오, 좋은 뜻으로." 라고 올마이어가 호쾌하게 말했다. "오시느라 무척 힘들었을 텐데 돌제에 보트를 대고 내 구역에서 부하들한테 밥을 짓게 합시다. 집에서 그동안 못다 한 이야기를 나누죠."

하지만 그는 초대에 아무런 반응이 없었다.

"무슨 일이 있소?" 올마이어가 불안한 듯 물었다. "범선에 뭐 문제가 있는 건 아니겠지요."

"범선은 오랑 블란다(Orang Blanda, 네덜란드 백인)가 절대 손댈 수 없는 곳에 있습니다." 다인이 어딘가 음울한 어조로 말했지만 올마이어는 들뜬 나머지 이를 눈치채지 못했다.

"그럼 됐어요." 올마이어가 말했다. "부하들은 다 어디에 있는 거요? 당신 말고 두 사람뿐이네."

"투안 올마이어, 내 말 좀 들어봐요." 다인이 말했다. "내일 해가 뜨면 나는 당신 집에 와 있을 거요. 그때 이야기를 나누죠. 지금은 라자에게 가야 해요."

"라자에게? 왜? 라캄바와 무슨 이야기를 나누려고?"

"투안! 내일 친구로서 이야기합시다. 오늘 밤엔 라캄바를 만나야 합니다."

"다인, 모든 준비가 다 된 지금, 나를 버리려는 건 아니겠지요?" 올마이어가 애원하는 듯한 목소리로 말했다.

"내가 돌아왔잖아요! 하지만 당신을 위해서, 또 나를 위해서 먼저 라캄바를 만나야 합니다."

그의 머리가 그림자같이 홱 사라졌다. 노 젓는 이가 덤불을 쥐고 있다가 내려놓자 덤불이 튕겨 나와, 앞으로 몸을 숙여 카누를 들여다보려던 올마이어에게 흙탕물을 뿌렸다.

강에는 반대편 기슭에 누군가가 피워놓은 장작불로 인해 빛이 생겨 있었다. 잠시 후 다인이 타고 있는 카누는 그 한 줄기 빛 속으로 쏜살같이 들어갔다. 배에는 모두 세 명의 남자가 타고 있었다. 두 남자가 몸을 숙이고 노를 저었고 마지막 남자는 뱃고물에서 키를 돌리며 방향을 잡았다. 마지막 남자는 우스꽝스러울 정도로 거대한 버섯처럼 생긴 큼직한 둥근 모자를 쓰고 있었다.

올마이어는 빛을 통과한 카누가 시야에서 사라지게 될 때까지 시선을 떼지 않았다. 잠시 후 사람들이 모여 웅얼거리는 소리가 강 너머에 있는 그에게까지 들려왔다. 강 저편에서는 사람들이 타오르는 장작더미 앞에서 횃불을 들어 올리고 있었다. 잠시 방책의 입구가 환해졌는데 그곳에 꽤 많은 사람이 몰려있었다. 그러고는 곧, 다들 어딘가로 사라졌다. 횃불도 사라지고 여기저기 흩어진 불이 희미하고 산발적으로 번쩍일 뿐이었다.

올마이어는 불안한 마음을 안고 집으로 성큼성큼 발걸음을 옮겼다. 분명 다인은 자신을 배신하지 않을 것이다. 말이 안 된다. 다인과 라캄바 모두 자신의 계획을 성공시키는 것에 상당한 관심을 보였었다. 그의 생각에, 말레이인들을 믿는 것은 별로 탐탁스럽지 않지만, 사람은 누구든 어느 정도 생각이 있고 자신의 이익을 챙길 줄은 아는 법이다. 모든 게 잘 될 것이다, 잘 되어야만 한다, 이런 생각을 하며 그는 집 베란다로 올라가는 계단에 이르렀다. 그가 서있는 낮은 돌출부에서는 강의 양쪽 지류를 다 볼 수 있었다. 라자의 구역은 불이 완전히 꺼져 판타이 강의 본류가 완전한 어둠 속에 잠겨있었다.

그러나 삼비르 유역으로 시선을 돌리니 강둑 위로 말레이인들의 집이 촘촘하고 길게 늘어서 있는 것이 보였는데, 여기저기 대나무 벽 틈으로 희미한 불빛이 반짝이고, 강 쪽으로 세워진 초소 위에서는 횃불 하나가 연기를 내며 타오르고 있었다. 더 멀리, 낮은 절벽으로 섬이 끝나는 곳에 말레이식 가옥들 위로 우뚝 솟은 시커먼 건물의 집합체가 보였다. 널찍한 공간과 단단한 지반 위에 굳건히 세워진 그곳, 파라핀 램프 덕분인지 강렬하고 하얗게 타오르는 불빛이 명멸하는 그곳은 삼비르의 위대한 무역상 압둘라 빈 셀림의 집과 창고였다. 올마이어에게는 역겨운 장면이었다. 번창함을 과시하는 가운데 차갑고 건방지며, 올마이어 자신의 몰락을 경멸하는 듯 보이는 그 건물들을 향해 그는 주먹을 흔들었다.

그는 천천히 자기 집 계단을 올라갔다.

베란다 한가운데 둥근 테이블이 있었고 그 위에 놓인 갓

이 없는 파라핀 램프가 벽의 세 면을 환히 비추고 있었다. 다른 한 면은 강을 향해 트여 있었다. 급경사진 지붕을 받치는 거친 기둥 사이에 찢어진 등나무 가리개가 걸려 있었다. 램프에서 나오는 강하고 눈부신 불빛이 천장이 없는 서까래 사이로 스미는 어둠과 함께 은은한 불빛으로 희미하게 희석되고 있었다. 정면의 벽은 중앙 통로로 이어지는, 붉은 커튼이 드리워진 입구를 기준으로 둘로 나뉘어 있었다. 아내와 딸의 거처는 뒤뜰과 조리실로 통하는 중앙 통로 쪽으로 열려있었다.

한쪽 벽에는 오랫동안 열리지 않았던 것처럼 보이는 문이 하나 있었는데, 그 먼지투성이 문에는 반쯤은 지워져 버린 '사무실: 링가드 앤 컴퍼니'라는 글자가 남아있었다. 다른 벽에는 휘어진 목재로 만든 안락의자 하나가 바짝 붙어 있었고, 베란다 쪽으로 테이블 옆에 팔걸이 나무의자 네 개가 누추한 환경이 부끄러운 듯 황량하게 흩어져 있었다. 매트 더미가 한쪽 구석에 쌓여있었고, 그 위로 낡은 그물침대 하나가 대각선으로 느슨하게 매달려 있었다.

다른 구석에는 올마이어의 노예 —올마이어는 집안 노예를 "내 사람들"이라고 부르곤 했는데— 인 말레이인이 머리에 붉은 캘리코 천 조각을 두르고 팔다리가 안 보이게 웅크린 채 잠이 들어 있었다. 수많은 나방 무리가 빛을 쫓아 날아와, 몰려드는 모기떼의 윙윙 소리에 맞추어 램프를 돌며 대축제를 벌이고 있었다. 종려나무를 엮은 지붕 아래 대들보에서 도마뱀이 나지막한 소리를 내며 질주하고, 베란다 기둥에 묶여있는 원숭이 한 마리가 처마 밑에서 밤을 보내려고 물러나다가 올마이어를 응시하며 이를 드러내고 웃었다. 원숭이가 대나무로 엮은 지붕으로 휙 몸을 날리는 바람에 누추한 테이블 위로 먼지와 마른 잎사귀들이 한바탕 떨어져 내렸다. 바닥은 시든 식물과 마른 흙이 마구 흩어져 있어 매끈하지가 않았다. 꾀죄죄하고 버려진 듯한 분위기가 그 집에 스며들어 있었다. 바닥과 벽의 큼직한 붉은 얼룩들은 이 집에서 닥치는 대로 빈랑을 씹고 뱉어내고 있다는 것을 말해주고 있었다. 강에서 불어오는 가벼운 미풍에 너덜너덜한 블라인드가 흔들리며 반대편 숲에서 썩어가는 꽃의 희미하고 역한 향기가 풍겨왔다.

올마이어의 무거운 발걸음에 베란다의 널빤지가 심하게 삐걱거렸다. 구석에서 자고 있던 말레이인이 불안한 듯 뒤척이며 알아들을 수 없는 말을 중얼거렸다. 커튼이 달린 문간 뒤에서 가벼운 바스락 소리가 나더니 말레이어로 "아빠? 아빠예요?"라고 묻는 부드러운 목소리가 들렸다.

"그래, 니나야. 배가 고프구나. 이 집에 있는 사람들은 다 잠들었니?"

올마이어는 쾌활한 목소리로 말하고 만족스러운 한숨을 내쉬며 테이블과 가장 가까운 팔걸이의자에 털썩 앉았다. 니나 올마이어가 커튼이 달린 문으로 나오고 그 뒤로 늙은 말레이 여인이 따라 나와서 테이블 위에 밥과 생선이 담긴 접시, 물이 담긴 주전자, 네덜란드 술이 반쯤 담긴 병을 내려놓았다. 그녀는 금이 간 유리잔과 주석 스푼을 주인 앞에 조심스레 내려놓고는 소리 없이 사라졌다.

니나는 한 손은 테이블 가장자리에 가볍게 얹고 다른 손은 옆으로 맥없이 늘어뜨린 채 서 있었다. 그녀는 바깥의 어둠을 향해 얼굴을 돌렸다. 그녀의 꿈꾸는 듯한 눈동자는 어둠을 뚫고 매혹적인 풍경을 바라보고 있는 듯했다. 그녀의 표정은 초조하게 무언가를 기다리는 듯했다. 그녀는 혼혈치고는 다소 키가 큰 편이었는데, 아버지에게서 꼿꼿한 자세를 물려받고 술루 해적이었던 모계 혈통에서 다소 네모진 얼굴의 하관을 물려받은 듯했다. 약간 벌어진 입술을 통해 하얀 이가 살짝 보이는 그녀의 단호한 입 모양은 초조해 보이는 표정에 강렬한 야성 같은 것을 부여하고 있었다. 하지만 그녀의 검고 완벽한 눈은 말레이 여성 특유의 부드럽고 온건한 표정과 함께 뛰어난 지성의 빛을 담고 있었다.

그녀는 마치 다른 사람에게는 보이지 않는 무언가를 마주하고 있는 것처럼 진지하게 눈을 크게 뜨고 꼼짝 않고 있었다. 그녀는 온통 흰 옷차림으로 아무런 자의식 없이 꼿꼿하고 유연하면서 우아하게 서있었는데, 편편하고 넓은 이마를 장식한 윤이 나는 길고 검은 머리칼이 어깨 위로 탐스럽게 늘어져 있었다. 석탄처럼 검은 머리색에 대비되어 그녀의 올리브색 피부가 창백해 보였다.

올마이어는 허겁지겁 밥을 먹기 시작했다. 몇 숟가락을 먹은 후 숟가락을 손에 든 채 잠시 멈추고 궁금한 듯 딸을 올려다보았다.

"니나, 삼십 분 전쯤 보트 하나가 지나가는 소리 들었니?" 그가 물었다.

그녀는 그를 흘낏 쳐다보더니 빛으로부터 빠져나가 테이블을 등지고 섰다.

"아뇨." 그녀가 천천히 대답했다.

"배가 한 척 왔었다. 마침내 말이다! 다인, 그 사람이 왔다. 그런데 그가 오자마자 바로 라캄바한테 가겠다고 하더구나. 내가 오늘 밤 여기 함께 올라오자고 청해도 오려고 하지 않더구나. 내일 오겠다고 했어."

그는 한 숟가락을 더 삼키고 나서 말했다.

"니나야, 오늘 밤은 참 기쁘구나. 기나긴 길의 끝을 볼 수 있게 되었어. 곧 이 비참한 늪에서 벗어나게 될 거야. 우리는 여기를 빠져나가게 될 거다. 너와 나 말이다. 내 사랑하는 딸아, 그러면……"

그는 갑자기 테이블에서 일어나 앞을 똑바로 응시했다. 그의 눈빛은 마치 매혹적인 환상을 들여다보는 듯했다.

"그러면," 그가 계속 말을 이었다. "우리는 무척 행복할 거다. 너와 나는……. 여기를 벗어나 풍요롭고 존경받는 삶을 사는 거야. 여기에서의 삶, 이 모든 투쟁과 비참함을 잊게 될 거다!"

그는 딸에게 다가가서 그녀의 머리카락을 부드럽게 쓸어내렸다.

"말레이 사람을 신뢰해야 한다는 점이 내키지 않기는 하다만," 그가 말했다. "그 다인이라는 사람은 무언가 달라, 완벽한 신사야."

"아버지, 그 사람한테 여기로 오라고 청하셨나요?" 니나가 그를 쳐다보지는 않은 채 물었다.

"물론이지. 우리는 꿈꿔왔던 그 계획을 모레부터 시작할 거다." 올마이어가 즐겁게 말했다. "더 이상 시간을 낭비해서는 안 된다. 딸아, 기쁘지?"

그녀의 키는 거의 올마이어와 맞먹을 정도로 컸다. 하지만 올마이어는 딸이 어렸던 시절, 서로가 서로에게 전부였던 그 시절을 회상하기를 좋아했다.

"기뻐요." 그녀가 아주 낮은 목소리로 말했다.

"물론," 올마이어가 쾌활하게 말했다. "너는 네 앞에 무엇이 놓여있는지 상상도 못 할 게다. 나 자신도 유럽에 가본 적이 없다. 하지만 나는 내 어머니가 하도 자주 유럽 이야기를 들려주어서 다 아는 것만 같구나. 우리는 아주, 아주 멋진 삶을 살게 될 거다. 두고 봐라."

그는 딸의 옆에 섰고, 그의 눈에는 다시금 매혹적인 환상이 어렸다. 잠시 후 그는 잠들어 있는 마을을 향해 주먹을 흔들었다.

"아, 내 친구 압둘라여!" 그는 외쳤다. "이 오랜 세월 끝에 누가 최고를 차지하게 될지 두고 보자구."

그는 강을 바라보며 차분하게 말했다.

"또 폭풍우가 오는구나. 그러라지! 천둥조차도 오늘 밤 나를 깨우지는 못할 거다. 딸아, 잘 자거라." 그는 딸의 뺨에 부드럽게 입을 맞추며 속삭였다. "오늘 밤 너는 별로 행복해 보이지 않는구나, 하지만 내일은 좀 더 밝은 표정을 지을 거지? 그렇지?"

니나는 얼굴을 움직이지 않은 채 반쯤 감긴 눈으로 짙게 깔린 먹구름으로 인해 더욱 어두워진 밤만 계속 응시하며 부친의 이야기를 들었다. 먹구름은 별들을 지워버리고 하늘과 숲과 강을 하나의 단단한 검은 덩어리로 합치며 언덕으로부터 슬금슬금 다가오고 있었다. 희미한 미풍은 사라지고 없었지만, 먼 곳의 우르릉거리는 천둥과 창백하게 번쩍이는 번개가 태풍이 다가오고 있음을 경고하고 있었다. 한숨을 쉬며 니나는 테이블을 향해 돌아섰다.

올마이어는 해먹에 올라가 이미 반쯤은 잠든 상태였다.

"니나야, 램프를 갖고 가라." 그가 잠에 취한 목소리로 중얼거렸다. "여긴 모기가 들끓는구나. 딸아, 들어가서 자거라."

그러나 니나는 램프를 끄고 다시 베란다 난간 쪽으로 돌아서서, 나무 기둥에 한쪽 팔을 두르고 판타이 강 수면을 뚫어지게 바라보았다. 열대야의 억누르는 듯한 고요함 속에서 미동도 않은 채, 그녀는 번개가 번쩍일 때마다 다가오는 폭풍의 맹렬한 폭발음 앞에서 강의 양쪽 둑에 줄지어 서있는 숲이 휘어지는 것을 보았다. 강의 상류에서는 바람이 하얀 포말을 일으키고 있었고, 검은 구름은 기상천외한 형체로 찢긴 채 흔들리는 나무 위로 낮게 드리워져 있었다. 그녀의 주위는 아직 모든 것이 조용하고 평화로웠다. 하지만 그녀는 저 멀리서 바람의 포효 소리와 폭우가 쏟아지는 소리, 고통스러운 강물의 파도 소리를 들을 수 있었다. 그 소리는 시끄럽게 쩍쩍 갈라지는 천둥소리, 그리고 길게 번쩍거리다 금방 끔찍한 어둠이 뒤따르곤 하는 강렬한 번갯불과 함께 그녀에게 점점 가까이 다가오고 있었다. 태풍이 강이 갈라지는 저지대에 다다르자, 바람에 집이 마구 흔들리고 빗방울이 종려나무 지붕을 시끄럽게 두들겨댔다. 천둥이 길게 포효하고, 끊임없이 지속되는 번갯불에 혼란스럽게 날뛰는 강물, 떠내려가는 통나무들, 잔인하고 냉혹한 세력 앞에서 맥없이 휘어지는 거목들이 모습을 드러냈다.

아버지는 우기(雨期)에 일어나는 밤의 사태에 전혀 동요되지 않은 채 자신의 희망, 불행, 친구, 적을 모두 다 잊고 조용히 잠에 빠졌고, 딸은 번갯불이 번쩍일 때마다 침착하지만 초조한 눈빛으로 드넓은 강을 열심히 살피면서 꼼짝 않고 서있었다.

제2장

링가드의 갑작스러운 요청에 올마이어가 말레이 여성과 결혼하는 데 동의했을 때, 당시에 그 젊은 여성이 어떤 생각을 했는지는 정작 아무도 신경 쓰지 않았다. 그녀가 피붙이를 모두 잃고 백인 아버지를 맞이하게 되었을 때에도 그러했다. 해적선의 갑판 위에서 다른 사람들과 마찬가지로 필사적으로 싸우고 있었고, 다리에 중상을 입은 탓에 다른 몇몇 생존자들처럼 배 밖으로 몸을 던지지 못했었다는 사실을 아는 사람은 없었다.

늙은 링가드는 해적선의 앞 갑판에서 죽어가고 있거나 이미 죽은 해적들의 시신 무더기 아래 깔려있는 그녀를 발견하고는, 그 말레이 범선을 불을 질러 떠나보내기 전에 그녀를 플래시 호의 갑판 뒤로 옮겨 놓았었다. 그녀는 아직 의식이 있는 상태였고, 전쟁의 소용돌이가 휩쓸고 간 후 다가온 무척이나 평화롭고 고요한 열대의 밤에, 타오르는 화염과 연기의 어둠 속으로 자신이 세상에서 소중히 여기던 모든 것이 사라지는 것을 나름의 야만적인 방식으로 지켜보았다. 그녀는 그 가공할 '바다의 왕'과의 전투에서, 자신이 너무도 숭배하던 이들, 자신이 도왔던 그 용맹스러운 사람들이 불길 속에서 사라지는 것을 그저 말없이 바라보며, 자신의 상처를 돌보는 링가드의 세심한 손길에 무심한 채 배 위에 누워 있었다.

가벼운 밤의 미풍이 범선을 남쪽으로 부드럽게 밀어 보냈다. 타오르던 불길은 점점 작아지며 수평선 위에서 지는 별처럼 한 점으로 반짝이다가 이내 보이지 않게 되었다. 잠시 묵직하게 드리운 연기만이 숨어있는 불꽃을 암시하더니, 그 또한 사라져 버렸다. 그녀는 이 사라지는 빛과 함께 자신의 옛 삶 또한 떠나가 버렸다는 것을 알아차렸다. 이제부터는 머나먼 나라의 낯선 사람들 사이에서, 미지의 끔찍한 환경에서 노예 생활이 시작될 것이었다. 열네 살이었던 그녀는 자신의 위치를 깨달았다. 열대의 태양 아래 곧 여물게 될 말레이 소녀에게 일어날 유일한 일은 바로 그 길이라는 결론을 내렸다. 아버지의 배에 탄 여러 젊고 용맹한 무사들이 그녀에게 찬사를 표하곤 했었기에, 그녀는 자신의 매력을 어느 정도 알고 있었다. 미지의 세계에 대한 두려움뿐 그녀는 동족의 방식대로 자신의 위치를 차분하게 받아들였다. 심지어는 매우 당연한 일로 여기기까지 했다. 자신은 전투에서 진압된 전사의 딸이 아니었던가? 용감무쌍한 라자의 당당한 후손이 아니었던가? 끔찍한 노인이 보이는 노골적인 친절 또한 포로가 된 자신에게 반했기 때문이고……. 이런 우쭐한 허영심은 엄청난 재앙에 따른 슬픔의 고통을 어느 정도 잊게 해주었다.

그녀가 세마랑 수녀원의 높은 담장, 고요한 정원, 침묵하는 수녀들에 대해 미리 알았더라면, 자신의 운명이 그곳을 향해있다는 것을 미리 알았더라면, 그녀는 속박에 대한 두려움과 증오심 때문에 차라리 죽음을 택했을 것이다. 그러나 그녀의 마음은 말레이 여성의 일상적 삶, 즉 힘든 일과 맹렬한 사랑, 음모, 황금 장식품, 고된 집안일, 그리고 다소 야성적인 여성들의 권리라 할 수 있는 강하지만 주술적인 영향력을 그려보고 있었다.

안타깝게도 그녀의 운명은, 가슴에서 우러나는 비합리적인 충동을 따르는 늙은 선원의 거친 손아귀에서 이상한 방향으로, 그녀에게는 끔찍한 방향으로 나아가고 있었다. 그녀는 그 모든 것을 견뎌냈다. 새로운 삶에 대한 모든 증오와 경멸을 감추고 차분히 복종하며 속박과 가르침과 새로운 종교를 참아냈다. 그녀는 언어를 무척 쉽게 배웠지만, 수녀들이 가르치는 새로운 종교는 좀처럼 이해할 수가 없었다. 오로지 그 종교의 미신적 요소들만 빠르게 흡수했다.

그녀는 링가드가 짧지만 요란하게 수녀원을 방문할 때마다, 온순하고 부드럽게 그를 "아버지"라고 불렀다. 위대하고 위험한 권력가이므로 그의 비위를 맞추는 것이 옳다고 생각했던 것이다. 그리고 그는 이제 그녀의 주인이 아니던가? 그녀는 사 년이라는 긴 세월 동안 자신이 그의 총애를 받아 궁극적으로는 그의 아내이자 조언자이자 안내자가 될 것이라는 희망을 키워가고 있었다.

그러나 미래에 대한 그녀의 꿈은 바다의 왕의 독단적 명령에 의해 깨져버렸다. 젊은 청년 올마이어는 바라던 대로 재산을 갖게 되었다. 그리고 그 젊은 여성 개종자는 혐오스러운 화려한 유럽풍 신부 의상을 입고 바타비아 사교계의 중심인물이 되어, 알지도 못하는 부루퉁해 보이는 백인 남성과 함께 제단 앞에 서게 되었다.

올마이어는 불편하고 다소 역겹고 무척이나 도망쳐 버리고 싶은 심정이었다. 장인이 될 분에 대한 신중한 두려움과 자신의 물질적 행복에 대한 관심 덕분에 소동을 일으키는 것을 겨우 면할 수 있었다. 그는 혼인 서약을 하는 동안 조만간 이 예쁘장한 말레이 처녀를 제거하려는 계획을 꾸미고 있었다. 하지만 그녀는 백인 남자들의 법에 따라 자신이 올마이어의 노예가 아니라 동반자가 된다는 것을 이해할 만큼은 수녀원의 교육을 잘 받았기에, 그에 합당하게 행동하겠다는 다짐을 하고 있었다.

젊은 부부는 플래시 호를 타고 바타비아 항구를 떠나 미지의 보르네오를 향했다. 갑판에 새집을 지을 자재가 실려 있었지만, 링가드가 여러 호텔의 베란다에서 우연히 만난 친구들 앞에서 자랑하곤 하던 그런 사랑과 행복은 실려 있지 않았다. 늙은 선원 링가드 자신은 너무도 행복했다. 이제 소녀에게 진 빚은 다 갚은 것 같았다. 그는 우연히 모여든 해안의 부랑자들에게 자신의 사적인 이야기를 늘어놓곤 했는데 그럴 때마다 종종 "알잖은가. 내가 그 아이를 고아로 만들었지 않았나."라고 엄숙하게 결론짓곤 했다. 그러면 반쯤 취해버린 청중들은 맞장구치는 소리를 지르며 그의 단순한 영혼을 기쁨과 자부심으로 채워주었다.

"나는 모든 일을 끝까지 완수한다." 이 또한 그가 즐겨 하는 말이었고, 그 원칙에 따라 그는 열에 들떠 판타이 강에 집과 창고를 짓는 일을 서둘렀다. 젊은 부부를 위한 집, 그리고 큰 교역을 위한 창고. 링가드가 암시만 하고 분명히 말한 것은 아니었지만, 그 창고란 그가 섬의 내륙에 있는 황금과 다이아몬드와 연관된 그 수수께끼의 과업에 몰두하게 되면 올마이어가 맡아서 성공시킬 교역을 위한 것이었다. 올마이어 역시 속으로는 초조했었다. 만일 자기 앞에 놓인 운명의 실체를 알았더라면, 그는 링가드 탐험대의 마지막 카누가 강의 굽이를 지나 상류로 사라지는 것을 보았을 때 그렇게 애태우며 희망에 가득 차 있지 않았을 것이다. 그는 돌아서면서 예쁜 작은 집, 중국인 목수들 한 무리가 깔끔하게 지어놓은 큼직한 창고, 교역을 위한 카누들이 다닥다닥 붙어있는 새로운 방파제를 보았고, 세상이 자기 것이라는 생각에 갑자기 의기양양한 기분이 되었었다.

그러나 세상을 먼저 정복해야만 했고, 그것은 생각만큼 녹록지 않았다. 그는 늙은 링가드에 의해 그리고 자신의 약한 의지로 인해 정착하게 된 이 세상의 한구석, 파렴치한 음모와 거친 무역 경쟁의 한가운데인 이곳이, 자신을 필요로 하지 않는다는 사실을 곧 깨닫게 되었다. 아랍 사람들은 강을 찾아내어 삼비르에 교역 장소를 세웠고, 그곳에서 자신이 주인이 되기 위해 결코 어떤 경쟁자도 용납하려 들지 않았다. 링가드는 첫 번째 탐험에서 성공하지 못한 채 되돌아왔고, 다시 떠났을 때에도 합법적인 교역에서 거둔 모든 수익을 그 수수께끼 여행에 다 써버리고 말았다.

올마이어는 라캄바의 전임자인 늙은 라자가 링가드에

대한 예우로 자신을 보호해 주는 것 말고는 친구도 없고 지원도 없는 상태로, 그저 자신이 처한 위치의 어려움을 견뎌내려고 애쓸 뿐이었다. 그 당시 라캄바라는 인물은 강에서 7마일 정도 떨어진 논에서 혼자 생활하고 있었는데, 늙은 라자와 올마이어가 연합하고 있다고 모략하고 그들의 가장 은밀한 사생활도 속속들이 잘 알고 있다고 주장하며 그 백인을 배척하는 데에 온갖 힘을 다 썼다.

그는 겉으로는 우호적인 척하며 당당한 모습으로 올마이어의 베란다에 자주 등장하곤 했다. 그는 링가드가 내륙을 탐험하고 돌아올 때면, 초록빛 터번과 금실로 수놓은 재킷을 입고 그를 맞이하러 나오는 예의 바른 말레이인들 무리의 맨 앞줄에 끼어서는, 늙은 교역상을 환영하면서 가장 낮은 자세로 인사를 하고 가장 열렬하게 악수를 하곤 했다. 그러나 그의 작은 눈은 늘 호시탐탐 때를 노리고 있었다. 그는 만족스럽고 은밀한 미소를 머금은 채 만남의 자리를 뜨고는, 자신의 친구이자 동지로 아랍 교역소의 소장이며 근처 섬들에서 엄청난 부와 영향력을 지닌 시에드 압둘라에게로 가서 오랫동안 모략을 꾀하곤 했다.

그 무렵 촌락에는 라캄바가 올마이어의 집을 방문하는 것이 공식적인 일에만 국한된 것이 아니라는 소문이 퍼져 있었다. 삼비르의 어부들은 종종 달 밝은 밤까지 일을 하곤 했다. 그들은 조그만 카누가 올마이어의 집 뒤편 좁은 개울에서 휙 스치듯 나오는 것, 카누에 탄 인물이 홀로 둑의 깊은 어둠을 따라 조심스럽게 노를 저어 강을 내려가는 것을 보곤 했다. 이는 당연히 보고가 되었다. 사람들은 백인, 그 혐오스러운 네덜란드인의 불행한 가정사에 대한 악의적인 즐거움에 말레이 상류층들의 표현 방식인 냉소를 곁들여 밤이 깊도록 저녁 불가에 둘러앉아 이를 논하곤 했다.

올마이어는 필사적으로 투쟁을 계속했지만, 아직 현실을 잘 알지 못하다 보니 비양심적이고 확고한 아랍 사람들에게 성공의 기회를 다 빼앗겨 버리고 말았다. 올마이어의 교역은 점점 수그러들고, 창고도 조금씩 썩어 들어가기 시작했다. 마카사르의 늙은 은행가인 후디크는 파산했고, 이와 함께 쓸 수 있는 자본도 전부 사라져 버렸다. 과거에 거둔 수익은 링가드의 탐험을 향한 열광 속에 다 삼켜져 버렸다. 링가드는 살아있다는 조짐을 전혀 보이지 않은 채 ─아마 죽었을 것이다─ 내륙에 있었다.

올마이어는 결혼하고 이 년 후에 태어난, 여섯 살짜리 어린 딸과 함께 지내는 데서 유일하게 작은 위안을 받으며 적대적인 환경 속에 홀로 서있었다. 그의 아내는 이내 야만스러운 경멸감을 보이며 계속 부루퉁하게 침묵으로 대하다가 가끔 포악한 독설을 마구 퍼부었다. 그는 그녀가 자신을 증오한다고 느끼게 되었다. 그녀가 거의 증오심에 가까운 표정으로 자신과 아이를 질투 어린 시선으로 바라보곤 했기 때문이다.

그녀는 어린 딸이 아빠를 더 좋아한다는 것을 무척 질투했고, 올마이어는 집에서 그 여자와 함께 지내는 데에 신변의 위협을 느끼기 시작했다. 그녀는 문명의 상징 같은 것들에 대한 터무니없는 증오심에서 가구를 불태우거나 예쁜 커튼을 뜯어냈고, 올마이어는 그런 야만적 본성이 터져 나오는 데 겁을 먹고 그녀를 제거할 수 있는 최선의 방법을 곰곰 생각했다. 모든 것을 다 생각했다. 심지어 결코 실행에 옮기지 못할, 엄두가 안 나는 방식이기는 하지만 살인도 계획했다. 하지만 겁이 나서 감히 어떤 일도 실행하지 못한 채, 링가드가 엄청난 행운을 잡았다는 소식을 가지고 돌아오기만을 매일 기다릴 뿐이었다.

사실 그가 돌아오기는 했었다. 탐험에서 거의 유일하게 살아남은 생존자로서, 나이 들고 병들고 열에 들뜬 푹 꺼진 눈을 하고, 링가드는 과거 자신의 유령이 되어 돌아왔다. 그러나 그는 마침내 자신이 성공했다고 주장했다. 밝혀지지 않은 막대한 부가 그의 손아귀에 있다는 것이다. 그저 그는 더 많은 돈이 필요했을 뿐이다. 엄청난 부를 획

득하는 꿈을 실현하기 위해 단지 약간의 돈이 더 필요했던 것이다. 그런데 후디크는 파산했지 않은가! 올마이어는 할 수 있는 모든 자금을 끌어모았지만 노인은 더 많은 돈이 필요했다. 올마이어가 돈을 구하지 못한다면, 링가드는 싱가포르, 심지어는 유럽에라도 갈 것이다. 하지만 그 어디보다 싱가포르에 우선 갈 것이다. 어린 니나와 함께.

링가드는 아이는 제대로 된 가정교육을 받아야 한다며, 싱가포르에 좋은 친구들이 있어 그들이 니나를 잘 보살피고 올바로 가르칠 거라고 말했다. 모든 게 잘 될 거라고. 늙은 선원 링가드는 소녀의 어머니에게 보이던 애정을 이제 니나에게 모두 쏟아부었다. 니나는 동아시아에서, 심지어는 전 세계에서 가장 부유한 여인이 될 거야! 링가드는 묵직한 고급선원의 발걸음으로 연기 나는 궐련을 피우며, 텁수룩하고 헝클어진 모습이지만 열정적으로 베란다를 걸어 다니며 그렇게 외쳤다.

올마이어는 자신이 사랑하는 유일한 존재와 작별을 해야 한다는 두려움, 아니 새끼를 빼앗긴 거친 암사자 같은 자신의 아내가 벌이게 될 훨씬 큰 두려운 소동을 생각하며, 매트 위에 웅크리고 앉아있었다. 말레이 생활 방식에서 사회적, 정치적, 가정 문제를 해결하는 쉽고 결정적인 방법이 무엇인지 잘 알고 있던 터라, 그 불쌍한 자는 아내가 자신을 독살하리라 생각했던 것이다.

놀랍게도 그의 아내는 그와 링가드에게 은밀한 시선을 흘낏 보낼 뿐 아무 말도 없이 그 소식을 아주 조용히 받아들였다. 하지만 다음날 아침 링가드가 유모와 함께 비명을 지르는 니나를 싣고 가버릴 때, 그의 아내는 강물에 뛰어들어 그 보트를 헤엄쳐 쫓아가는 소동을 벌였다. 올마이어는 양 끝이 뾰족한 보트를 타고 쫓아가서, 하늘이 무너져라 소리 지르고 욕설을 퍼붓는 아내의 머리카락을 잡아 배위로 끌어 올려야 했다.

울고불고하며 이틀을 보낸 후, 그녀는 이전의 생활로 돌아가 빈랑을 씹으며 하루 종일 빈둥거리며 하녀들 사이에 멍하니 앉아있었다. 그 후로 그녀는 무척 빨리 나이를 먹었다. 어쩌다 남편의 존재를 알아차려 통렬한 욕설이나 모욕적인 말을 퍼부을 때만 무감각 상태에서 깨어나곤 했다. 그는 그녀가 완전한 은둔 생활을 할 수 있도록 구역 내 강가에 오두막 하나를 지어주었다.

때맞춘 신의 섭리인지 약간의 과학적 조작으로 도움을 받은 건지 삼비르의 옛 지배자가 이 세상을 하직했다. 그리고 늙은 라자의 죽음과 함께 라캄바의 방문도 드디어 끝이 났다. 라캄바는 이제 네덜란드 당국과 아랍인 친구들의 도움을 한껏 받으며 옛 라자의 뒤를 이어 삼비르를 다

스렸다.

그리고 시에드 압둘라는 판타이에서 위대한 인물이자 위대한 교역가가 되었다. 올마이어는 오로지 링가드의 소중한 비밀을 알고 있다는 세간의 소문 때문에 목숨을 부지하면서, 그들의 촘촘히 짜인 음모의 그물망 아래 파산한 채 무기력하게 놓여있었다.

링가드는 사라져 버렸다. 그는 아이는 빈크 부인이라는 사람의 보호를 받으며 잘 지내고 있으며, 곧 큰 사업을 위해 자금을 마련하러 유럽에 간다고 말하는 편지를 싱가포르에서 한 번 보냈었다. 그는 "곧 돌아올 것이다. 아무런 어려움도 없을 것이다. 사람들이 돈을 갖고 몰려들 것이다."라고 말했지만, 그런 일은 일어나지 않은 것이 분명했다. 왜냐하면 그 후에 보내진 한 통 편지, 그의 마지막 편지는 그가 병이 들었으며, 살아있는 친척을 한 명도 찾지 못했고 그 밖의 도움 또한 별로 구하지 못했다는 것을 알리고 있었을 뿐이니까. 그러고 나서는 완전한 침묵이었다. 유럽이 바다의 왕을 완전히 삼켜버린 게 확실했다. 올마이어는 희망이 산산조각 나자 음울함 속에서 빛 한 줄기를 갈구하며 서쪽을 바라보았으나 아무런 소용이 없었다. 그렇게 세월이 흘렀다.

드물었지만 편지는 빈크 부인에게서 몇 통, 나중에는 딸아이에게서 직접 몇 통이 왔다. 이는 강물의 도도하고 야만적인 흐름 속에서 유일하게 그의 삶을 견딜 만한 것으로 만들어 주는 것이었다. 올마이어는 이제 혼자 살고 있었다. 채무자들을 찾아가는 것조차 그만두었다. 그들은 라캄바가 보호해줄 것이라 믿으며 올마이어의 돈을 도통 갚으려 하지 않았다.

충실한 수마트라인 알리만이 그의 밥을 지어주고 커피를 끓여주었다. 그는 그 밖의 누구도 믿을 수가 없었다. 그중 자기 아내를 가장 믿지 못했다. 그는 우울하게 집 주변의 풀이 길게 자란 길을 거닐거나 폐허가 되어버린 창고에 가보거나 하며 시간을 보냈다. 창고에 있는 푸른 녹이 슨 청동 총 몇 자루와 썩어가는 맨체스터 상품의 깨진 상자 몇 개만이 활기로 가득하고 상품이 그득하던 옛 시절을 생각나게 해주는 것이었다.

그는 어린 딸을 데리고 강둑에 함께 앉아 그곳에서 일어나는 바쁜 장면을 지켜보곤 했었는데, 이제 내륙에서 오는 카누들은 링가드 앤 컴퍼니의 다 썩은 부두를 그냥 지나쳐 판타이 지류를 따라가 압둘라 소유의 새로운 방파제 주변으로 몰려갔다. 그들은 압둘라를 좋아한 건 아니었지만, 별이 진 사람과 교역할 엄두를 내지 못했던 것이다. 그랬다가는 아랍인이나 라자로부터 자비를 기대할 수 없었다. 즉 기근이 돌 때 아랍인이나 라자, 그 누구에게서도 외상으로 쌀조차 가져올 수 없다는 것을 잘 알고 있었다. 게다가 올마이어는 가끔 자신이 먹을 것도 부족했기 때문에 그들을 도울 처지도 못 되었다.

올마이어는 소외감과 절망 속에서 종종 가까운 이웃인 중국인 짐-응을 부러워하기까지 했다. 짐-응은 머리 아래에 나무 베개를 받치고 축 늘어진 손가락 사이에 아편 파이프를 끼운 채 시원한 매트 위에 쭉 뻗어있곤 했다. 올마이어는 아편에서 위안을 찾지는 않았다. 너무 비싼 탓도 있겠지만, 아마도 그가 가진 백인으로서의 자부심이 그런 타락으로부터 그를 구해준 듯했다.

하지만 무엇보다 그를 구해준 것은 먼 스트레이트 식민지에 있는 어린 딸에 대한 그리움이었다. 압둘라가 증기선을 사들인 이후 그는 딸에게서 더 자주 소식을 듣게 되었다. 그 증기선이 싱가포르와 판타이 사이를 석 달에 한 번 정도 오가고 있었다. 딸이 너무도 보고 싶어서, 그는 싱가포르로 가는 항해를 계획하기도 했지만 더 큰 행운을 기다리며 한 해 또 한 해 출발을 미루었다. 빈손으로, 희망의 말을 해줄 수도 없는 처지로 딸을 만나고 싶지는 않았다. 딸을 자신이 묶여있는 이 야만적인 삶으로 끌어오고 싶지 않았다. 또한 딸아이를 만나는 게 약간 두렵기도 했다. 그 애가 자신을 어떻게 생각할 것인가? 흘러간 시간을 따져보았다. 이젠 성장한 숙녀. 젊고 희망에 찬, 문명의 혜택을 받은 숙녀. 한편 자신은 늙고 절망적이고 주위에 있는 야만인들과 별로 다를 바가 없었다. 딸아이의 미래가 어떻게 될지 스스로 물어보았지만 아직 그 질문에 답할 수는 없었다. 그녀를 대면하기가 두려웠다. 하지만 딸이 너무도 보고 싶었다. 그렇게 그는 몇 년을 망설이게 된 것이다.

올마이어의 망설임은 니나가 예기치 않게 갑자기 삼비르에 나타남으로써 끝이 났다. 그녀는 선장의 보호를 받으며 증기선을 타고 도착했다. 올마이어는 감탄이 뒤섞인 놀라움으로 그녀를 바라보았다. 그들이 보지 못한 십 년의 세월 동안 소녀는 여인으로 바뀌어 있었다. 니나는 키가 크고 아름다우며 올리브빛 피부에 검은 머리 그리고 큼직한 슬픈 눈을 하고 있었다. 말레이 여성 특유의 놀란 듯한 표정도 유럽 쪽 조상에게서 물려받은 사색적인 분위기에 의해 많이 완화되어 있었다.

올마이어는 아내와 딸이 만날 것을 생각하면 당혹스러웠다. 유럽식 복장을 한 진지한 표정의 딸이 어두운 오두막에 지저분하게 몸은 반만 가리고 시무룩하게 쭈그리고 앉아 빈랑을 씹고 있는 자신의 엄마를 어떻게 생각할 것인가. 여태까지 아내의 못된 성미를 겨우 진정시켜서 남아있던 낡은 가구들을 그나마 보존할 수 있었는데, 갑자기 아내가 성질을 폭발시킬까 두렵기도 했다.

그는 타오르는 태양 빛을 받으며 오두막의 닫힌 문 앞에 섰다. 안에 무슨 일이 일어나고 있는지 궁금해하며 웅얼거리는 목소리에 귀를 기울였다. 하녀들은 얼굴을 반쯤 가린 채 울타리 옆에 몰려서서 무슨 일인지 여러 추측을 하며 조잘거리고 있었다. 그들은 모녀의 만남이 시작된 때부터 오두막에서 쫓겨난 터였다. 올마이어는 대나무 벽을 통해 들려오는 단어 하나라도 잡아보려고 애쓰고 있었다.

그를 보고, 딸을 데리고 걸어 올라왔던 증기선의 선장인 포드가 일사병에 걸릴까 두렵다며 그의 팔을 잡아 베란다 그늘로 끌고 왔다. 그곳에는 니나의 여행 가방이 증기선의 선원들에 의해 옮겨져 있었다. 포드가 그의 앞에 잔을 놓고 궐련에 불을 붙이자마자, 올마이어는 딸의 갑작스러운 도착에 대해 설명해 달라고 청했다. 포드는 모호하지만 격렬한 말투로 일반적인 여성들, 특히 빈크 부인의 어리석음에 대해 상투적인 말을 할 뿐 별다른 이야기를 하지 않았다.

"그런데 말이야, 카스파," 그는 마침내 흥분한 올마이어에게 이렇게 말했다.

"집안에 혼혈 여성을 둔다는 것은 지독하게 곤란한 일

이야. 그 일에 대해 어리석게 구는 사람들이 너무 많아. 빈크 씨네 집으로 아침 일찍 그리고 밤늦게 드나들던 젊은 은행원이 한 사람 있었어. 그 늙은 여자는 그게 자기 딸 엠마 때문인 줄로 알았던가 봐. 그 여자는 은행원이 원하는 것이 정확히 무엇인지 알게 되자 큰 소란을 벌였지. 그녀는 니나를 집안에 두려고 들지를 않았어. 한 시간조차도 말이야. 사실은, 내가 그 이야기를 듣고 니나를 우리 아내한테 데려왔다네. 우리 아내는 아주 좋은 사람이거든. 여자치곤 말이야. 우리는 정말이지 자네를 위해 니나를 데리고 있을 수 있었지. 그런데 니나가 원치를 않더군. 자, 카스파, 흥분하지 말게. 가만히 있어 봐. 자네가 뭘 할 수 있겠나. 그렇게 된 게 나아. 니나를 자네가 데리고 있게. 니나는 거기서 결코 행복하질 못했거든. 그 빈크 집안 두 딸은 옷을 잘 차려입은 원숭이보다 나을 게 없어. 걔들은 니나를 무시했지. 자네는 니나를 백인으로 만들 수는 없어. 나한테 소리 질러봤자 소용없네. 백인으로 만들 수 없는 건 사실이니까. 어쨌든 니나는 좋은 아이야. 하지만, 내 아내에게 아무런 이야기도 하려 들지를 않더군. 알고 싶으면 자네가 직접 물어보게. 하지만 내가 자네라면 니나를 그냥 가만 놔둘 거야. 친구, 자네 지금 여유가 없으면, 뱃삯은 안 줘도 되네."

포드는 시가를 던져버리고 그의 표현대로 '사람들을 깨워 출항하러' 걸어가 버렸다.

올마이어는 딸이 돌아온 이유를 딸의 입에서 듣고 싶었지만 소용이 없었다. 그날도, 다른 날도, 니나는 싱가포르에서의 삶에 대해 전혀 언급하지 않았다. 그는 그녀의 얼굴에 나타난 차분한 무표정에 겁이 나서 묻고 싶지가 않았다. 그녀의 엄숙한 두 눈이 그를 지나쳐, 넓은 강물의 웅얼거리는 소리에도 당당하게 잠들어 있는 거대하고 조용한 숲을 향해있었다.

그는 딸이 다소 변덕스럽게 이따금씩 자신에게 보여주는 온화한 애정과 보살핌에 그저 행복을 느끼며 상황을 받아들였다. 왜냐하면 그녀는 모친을 만나러 강가의 오두막으로 가서 몇 시간씩 보내고 나올 때면, 무척 불가해한 모습으로 그가 어떤 말을 하든지 경멸하는 표정으로 짤막하게 대답하면서 "몸이 안 좋다."라고 말하곤 했기 때문이다. 그는 이런 일에 익숙해지기까지 했다. 속으로 아내가 딸에게 미치는 영향에 상당히 놀랐지만, 그런 날이면 그냥 조용히 지냈다.

니나는 그 점을 제외한 다른 면에서는 반(半)야만적이고 비참한 환경에 놀랄 만큼 잘 적응해갔다. 그녀는 소홀한 집안 살림, 퇴락과 빈곤, 가구가 없는 것, 가족 식사에 쌀이 자주 오르는 것에 대해 의문이나 혐오감도 보이지 않고 모두 잘 받아들였다. 그녀는 링가드가 젊은 부부를 위해 지어주었던 작은 집, 지금은 슬프게도 퇴락해 가고 있지만, 그 건물에서 올마이어와 함께 지냈다.

말레이인들은 그녀가 돌아온 것에 대해 열심히 지껄였다. 처음에는 말레이 여성들이 아이들과 함께 몰려와 젊은 백인 아가씨에게 알현하며 몸이 아플 때 필요한 약을 받아갔다. 시원한 저녁이면 엄숙한 아랍인들이 기다란 흰 셔츠와 소매 없는 노란 재킷을 입고 강가의 먼지 나는 길을 따라 올마이어네 문 쪽으로 천천히 걸어왔다. 그리고 업무라는 얄팍한 핑계를 대며 점잖게 '불신자(不信者)'를 방문하고는 화려한 예를 갖춰 그 젊은 여성을 한번 바라보곤 했다.

심지어 라캄바조차 자신의 울타리를 벗어나 화려한 전투 카누를 타고 나섰다. 그는 붉은 우산을 쓴 채 링가드 앤 컴퍼니의 썩어가는 작은 부두에 들어서며, 친구인 삼비르의 다야크족 추장에게 줄 선물로 청동 총 두 자루를 사러 왔다고 말했다. 올마이어가 의심하면서도 정중하게 창고에서 낡은 장난감 총을 꺼내 보느라 바쁜 동안에, 라자는 점잖은 수행원에 둘러싸인 채 니나가 나타나길 기다리며 베란다의 안락의자에 앉아있었다. 끝내 그녀는 오지 않았다. 니나는 몸이 안 좋다는 구실로 그냥 모친의 오두막에 남아 그녀와 함께 베란다에서 일어나고 있는 화려한 행렬을 지켜보고 있었다.

라자는 당황했으나 예의 바르게 떠나갔고, 올마이어는 통치자와의 개선된 관계에서 오는 혜택을 누리기 시작했다. 즉 절망적으로 지불 불능자로 여겨졌던 채무자들로부터 사과를 받고 큰절도 받으며 빚도 돌려받게 되었던 것이다.

이렇게 상황이 나아지자 올마이어는 다소 밝아졌다. 어쩌면 모든 걸 잃은 것은 아니었다. 마침내 저 마을 사람들이 자신이 그래도 능력이 있는 사람이란 걸 알게 된 것이라 생각했다. 그는 자신의 방식대로 자신과 니나를 위해 원대한 계획을 세우고 일확천금을 꿈꾸기 시작했다. 특히 니나를 위해서!

이러한 즐거운 충동 속에서 그는 포드 선장에게 영국에 있는 지인들에게 링가드에 관해 추적해 달라는 편지를 써 달라고 요청하기도 했다. 그는 살아있는가 아니면 죽었는가? 죽었다면, 무슨 서류라도 남기지 않았을까? 위대한 사업에 대해 뭔가 시사점이나 암시를 남기지 않았을까? 그러는 동안 올마이어는 빈방에서 쓰레기 속에 묻혀있던 늙은 모험가 소유의 메모장 하나를 찾아내게 되었다. 그는 거기에 쓰인 알아보기 힘든 필체를 연구하며 종종 사색에 잠기곤 했다.

다른 일들 또한 그를 무감각에서 깨워냈다. 영국의 보르네오 회사의 설립으로 인해 섬 전체에 일어난 소용돌이가, 판타이의 느릿느릿한 삶에도 영향을 주었던 것이다. 커다란 변화가 올 것 같았다. 합병이 거론되고, 아랍인들은 무척 점잖아졌다. 올마이어는 새 컴퍼니에서 일할 미래의 엔지니어, 에이전트, 정착자들이 사용하게 될 새집을 짓기 시작했다. 남의 말을 쉽게 믿는 성정이라 그는 그 일에 모든 돈을 다 쏟아부었다.

한 가지 일만이 그의 행복을 방해했다. 아내가 은둔해 있던 곳에서 나온 것이다. 그녀는 녹색 재킷, 몇 벌 안 되는 사롱, 새된 목소리, 마녀 같은 외모를 올마이어의 작은 방갈로의 조용한 삶으로 끌고 왔다. 딸은 부녀간의 일상적 삶에 야만인 아내가 침투해 들어오는 것을 놀랄 정도로 차분하게 받아들이고 있었다.

그는 그것이 마음에 들지 않았지만, 아무 말도 할 수가 없었다.

제3장

런던에서 협의된 사안은 멀리까지 영향을 미치는 법이다. 보르네오 컴퍼니의 안개로 뒤덮인 사무실에서 나온 결정이 올마이어에게 영향을 주어, 열대 지방의 빛나는 햇빛을 그늘지게 했으며, 환멸의 잔에 쓰라림의 한 방울을 더했다. 컴퍼니가 보르네오섬 동쪽 해안 지역인 이스트 코스트에 대한 권리를 폐기하면서, 판타이 강이 명목상 네덜란드의 세력에 넘어가게 된 것이다. 삼비르는 기쁨과 흥분이 넘쳤다. 노예들은 숲과 밀림으로 급히 사라져 버렸다. 네덜란드 군함에서 누군가 이곳을 방문할 것이라는 생각에, 라자가 통치하는 구역의 높은 깃대에 깃발이 올려졌다.

군함은 강어귀 바깥에 정박해 있었다. 밝은 색상의 옷을 입은 말레이인들의 밀집된 카누 사이로, 증기 기동선에 연결된 보트들이 조심스럽게 누비듯 다가왔다. 지휘관들은 라캄바의 충정 어린 연설에 진지하게 귀를 기울이고 압둘라의 인사에 맞절을 했다. 그리고 바타비아의 위대한 라자의 고위층 신사들에게서 삼비르라는 모범적인 지역의 통치자와 거주민들에 대한 우정과 호의를 약속받아 주겠다고 말했다.

올마이어는 자기 집 베란다에서 강 건너 축제 행렬을 바라보았다. 라캄바에게 새로운 깃발이 전달되는 것을 경축하는 황동 장총의 축포 소리와 방책 주변에 넘쳐흐르는 구경꾼 무리가 깊게 웅얼거리는 소리를 들었다. 축포의 연기가 녹색 숲을 배경으로 하얀 구름이 되어 피어올랐다. 올마이어는 빨리 사라져 버리는 연기를 보며 덧없이 흘러간 자신의 희망 같다는 생각을 하지 않을 수 없었다.

공식 리셉션이 끝나고, 올마이어의 딸을 한번 보고 싶었던 위원회의 해군 장교들은 소문을 들은 바 있는 외로운 백인을 방문한다는 명목으로 강을 건너왔다. 올마이어는 그들의 행사에 결코 애국심이 고취되었거나 한 바는 없었지만, 애써 정중한 태도를 유지해야 했다. 니나가 나타나지 않으려 함으로써 그들의 바람은 실망으로 이어졌다. 그래도 손이 큰 올마이어가 앞에 내놓은 술과 컬런에 금방 마음이 풀려서, 그들은 베란다 그늘에 놓여있는 망가진 안락의자에 편안하게 몸을 뻗고 앉았다.

바깥에서는 타오르는 태양 빛에 큰 강이 끓어오르고 있

었고, 그들은 그날 아침 그렇게나 찬사를 바쳤던 뚱보 라 캄바를 안주 삼아 해군의 위트를 발휘하여 웃고 떠들면서 작은 방갈로를 낯선 유럽어로 가득 채웠다. 원만한 대인관계를 추구하는 비교적 젊은 장교들이 집주인으로 하여금 이야기를 하게 했다. 올마이어는 유럽인의 얼굴과 목소리를 보고 들으며 기분이 좋아져서, 맞장구치는 낯선 자들에게 자신의 속마음을 활짝 열어 보였다. 자신에게 닥친 불운의 이야기가 그 미래의 해군 제독들에게 그저 즐거운 오락거리라는 걸 의식하지 못한 채.

그들은 올마이어의 건강을 위해 건배하며, 큼직한 다이아몬드와 황금 광산을 얻게 되길 바란다고 말했다. 다가올 고귀한 운명이 부럽다고까지 말했다. 이러한 친절에 용기를 얻은 반백의 어리석은 몽상가는 손님들을 자신의 새집으로 초대했다. 서늘한 밤이 되면 강을 따라 돌아갈 수 있도록 보트가 준비되는 동안, 그들은 마구 뻗어있는 긴 잡초들을 통해 새집으로 건너갔다. 큰 방에서는 창틀도 없는 창으로 들어온 미지근한 바람이 메마른 잎사귀들과 며칠 쌓인 먼지들을 휩쓸어 일으키고 있었다.

올마이어는 하얀 재킷에 화려한 꽃무늬 사롱을 입은 채, 번쩍이는 유니폼을 입은 장교들 무리에 둘러싸여 있었다. 그는 잘 짜 맞춘 바닥의 견고함을 보여준다며 발을 굴렀다. 건물의 아름다움과 편리함에 대해 설명도 했다. 그들은 올마이어라는 남자가 너무도 단순하고 또 어리석기 짝이 없는 희망을 꿈꾸는 데 놀랐지만, 열심히 귀를 기울이며 맞장구를 쳐주었다.

이 분위기는 올마이어가 흥분한 나머지 부지불식간에 '풍요로운 나라를 제대로 개발할 줄 아는' 영국인이 오지 않아 아쉽다는 속마음을 드러낼 때까지 계속되었다. 세상 물정 모르는 그 발언에 네덜란드 장교들은 그냥 웃어넘기며 보트 쪽으로 이동하기 시작했다.

올마이어는 링가드 부두의 썩은 판자 위로 조심스럽게 발을 올려놓았다. 그러고는 교활한 아랍인들로부터 네덜란드 국민을 보호해줘야 한다는 취지의 몇 마디 말을 희미하게 암시하며 위원회의 위원장에게 접근하려고 했다. 노련한 바다의 외교관은 "말레이인들과 불법으로 화약을 거래하는 네덜란드 사람들보다는 아랍인들이 훨씬 나은 신민"이라는 의미심장한 말을 내뱉었다. 순진한 올마이어는 즉시 압둘라의 기름을 바른 듯한 아부의 혀와 라캄바의 엄숙한 설득력을 떠올렸지만 소용없었다. 약이 오른 그가 항의의 말을 꺼내기도 전에 증기 기동선과 줄줄이 늘어선 보트들이 강을 따라 재빠르게 내려가 버린 것이다. 부두에는 놀라고 화가 난 올마이어만 입을 떡 벌린 채 혼자 남겨졌다.

삼비르에서, 보트들이 귀환하기를 기다리는 군함이 위치한 강어귀의 보석 같은 섬들까지의 거리는 30마일이나 되었다. 보트가 그 거리의 반을 가기도 전에 이미 달이 떠올랐다. 그날 밤 작은 선단에서 올마이어의 애달픈 이야기를 떠올리며 낭랑한 웃음소리가 울려 퍼지는 바람에, 차가운 달빛 아래 평화롭게 잠들어 있던 검은 숲이 잠에서 깨어났다. 가엾은 그 남자를 갖고 노는 선원들의 진한 농담이 보트에서 보트로 전해졌고, 그의 딸이 나타나지 않은 것에 대해서도 심한 불쾌감들을 드러내며 이래저래 말이 많았다.

그 즐거운 밤에, 쾌활한 해군들은 올마이어가 영국인들을 맞이하기 위해 지어놓은 그 덜 완성된 가옥에 만장일치로 '올마이어의 어리석음'이라는 이름을 붙였다.

네덜란드 해군의 방문이 있고 나서 한동안 삼비르 마을은 평범한 흐름을 되찾았다. 나무들 너머로 쏟아지는 아침 햇살 아래 여느 때와 같은 일상생활이 계속되었다. 니나는 마을의 유일한 도로라고 할 수 있는 산책로를 따라 걸으며, 가옥의 그늘진 곳과 높은 원두막에서 빈둥거리는 사람들, 열심히 곡식을 까부르고 있는 여인들, 숲속 빈터로 이어지는 어둡고 좁은 길을 맨몸으로 질주하는 갈색 피부의 아이들 등 익숙해진 장면들을 바라보았다.

짐-웅이 집 앞을 거닐다가 그녀를 보더니 친절하게 고개를 끄덕이며 인사를 하고는 애지중지하는 아편 파이프를 찾으러 안으로 들어갔다. 좀 더 큰 아이들은 오랫동안 아는 사이라는 데서 용기가 생겨 그녀 주변에 몰려들어 검은 손가락으로 그녀의 하얀 옷의 가장자리를 잡아당기고 혹시 유리구슬을 받을까 기대하며 반짝이는 이를 드러내 웃어 보였다. 그녀는 조용한 미소로 그들을 맞이하였다.

니나는 불랑지의 노예인 샴 출신 소녀에게도 친절하게 몇 마디 말을 건넸다. 불랑지는 사나운 아내를 여럿 거느리고 있었다. 믿을 만한 소식통에 따르면, 그 부지런한 경작자의 집안싸움은 대체로 그의 모든 아내들이 작당하여 한꺼번에 샴 출신의 노예 소녀를 공격하는 것으로 끝나곤 했다. 소녀 자신은 결코 불평한 적이 없었다. 아마도 신중한 성격에서 오는 것도 있겠지만, 그보다는 반쯤 야만적인 여성들의 체념한 듯한 이상한 무관심에서 나오는 것 같았다.

이른 아침부터 그녀가 집들 사이로 난 길을 따라 걷는 모습이 보이곤 했다. 빵이 담긴 쟁반을 머리 위에 능숙하게 이고 다니며 강가나 부두에서 빵을 파는 것이 그녀가 맡은 일이었다. 한낮에 너무 더울 때면 올마이어의 구역에서 쉬어가곤 했는데, 니나가 들어오라고 권하면 베란다의 그늘진 구석에 쟁반을 앞에 놓은 채 웅크리고 앉았다. 그녀는 딸인 백인 아가씨에게는 늘 미소를 지어 보였지만 늙은 올마이어 부인은 피하고, 그녀의 날카로운 목소리만 들려도 서둘러 자리를 떴다.

니나는 이 소녀에게는 자주 말을 걸었지만 삼비르의 다른 거주자들은 니나의 목소리를 좀처럼, 아니 한 번도 들은 적이 없었다. 그들은 한 공간에서 움직이고 있는 그 말 없는 존재, 차분하게 하얀 옷을 입은, 딴 세상에서 온 듯한 알 수 없는 존재에 익숙해졌다. 니나의 삶은 겉으로는 평온해 보이고 자신을 둘러싸고 있는 상황과 주변 사람들로부터 초연한 것처럼 보였지만, 올마이어 부인이 가족의 행복과 심지어는 안전을 위해서 지나치게 적극적이었던 탓에 결코 조용할 수가 없었다.

올마이어 부인은 라캄바와 다시 교류를 시작했다. 사적으로 그랬다는 것은 아니다. 그는 지배자의 위엄을 위해 울타리 안에만 머물렀다. 라캄바의 총리이자 항만관리소장, 그리고 재정 고문이자 잡역부인 한 신사, 즉 바발라치라는 인물을 통해 일이 진행되었다.

술루 출신의 그 신사는 개인적인 매력은 전혀 없었지

만, 정치가의 자질을 타고난 것은 확실했다. 사실 그는 무척 혐오스러운 외모를 하고 있었다. 눈은 하나뿐이고 천연두를 앓아 코와 입이 끔찍하게 일그러지고 얼굴에 마맛자국이 있었다. 이 매력 없는 인물은 종종 분홍빛 캘리코 천 조각을 허리에 두른 편한 차림으로 올마이어의 정원에 산책을 오곤 했다. 그러고는 집 뒤편에서 올마이어 부인의 감독 아래 여자들이 밥을 짓는 큼직한 쇠 난로 가까이 재가 흩어져 있는 곳에 쭈그리고 앉은 채, 그 기민한 협상가는 술루어로 올마이어의 아내와 긴 대화를 나누곤 했다. 그들의 대화의 주제가 무엇이었는지는 이어서 올마이어 가족의 벽난로 앞에서 벌어지는 집안 풍경으로 추측해 볼 수가 있다.

최근에 올마이어는 강을 거슬러 올라가는 여행을 하곤 했다. 충실한 알리가 방향키를 잡고 두 명의 노잡이가 있는 작은 카누를 타고 한 번에 며칠씩 사라졌다. 한때 바다의 왕의 신임을 얻었던 사람으로서 값나가는 소중한 비밀을 간직하고 있을 것으로 생각되었기 때문에, 그의 모든 움직임은 당연히 라캄바와 압둘라에 의해 세밀히 관찰되었다.

보르네오 연안에 거주하는 사람들은 보르네오 내륙에 엄청난 가치가 나가는 다이아몬드 광산과 엄청난 매장량의 황금 광산이 있다고 암암리에 믿고 있었다. 그 모든 상상은 내륙 지방으로 뚫고 들어가기가 힘들다는 점 때문에 더욱 부풀었는데, 말레이인들과 '사람 사냥꾼'이라고 불리기도 하는 강가의 다야크 부족이 끝없이 싸우고 있는 북동 해안이 특히 그러했다. 그들의 지리멸렬한 전쟁 중에 짧은 휴전 기간 동안, 다야크족들이 해안의 말레이 촌락을 방문했는데, 그때 그들의 손을 통해 약간의 금이 해안까지 흘러들어왔던 것은 사실이었다. 그리하여 사실의 취약한 토대 위에 가장 황당하고 과장된 이야기가 덧붙여지게 되었던 것이다.

올마이어는, 앞선 링가드처럼, 백인이라는 점 덕분에 강상류의 부족들과 다소간 우호적인 관계를 맺고 있었다. 그러나 그의 여행도 위험이 없는 건 아니었던 터라, 인내심 없는 라캄바는 그가 돌아오기를 애타게 기다리곤 했다. 그러나 매번 라캄바는 실망했다. 그의 심복인 바발라치가 그 백인의 아내와 벌이는 밥솥 회담은 매번 허사였다. 그 백인은 꿰뚫어 볼 수가 없었다. 설득에도 회유에도 욕설에도 속을 내보이지 않았고, 부드러운 속삭임이든 날카로운 욕설이든 미동도 하지 않았으며, 필사적인 간청이든 살인적인 협박이든 끄떡없었다.

올마이어 부인은 남편이 라캄바와 동맹을 맺도록 설득

하고 싶은 강한 욕망 때문에 온갖 성미를 있는 대로 다 부려봤지만 소용이 없었다. 그녀는 더러워진 가운을 겨드랑이 아래 빈약한 가슴 위로 단단히 묶고 숱이 적은 반백의 머리를 튀어나온 광대뼈 위로 아무렇게나 흘러내린 채 탄원하는 자세로, 그렇게 공정하게 교역을 하는 훌륭한 사람과 돈독한 관계를 맺는 것이 얼마나 유리한지를 날카로운 목소리로 설파했다.

"왜 라자한테 가지 않는 거요?" 그녀가 소리쳤다. "밀림 속 다야크족에게 왜 자꾸 가는 것이요? 그들을 다 죽여야 해요. 당신은 그들을 죽일 수 없잖아. 당신은 못 한다구. 하지만 우리 라자의 부하들은 용감해! 라자에게 그 백인 노인의 보물이 어디에 있는지 말해줘요. 우리 라자는 훌륭해요! 라캄바는 우리 할아버지, 우리의 위대한 왕이나 다름없다니까! 그는 그 끔찍한 다야크족들을 다 죽일 거야, 그러면 당신은 그 보물의 반을 갖게 되지. 아, 카스파, 보물이 어디 있는지 말해요. 말해! 당신이 밤에 그리도 자주 읽어보던 그 노인의 편지에 대해 말을 하라구요."

그럴 때면 올마이어는 아내의 폭풍 같은 공격에 어깨만 둥그렇게 오그리고 앉아서는, 아내가 쏟아붓는 청산유수의 흐름이 잠시 끊길 때마다 화가 난 목소리로 "보물 같은 건 없어, 이 여자야! 가버려!"라고 으르렁거리곤 했다. 그가 그냥 등만 구부리고 꼼짝 않는 걸 본 그의 아내는 참다 못해 그의 얼굴을 마주 보려고 테이블 저편으로 돌아가서, 한 손으로 자신의 옷을 부여잡고 앙상한 팔과 매 발톱 같은 다른 손을 그의 머리로 뻗었다. 분노와 경멸 속에서, 용감한 말레이 추장과 연합할 가치도 없는 남자라는 뼈아픈 말과 가혹한 욕설을 퍼부었다. 그러다 결국엔 올마이어가 천천히 일어났다. 손에 긴 파이프를 들고 얼굴에 심적인 고통의 표정을 짓고는 말없이 천천히 걸어 나가버렸다.

그는 혼자 있고 싶어서 계단을 내려가 자신의 새집을 향해 길게 자란 풀 속으로 뛰어들다시피 했는데, 격노한 아내한테 느낀 혐오와 공포로 인해 거의 쓰러질 것 같은 상태로 발을 질질 끌며 갔다. 그녀는 계단의 꼭대기까지 따라와 도망치듯 멀어지는 인물을 향해 알아들을 수 없는 욕설의 화살을 마구 쏘아댔다. 이러한 소동은 멀리 있는 그에게 날카로운 외침이 날아와 꽂히는 것으로 끝났다.

"카스파, 나는 당신 아내야! 당신네 백인의 법에 따른 '합법적인 아내'라고!"

그녀는 이 말이 가장 쓰라린 말, 그 남자의 인생에서 가장 큰 후회라는 것을 잘 알고 있었다.

이 모든 소동을 니나는 꼼짝 않고 지켜보았다. 그녀는 자신의 의견을 어떻게 표현해야 할지 모르는 귀머거리이자 벙어리 같았고 아무런 감정이 없는 듯했다. 종종 부친이 자신의 새집인 '올마이어의 어리석음'으로 피해 먼지투성이 방에 숨어버리고, 모친이 욕설을 퍼붓다 지쳐 기운이 빠진 듯 테이블 다리에 등을 대고 쭈그리고 앉을 때가 있었다. 니나는 바닥에 뿌려진 빈랑즙에 치마가 닿지 않게 조심하면서 궁금하다는 듯이 다가와, 파괴적인 분출 후에 조용해진 화산의 분화구를 들여다보듯 그녀를 내려다보곤했다. 이러한 소동을 벌인 후 올마이어 부인의 머릿속은 어린 시절에 대한 회상으로 건너가, 이를 단조로운 노래로 읊조리곤 했다. 내용은 다소 단속적이었지만 대체로 술루족의 위대한 술탄의 영광을 묘사하는 이야기, 그의 화려한 영광, 권력, 용맹 그리고 빠른 해적선을 본 백인들이 공포심에 심장이 오그라들었다는 이야기 등이었다.

그녀의 조부에 대한 강력한 예찬은 이후의 회상과 뒤섞였는데 '하얀 악마'의 배와 벌였던 큰 전투와 세마랑 수녀원 시절이 주요 무대였다. 그 시점에서 그녀는 이야기의 맥을 끊고, 목에 걸고 있는 작은 청동 십자가를 꺼내 미신적인 경외심으로 그것을 바라보곤 했다. 작은 금속조각을 막연히 부적으로 여기는 미신적인 감정, 나쁜 정령에 대한 막연한 두려움, 그리고 그 친절한 수녀원장이 십자가를 잃어버릴 경우 '그녀가 받게 될 벌'이라고 꾸며낸 끔찍한 고통. 이것들만이 파란만장한 삶의 여정에서 그녀를 지탱해 주는 유일한 종교적 기반이었다.

올마이어 부인은 의지할 수 있는 최소한의 구체적 물건이 있었지만, 그 빈크 부인이라는 여성의 청교도적 보호를 받으며 자란 니나는 과거의 가르침을 상기시켜 줄 그런 청동 조각 하나 없었다. 니나는 모친에게서 야만적 승리와 잔인한 전투와 원시적 축제에 대한 이야기, 모계 쪽이 오랑 블란다보다 훨씬 돋보이는, 유혈이 낭자하지만 용맹스러운 행위를 묘사하는 이야기를 들으면서 어쩔 수 없이 이에 매혹되었다. 그리고 그녀의 어린 영혼을 감싸주었던, 좋은 의도를 가진 백인들과 문명사회의 도덕, 그것이 그녀를 깊은 심연의 가장자리에 무기력하게 떨고 있도록 놔둔 채 얄팍한 외투처럼 쉽게 벗겨져 버리는 데 놀라기도 했다. 가장 이상한 것은 그녀가 '어머니'라고 부르는 마녀 같은 존재의 영향 아래 있을 때에는 이 끔찍한 깊은 심연이 전혀 두렵지가 않다는 거였다.

문명화된 환경에 놓이면서, 말하자면 링가드가 그녀를 이곳 벼랑에서 납치해 간 시점부터, 그녀는 이전의 삶에 대해서는 완전히 잊어버린 듯했다. 그녀는 기독교적 가르침과 사회화 교육, 문명사회의 삶에 대한 일별 등의 혜택을 받았지만, 불행히도 그녀를 가르친 교사들은 그녀의 본성을 이해하지 못했다. 그러다 결국 그녀의 교육은 치욕스러운 소동, 백인들의 혼혈에 대한 급작스러운 경멸로 이어지며 아예 끝나버리고 말았다.

니나는 그런 소동의 쓰디쓴 맛을 보았다. 그리고 그 덕망 높은 빈크 부인의 분노가 젊은 은행원이 아니라, 그가 자신을 마음에 두고 있다는 사실도 몰랐던 자신에게 향했던 것을 뚜렷이 기억했다. 그리고 니나가 생각하기에 분명 빈크 부인이 분노한 주된 이유는 또 있었다. 하얀 둥지에서, 즉 눈처럼 하얀 비둘기 같은 빈크 가문의 두 딸이 유럽에서 막 돌아와 어머니의 날개 아래 자리 잡고 완벽한 운명의 젊은이가 다가오기를 기다리는 그 백인의 보금자리에서, 그런 일이 일어났기 때문이었다. 올마이어가 힘들게 긁어모아서 니나의 생활비로 정확하게 꼬박꼬박 보내오는 돈도 빈크 부인이 '도덕적 결단'을 취소하도록 만들지는 못했다. 니나는 쫓겨났다. 사실 니나는 갑작스레 닥쳐온 변화에 다소 두렵기는 했어도, 본인 스스로 나가기를 원했었다.

이제 그녀는 야만인 모친, 그리고 머리를 구름 속에 둔 채 살얼음 위를 걷고 있는 나약하고 우유부단한 불행한 부친과 함께 강가에서 삼 년째 생활하고 있었다. 비참한 가정환경에서 문명의 혜택이 결여된 삶을 살며, 이득을 위해

잡스러운 계략을 꾸며내고 그에 못지않게 혐오스러운 정욕과 금전에 대한 음모와 범죄가 들끓는 그런 분위기 속에서 지내고 있었다. 거기에 가정불화가 덧붙여진 삶이 지난 삼 년간 그녀에게 일어난 전부였다.

니나는 처음 한 달간은 절망과 혐오감 때문에 자신이 죽을 것이라 생각하고 또 그렇게 되기를 바랐다. 그러나 그녀는 죽지 않았다. 오히려 육 개월이 지나자 그녀는 다른 삶이 존재하지 않았던 것처럼 느껴졌다. 아무런 요령도 없이 더 나은 삶을 갈구하도록 허용되었다가, 다시 강렬하고 통제할 수 없는 열정으로 가득한 절망적인 야만의 수렁으로 내동댕이쳐진 젊은 마음은 분간할 힘을 잃었다.

니나에게는 아무런 변화도, 차이도 있는 것 같지가 않았다. 사람들이 거래를 벽돌 지하창고에서 하든 진흙투성이 강가에서 하든, 힘들게 이루든 쉽게 이루든, 사랑을 나누는 곳이 거대한 나무 그늘 아래든 싱가포르 산책로에 위치한 성당 안이든, 목적을 위해 법의 보호를 받으며 기독교적 행동 강령 아래 계략을 짜든 아니면 음울한 숲처럼 문명을 모르는 사람들이 무절제하고 맹렬하게 자신의 욕망을 충족시키든 간에, 니나에게는 모든 것이 다 똑같은 애증의 표현으로 보이고 잡다하고 발 빠르게 여러 양상으로 불확실한 금전을 좇는, 다 똑같은 꾀죄죄한 탐욕으로 보였다.

하지만 이 모든 세월이 흐른 후, 비록 말레이 친족들이 맹목적인 야만성을 보이더라도, 단호한 성정을 지닌 그녀에게는 그것이 진정성 있게 느껴졌다. 불행히도 그녀가 접하게 되었던 그 백인들의 겉만 번지르르한 위선, 정중한 가식, 도덕적 핑계보다는 결국은 훨씬 나은 것이었다. 결국 그쪽이 그녀의 운명이었고 그녀의 삶이 될 것이었다.

그렇게 생각하면서 니나는 점차 어머니의 영향을 받게 되었다. 별로 아는 것이 없었던 탓에, 니나는 야만적 삶의 좋은 점을 추구하며 자신의 조상이기도 한 라자들의 사라져 버린 영광에 대한 노파의 이야기에 탐욕스럽게 귀를 기울였고, 미약하고 전통도 없는 부친으로 대표되는 백인 쪽 혈통에는 점차 무관심해지고 멸시까지 하게 되었다.

삼비르에 딸이 와 있어도 올마이어의 어려움은 좀처럼 줄어들지 않았다. 사실 그녀가 도착하면서 일으켰던 흥분은 가라앉은 지 오래였고, 라캄바가 방문을 재개하는 일도 없었다. 하지만 군함에서 보낸 보트가 가버린 지 일 년쯤 지난 후에 메카로 순례를 떠났던 압둘라의 조카 시에드 레시드가 성공을 의미하는 녹색 재킷과 '하지'라는 자랑스러운 타이틀을 받아 기쁘게 돌아오게 되었다. 그를 데려온 증기선에서 폭죽을 쏘아올리고 압둘라 구역에서 밤새 북을 치는 등 환영 잔치가 다음날 새벽까지 계속되었다. 레시드는 압둘라가 가장 아끼는 조카이자 후계자였다. 조카를 사랑하는 숙부는 하루는 강가에서 올마이어를 만나자 멈춰서 정중하게 인사말을 나누더니 진지하게 한번 대화를 나누자고 청했다. 올마이어는 그가 무슨 사기를 치려고 하는지 의심스러웠다. 어쨌든 무슨 불쾌한 일을 꾸미려는가 싶었지만, 당연히 기쁜 척하며 동의를 했다. 그리하여 다음날 저녁 일몰 후에 압둘라가 긴 수염을 한 다른 반백의 노인 몇 사람과 레시드를 대동하고 나타났다.

그 젊은이는, 방탕한 난봉꾼 같은 외모를 하고 있는데, 진행되고 있는 모든 일에 대해 아주 무관심한 척했다. 횃불은 든 사람들이 계단 아래 무리지어 서고, 방문객들이 여기저기 낡은 의자에 자리를 잡았을 때, 레시드는 자그마하고 귀족적으로 생긴 자신의 손을 열심히 들여다보며 그림자 속에 혼자 서 있었다. 올마이어는 방문객들의 엄청난 엄숙함에 놀라 그의 특징인 위엄 없는 태도로 테이블 한쪽에 올라가 앉았고, 그런 그를 보고 진지한 아랍인들은 못마땅하다는 표정으로 눈총을 보냈다. 그러나 압둘라는 올마이어를 지나쳐 문간에 드리워져 있는 붉은 커튼을 똑바로 바라보면서 말을 꺼냈다. 커튼이 약간 흔들리는 것이 반대편에 여자들이 몰려있음을 말해주고 있었다.

그는 올마이어에게 우정 어린 이웃으로 함께 지내온 긴 세월을 예찬하는 깔끔한 말로 이야기를 시작했다. 알라신에게 앞으로도 오랫동안 그 반가운 존재가 친구들의 눈을 기쁘게 해줄 것을 청했다. 네덜란드의 '위원회'에서 올마이어에게 보여준 큰 관심을 정중하게 언급하였고, 거기서 올마이어가 동향의 백인들 사이에서 중요한 인물임을 추론할 수 있었다는 듣기 좋은 말도 했다. 자신 또한 아랍인 사이에서 중요한 인물이며, 조카 레시드는 자신의 후계자로서 사회적 위치와 엄청난 부를 물려받게 될 것이라고도 말했다. 이제 레시드는 '하지'가 되었다. 압둘라는 그가 말레이 출신 아내를 몇 명 거느리고 있지만, 가장 마음에 드는 아내, 예언자에 의해 허락을 받은 네 명 중에 첫 번째 아내를 맞이할 때가 되었다는 이야기를 계속했다. 예의 바른 정중한 태도로 압둘라는 기가 막혀 말문이 막힌 올마이어에게 더 설명을 이어갔다.

그는 올마이어가 자신의 후손을 진정한 신앙인이자 덕망 깊은 레시드와 결합시키는 데 동의한다면, 압둘라 자신이 자비로운 알라신에 의해 천국의 기쁨으로 불려갈 때 그녀가 레시드 집안의 모든 영광의 여주인이 되고 섬에서 가장 높은 아랍인의 첫 번째 아내가 될 거라고 말했다.

그는 결론을 말했다. "이보시오, 투안. 다른 여인들은 그녀의 노예가 될 거요. 그리고 레시드의 집은 굉장해요. 그는 봄베이에서 큰 소파와 값나가는 카펫과 유럽의 가구도 들여왔소. 또한 황금처럼 빛나는 액자에 끼워진 거대한 거울도 있지요. 여자가 그 이상 뭘 더 원하겠소?" 올마이어가 당황한 채 말없이 자신을 바라보는 동안 압둘라는 수행원들을 손으로 물리면서 더욱 은밀한 어조로 그들 혼인의 물질적인 이익을 콕 집어 말하며 그의 진실된 우정의 징표와 딸의 몸값으로 삼천 달러를 올마이어에게 선사하겠다는 제안과 함께 말을 마쳤다.

가엾은 올마이어는 거의 발작을 일으킬 뻔했다. 압둘라의 멱살을 쥐고 싶은 욕망이 타올랐으나, 무법자들 가운데서 외교적인 화해의 필요성을 의식해야 하는 자신의 힘없는 위치를 생각하지 않을 수 없었다. 그는 충동을 억누르고 정중하고 냉정하게 "딸은 아직 어리며, 자신의 눈에 넣어도 안 아픈 소중한 존재"라고 말했다. "순례를 마친 신실한 투안 레시드가 자신의 하렘에 이교도 여성을 들이고 싶지는 않을 것"이라고도 덧붙였다. 그는 자신의 마지막 이야기에 압둘라가 미심쩍은 듯이 미소 짓는 것을 보며, 더 말을 하는 게 좋은지 확신이 서지 않았다. 딱 잘라 단도직입적으로 거절하기 두려웠지만 뭔가 타협하는 듯한 발언을 할 수도 없어서 잠시 침묵을 지켰다. 압둘라는 그 침묵의 의미를 이해하고 정중하게 몸을 굽혀 인사를 하며 자리를 뜨려고 일어섰다. 그는 친구 올마이어에게 '만수무강'을 빌고 레시드의 충실한 부축을 받으며 계단을 내려갔다.

횃불을 든 사람들이 횃불을 흔들자 강에 불이 흩어졌다. 행렬이 떠나가자 올마이어는 여전히 신경이 곤두선 상태였지만 무척이나 마음이 놓였다. 그는 의자에 털썩 주저앉아, 그들이 사라지고 쿵쿵거리는 발걸음 소리와 웅얼거리는 목소리가 완전히 침묵에 뒤덮일 때까지 나무줄기 사이로 반짝이는 불빛을 바라보았다. 커튼이 살랑거리며 니나가 베란다로 나와 매일 몇 시간씩 앉아있곤 하는 흔들의자에 앉을 때까지도, 그는 꼼짝도 않고 있었다. 그녀는 눈을 반쯤 감은 채 기대앉아 의자를 살짝 흔들기 시작했다. 그녀의 긴 머리카락이 테이블 위에 놓인 등불의 희미한 빛을 가려 얼굴에 그림자가 드리워졌다. 올마이어는 은밀히 그녀를 바라보았는데, 그녀는 매우 무감각한 표정이었다. 그녀가 고개를 약간 부친 쪽으로 돌리더니 하지 않던 영어로 갑자기 말을 걸어와, 그는 다소 놀랐다.

"여기 온 사람이 압둘라였나요?" 그녀가 물었다.

"그래." 올마이어가 말했다. "방금 갔다."

"왜 왔어요, 아버지?"

"레시드를 위해 너를 사겠다고 하더라." 올마이어는 분노를 감추지 못하고 거칠게 대답하며 그녀를 바라보았다. 그녀의 감정이 폭발하기를 기다렸다. 그러나 니나는 꼼짝도 않고 꿈꾸듯 바깥의 칠흑 같은 밤을 응시할 뿐이었다.

"니나, 조심해라." 올마이어가 잠시 침묵을 지키다 의자에서 일어나며 말했다. "혼자 강에 카누를 타러 갈 때도. 그 레시드란 작자는 폭력적인 불한당이거든. 무슨 짓을 할지 몰라. 내 말 들었니?"

안으로 들어가기 위해 그녀는 일어나서 현관의 커튼을 한 손으로 잡았다. 갑작스러운 동작으로 검고 숱이 많은 머리카락을 뒤로 홱 뿌리며 돌아섰다.

"그가 그럴 수 있을 거라고 생각하세요?" 그녀가 재빨리 묻고는 다시 돌아서서 안으로 들어가며 낮은 어조로 덧붙였다. "못 할걸요. 아랍인들은 모두 겁쟁이들이에요."

올마이어는 놀라서 그녀의 뒷모습을 바라보았다. 그는 해먹에 올라 쉴 생각이 들지 않았다. 그는 아무 생각 없이 마룻바닥을 걸어 다니다가 난간에 기대서서 잠시 생각에 젖었다. 램프 불이 꺼졌다. 새벽빛 한 줄기가 숲 위로 나타나기 시작했다. 올마이어는 축축한 공기 속에서 몸을 떨었다. "나도 모르겠다." 그가 지친 듯 누우며 중얼거렸다. "여자들이란! 아니! 저 아이는 납치되기를 원하는 것처럼 보이는군!"

그러고는 이름 모를 공포가 심장 속으로 스며드는 것 같은 기분에 그는 몸을 부르르 떨었다.

제4장

그해 남서계절풍 시기가 끝날 무렵 심상치 않은 소문이 삼비르까지 들려왔다. 포드 선장이 저녁시간의 담소를 위해 올마이어의 집에 오면서 『스트레이트 타임즈』 최신 호를 몇 부 가지고 왔는데, 거기에 아킨 전쟁 소식과 네덜란드 탐험대의 실패에 관한 소식이 실려 있었다.

이따금씩 강을 거슬러 올라가는 프라우선의 아랍인 선장들은 통치자 라캄바를 방문하여 미해결된 사태를 논하고, 네덜란드 백인들의 강제 징수, 혹독함, 일반적 횡포에 대해 이야기를 나누며 심각하게 고개를 끄덕이곤 했다. 예를 들면, 마카사르 해협에서 화약의 거래가 전적으로 중단되고 교역을 하는 모든 의심스러운 배에 올라 철저하게 감독한다는 이야기가 있었다.

심지어는 충실한 라캄바조차, 위험한 항해 끝에 강어귀에 거의 도착했을 때 화약 거래 면허가 취소되고 프린세

스 아멜리아 포함(砲艦)에 화약 백오십 배럴을 갑작스럽게 징수당했고, 이에 대해 불만을 품고 마음이 흔들리기도 했다. 그 불쾌한 소식은 레시드에 의해 전해졌다. 레시드는 결혼 기획이 실패로 돌아가고 난 후, 교역을 목적으로 여러 섬을 거치며 긴 항해를 했고, 라캄바를 위해 화약을 샀었다. 그리고 막 돌아와 탐지당하지 않고 잘 피한 자신의 기민함을 기뻐하고 있을 때 점검을 당하면서 몽땅 몰수를 당했다. 처음에 레시드의 분노는 올마이어를 향했다. 아랍인들과 라자가 강 상류의 다야크족과 벌이고 있던 지리멸렬한 전투에 대해 올마이어가 네덜란드 당국에 일러바쳤다고 의심했다.

라자가 자신의 불평을 차갑게 넘겨버리고 그 백인에 대해 복수하려는 조짐을 전혀 보이지 않자 레시드는 무척 놀랐다. 사실 라캄바는 올마이어가 그런 국정에는 전적으로 관여하지 않는다는 것을 잘 알고 있었다. 게다가 라캄바는 올마이어의 새로운 친구인 다인 마룰라 덕분에 자신과 그 오랜 숙적 사이에 일종의 화해가 이루어져, 무척이나 괴롭힘을 당해 오던 그 인물에 대해 입장을 전적으로 바꾼 것이었다.

이제 올마이어에게 친구가 생겼다. 레시드가 통상 여행을 떠난 지 얼마 되지 않은 무렵, 니나는 혼자 카누를 타고 산책을 나섰다가 천천히 조수에 의지하여 집으로 돌아오고 있었다. 그때 그녀는 작은 개천에서 마치 물속에 무거운 밧줄을 떨어뜨리는 것 같은 풍덩 소리와 그것을 끌어올리는 말레이 선원들이 노동요를 길게 부르는 소리를 들었다. 그리고 강어귀를 가리고 있는 울창한 숲 언저리에서 유럽식 장비를 갖춘 배의 높은 돛대가 종려나무 위로 솟은 것을 보았다.

작은 개천에서 쌍돛대 범선 한 척이 강의 본류로 나아가고 있었다. 태양이 지고 짧은 여명의 순간에 니나는 쌍돛대가 앞 돛대를 펼친 채 저녁 미풍과 조수의 도움을 받아 삼비르 쪽으로 나아가는 것을 본 것이다. 니나는 큰 강줄기에서 카누를 돌려 숲이 우거진 작은 섬 사이의 좁은 물길로 들어서서 삼비르를 향해 열심히 노를 저었다. 졸고 있는 듯한 검은 빛의 역류를 거슬러 가며 그녀의 카누가 진흙투성이 좁은 둑의 가장자리에 자란 수생식물을 스치자 그곳에서 조용히 늘어져 있던 악어들이 무심한 눈길을 던졌다. 어둠이 내려앉기 시작하자 그녀의 카누는 강의 흐름이 두 갈래로 나뉘는 넓은 곳으로 날아가듯 재빨리 움직였다. 그곳에 돛이 접히고 잘 정리된 쌍돛대 범선이 정박해 있었는데 갑판에는 아무도 없었다.

판타이 강의 두 지류 사이 아래에 위치한 집으로 돌아가려면 니나는 그 배를 바싹 지나쳐 강을 건너야 했다. 두 지류의 위쪽으로 둑 위와 물 위에 지어진 집들에서 나온 불빛이 벌써부터 반짝이며 조용한 강에 반영을 이루고 있었다. 웅얼거리는 소리들, 때로 아이의 외침 소리, 빠르게 치다가 갑작스럽게 그쳐버리는 나무 북소리가 저 멀리 어둠 속에서 귀가 중인 어부가 외치는 소리와 합쳐지며, 드넓고 광활한 강 위를 건너 그녀의 귀에 들려왔다.

니나는 유럽식 배와 같은 흔치 않은 물체를 보고 뭔가 불안해져서 강을 건너기 전에 잠시 망설였다. 그러나 드넓은 강은 조그만 카누를 보이지 않게 할 만큼 어두웠다. 그녀는 링가드 앤 컴퍼니의 작은 방파제를 향해 나아가는 동안 어떤 수상쩍은 소리라도 잡을 요량으로 바닥에 무릎을 꿇고 몸을 숙인 채 노를 빨리 저어 작은 카누의 속도를 높였다.

올마이어네 방갈로의 하얗게 칠한 베란다에서 방파제 쪽으로 파라핀 등불이 강한 빛을 발하고 있어 길을 찾는 데 무척 도움이 되었다. 방파제 자체는 우거진 관목으로 뒤덮인 둑의 그림자 때문에 어둠 속에 가려져 있었다. 방파제가 보이기도 전에, 그녀는 썩은 기둥에 큼직한 보트가 공허하게 쾅쾅 부딪치는 소리와 보트 위에서 사람들이 웅얼웅얼 속삭이는 대화 소리를 들었다. 가까이 다가가자 희미하게 보트의 하얀색과 큼직한 윤곽이 보여서, 니나는 이 보트가 막 정박한 쌍돛대 범선에서 나온 것임을 쉽게 추측할 수 있었다.

노를 빨리 움직여 카누를 정지시킨 니나는 다시 재빨리 방향을 휙 틀어 방파제에서 멀어지며 집의 뒤뜰로 들어가는 작은 개천을 향해 노를 저었다. 그녀는 개천의 진흙투성이 상류에 카누를 대고 집을 향해 마당의 풀 위로 난 길을 걸어갔다. 니나가 바나나밭을 에둘러 갈 때 나무들 사이로 왼쪽에 위치한 조리실에서 나오는 붉은 불빛이 보였다. 조용한 저녁에 헛간으로부터 여자들의 웃음소리가 들려서, 니나는 어머니가 거기 안 계시나 보다고 생각했다. 웃음과 올마이어 부인은 그리 가까운 사이가 아니었기 때문이다. 중앙에서 건물을 반으로 딱 나누는 좁은 복도의 뒷문으로 이어지는 삐걱거리는 판자들의 경사면 위를 가볍게 달리며 니나는 어머니가 집 안에 계신 게 틀림없다고 생각했다. 문 바깥에 어두운 그림자 속에 충실한 알리가 서 있었다.

"누가 왔나요?" 니나가 물었다.

"위대한 말레이 남자 한 분이 오셨습니다." 알리가 흥분을 억누른 어조로 대답했다. "아주 부자예요. 창을 든 무사가 여섯 명이나 돼요. 진짜 용사 말이에요. 옷도 무척 멋져요. 그 사람 옷을 봤어요. 빛나던데요. 보석이 얼마나 멋지던지! 가지 말아요, 니나 아가씨. 주인님이 들어오지 말랬어요. 그런데 마님은 들어가셨어요. 주인님이 화내실 텐데요. 오, 알라신이여, 그런 보석을 다 갖고 있다니!"

니나는 알리가 뻗은 손을 피해 어두운 복도로 미끄러져 들어갔다. 그러자 복도 끝에 진홍빛 커튼이 드리워진 벽 가까이, 웅크리고 있는 작고 어두운 형체가 보였다. 그녀의 모친이 앞 베란다에서 일어나고 있는 일을 눈과 귀로 실컷 즐기고 있었다. 니나도 새로운 즐거움에서 자신의 몫을 차지하고자 가까이 다가갔다. 모친이 팔을 뻗어 그녀를 막았다. 아무 소리도 내지 말라고 나지막이 웅얼거렸다.

"어머니는 그 사람들 봤어요?" 니나가 숨 가쁜 목소리로 속삭였다.

올마이어 부인이 딸 쪽으로 얼굴을 돌렸다. 희미하게 붉은빛이 감도는 복도에서 노파의 푹 꺼진 눈이 이상하리만치 빛났다.

"나, 그 사람 봤다." 거의 들리지 않는 목소리로 그녀가 말했다. 그러고는 딸의 손을 뼈가 앙상한 손가락으로 눌렀다. "위대한 라자가 삼비르에 왔구나. 하늘이 내려주신 분이다." 노파가 혼잣말로 중얼거렸다. "얘야, 저리 가라!"

두 여성은 커튼 가까이에 서있었다. 니나는 커튼이 벌어진 틈으로 더 다가가길 원했고 그녀의 어머니는 흥분에 휩싸여 고집스럽게 그 자리를 고수했다. 저쪽 편에서는 대화가 잠시 소강상태에 이르렀다. 대화가 잠시 멈춘 동안 남성들의 숨소리, 장신구가 때로 가볍게 부딪치는 소리, 금속제 칼집이 부딪치는 소리, 서로 청동 술잔을 주고받는 소리가 간간이 들렸다. 모녀가 말없이 서로 밀치고 있을 때, 발을 끄는 소리가 나더니 올마이어의 건장한 그림자가 커튼에 드리워졌다.

여성들은 밀치던 것을 멈추고 꼼짝 않고 있었다. 올마이어가 커튼 건너편에 무슨 일이 일어나고 있는지는 전혀 모르고, 문간 쪽에 등을 돌린 채 손님에게 뭔가 답변하려고 일어난 것이다. 그는 서운하고 초조한 어조로 말했다.

"투안 마룰라, 말씀대로 교역을 원한다면 당신은 엉뚱한 집으로 오신 겁니다. 마카사르에서 나에 대해 무슨 이야기를 들었든 간에, 나도 한때 교역을 하긴 했지만, 지금은 아닙니다. 뭘 원하신다 해도, 여기선 찾지 못할 겁니다. 줄 것이 없어요. 나 자신도 원하는 게 없구요. 저기, 라자에게 가보세요. 낮에는 여기서 강 건너편에 있는 그의 집이 보이는데…… 저 강둑에 불이 타오르는 것이 보이지요? 그가 당신과 교역을 해서 도움을 줄 겁니다. 아니면 저쪽에 있는 아랍인들에게 가보는 게 훨씬 낫겠네요." 그는 손으로 삼비르의 집들이 모여 있는 쪽을 가리키며 쓰라린 목소리로 말했다. "압둘라가 당신에게 필요한 사람입니다. 그가 사지 않을 물건이라곤 하나도 없지요. 팔지 않을 물건도 없구요. 내 말을 믿어요. 나는 그를 잘 알아요."

그는 잠시 대답을 기다리다가 이렇게 덧붙였다.

"내가 여태 한 말은 모두 사실이고, 더 이상 할 말도 없습니다."

모친에 의해 제지되고 있던 니나의 귀에는 누군가 부드러운 목소리로 말레이 상류층 특유의 높낮이 없는 차분한 억양으로 점잖게 말하는 것이 들려왔다.

"누가 백인 투안의 말씀을 의심하겠습니까? 남자는 심장이 알려주는 곳에서 친구를 찾게 되지요. 이 또한 진실 아니겠습니까? 늦은 시각이긴 하지만, 나는 당신이 들으면 기뻐하실 만한 이야기가 있어서 여기 왔습니다. 내일 술탄에게 갈 겁니다. 교역가는 위대한 남자들과의 우정이 필요하지요. 그러고 나서 투안이 허락하신다면 나는 진지한 이야기를 나누러 이리 다시 돌아오겠습니다. 아랍인들에게는 가지 않을 겁니다. 그들은 거짓말이 심합니다. 그들이 누구입니까? 거짓말쟁이들 아닙니까!"

올마이어가 다소 쾌활한 목소리로 대답했다.

"뭐, 좋으실 대로. 하실 말씀이 있으면 내일 언제든 듣도록 하지요. 젠장! 술탄 라캄바를 만나본 후엔 여기로 돌아오고 싶지 않을 겁니다. 두고 보세요. 하지만, 이건 유념하세요. 나는 라캄바와는 절대 엮이지 않을 겁니다. 그에게 그렇게 말해도 좋아요. 그런데 요컨대 당신은 내게 무슨 용무가 있는 거요?"

"내일 이야기해요, 투안. 이제 당신을 알게 되었으니까요." 말레이인이 대답했다. "나는 영어를 좀 할 줄 압니다. 그러니 우리가 이야기해도 아무도 알아듣지 못할 거예요. 그리고 나서……"

그는 갑자기 말을 멈추고 놀란 듯이 물었다. "투안, 이게 무슨 소리인가요?"

올마이어 역시 커튼 저편 여자들 구역에서 밀고 당기는 소리가 점점 커지는 것을 듣고 있었다. 분명 니나의 강한 호기심이 올마이어 부인의 사회적 예의범절에 대한 고양된 의식을 막 물리치는 순간이었다. 가쁘게 숨을 몰아쉬는 소리가 뚜렷이 들리고, 밀고 당기는 바람에 커튼이 흔들리기까지 했다. 평소처럼 올마이어 부인의 주특기인, 논리적 타당성이 결여된 독설이 담긴 화난 목소리로 따지는 소리가 들리긴 했으나, 몸싸움인 것이 확실했다.

"부끄러운 줄도 모르고! 네가 노예냐?" 분노한 올마이어 부인이 날카롭게 소리를 질렀다. "못난 것, 얼굴 가리지 못해! 이 하얀 뱀 같으니. 네 멋대로 하도록 놔둘 줄 알아!"

올마이어의 얼굴에 짜증과 동시에 엄마와 딸 사이에 끼어들어야 할지 말지 망설이는 표정이 나타났다. 그는 뭔가 흥미로운 것을 기대하는 태도로 소동이 끝나기를 말없이 기다리고 있는 말레이 방문객을 흘낏 쳐다보더니 경멸하듯이 손을 흔들며 중얼거렸다.

"아무것도 아니오. 그냥 여자들이요."

말레이인은 그의 설명에 예의를 지켜 점잖게 고개를 끄덕였다. 얼굴에 무관심하고 평온한 표정을 지었다. 커튼 뒤의 몸싸움이 끝났고, 젊은 쪽이 이긴 것이 확실했다. 올마이어 부인의 굽 높은 신발 소리가 빠르게 끌리더니 또각또각 소리를 내며 멀어져 갔던 것이다. 평온을 찾은 집주인이 대화를 다시 시작하려다 말고, 손님의 얼굴에 나타난 갑작스러운 표정 때문에 놀라 뒤를 돌아보았다. 문간에 니나가 서있었다.

올마이어 부인이 전투에서 물러나자, 니나는 "그저 교역상일 텐데 뭐."라고 경멸하듯 외치며 쟁취한 커튼을 들어 올렸던 것이다. 그리하여 그녀는 복도의 어둠을 배경으로 전면에 빛을 받으며 서있게 되었다. 힘을 쓰고 난 후라 머리는 다소 헝클어지고 입술은 약간 벌린 채, 분노의 빛이 아직 사라지지 않은 두 눈은 승리감에 반짝이고 있었다. 그녀는 베란다 한쪽 끝 그늘진 곳에서 꼼짝도 않고 서 있는, 창을 든 백의의 남자들 무리를 한번 흘낏 바라보았다. 그러고는 이 당당한 수행원들의 주인에게 호기심에 찬 시선을 보냈다.

그는 약간 한쪽이긴 해도 거의 바로 앞에서 그녀를 마주하게 되었는데, 갑자기 나타난 존재의 아름다움에 놀라 말레이인들이 지구상의 위대한 자에게만 표하는 숭배의 자세로 합장하며, 두 손을 머리 위로 들어 올리고 허리를 굽혔다. 램프의 강한 빛에 그의 검은 실크 재킷의 황금빛 자수가 찬란하게 빛나고, 붉은 사롱 위로 허리께에 장식 띠를 둘러 만든 주름 아래로 삐져나온 크리스 단검의 보석 박힌 손잡이에 수천의 반짝이는 갈라지는 빛이 형성되고, 거무스레한 손가락에 끼워진 반지들의 보석이 유희하듯 반짝였다. 그는 절을 한 후 재빨리 몸을 꼿꼿이 세우고, 화려하게 염색한 말갈기로 장식된 묵직한 단검의 손잡이에 우아하고 자연스럽게 손을 얹었다.

니나는 문턱에서 우물쭈물하다가 중키에 무척 힘이 셀 것 같은 넓은 어깨를 가진 인물이 유연한 몸가짐으로 몸을 일으키는 것을 보았다. 푸른 터번의 술이 왼쪽 어깨 위로 우아하게 늘어져 있었고, 터번의 주름 아래로 무척 단호해 보이면서 무모한 쾌활함이 엿보이지만 그렇다고 위엄이 없지는 않은 얼굴이 보였다. 네모난 턱에 붉고 두툼한 입술, 벌름거리는 콧구멍, 당당하게 치켜든 머리는 반쯤 야성적이고 길들여지지 않은, 어쩌면 잔인해 보일 수 있는 인상을 주고 있었는데, 그 때문에 그 종족의 일반적 특징인 거의 여성적으로 보이는 눈매의 부드러움이 사라지고 있었다.

처음의 놀라움이 사그라들자, 니나는 그가 제어할 수 없는 숭배와 열망이 담긴 시선을 계속 자신에게 고정하고 있다는 것을 알아차렸다. 그러자 여태까지 체험해 보지 못한 부끄러움의 감정이 놀람과 기쁨으로 뒤섞인 채 온몸으로 스며드는 것 같았다. 니나는 그러한 낯선 감정에 혼란을 느끼며 문간에 서있다가 본능적으로 커튼 아래쪽을 들어올려 자신의 얼굴을 반쯤 가렸다. 그러고는 반쯤 드러난 동그란 뺨에 머리카락이 흘러내린 상태로 한쪽 눈만 내놓고, 여태까지 그 베란다에서 봐온 그 우스운 무역상들과는 외모가 너무도 다른 그 멋지고 대담한 존재를 응시했다.

예기치 못한 꿈같은 환영을 보고 놀란 다인 마룰라는, 그런 어울리지 않는 장소에서 갑자기 마주친 너무도 사랑스러운 이 여인을 계속 보고 싶다는 열망이 강해졌다. 그는 혼란스러워하는 올마이어도, 입을 벌린 채 바라보고 있는 수행원들과 범선도, 자신의 방문 목적도 잊고, 그 밖의 모든 것들도 싹 잊고 말았다.

"그 아이는 내 딸이오." 올마이어가 당황한 태도로 말했다. "별일 아니오. 투안, 당신도 아시다시피 백인 여자들은 자신들만의 문화가 있어요. 하지만, 오늘은 너무 늦었으니, 내일 우리 이야기를 마치도록 합시다."

다인은 소녀를 향한 마지막 시선에 자신의 엄청난 숭배의 마음을 과감하게 담아 보내려고 애쓰며 허리를 굽혔다. 다음 순간 그는 어떤 여성의 존재에 대해서도 무관심하다는 표정을 짓고는, 정중한 예의를 갖춰 올마이어와 악수를 했다. 부하들이 줄지어 내려갔다. '배의 선장'이라고 소개한 땅딸막하고 야만적으로 보이는 수마트라인의 철통같은 호위를 받으며, 그도 재빨리 그들을 따라갔다.

니나는 베란다 난간으로 걸어가 달빛이 금속 창끝에 반짝이는 것을 바라보았다. 사람들이 한 줄로 방파제로 나아갈 때 박자에 맞춰 부딪치는, 딸랑거리는 청동 발찌의 소리를 들었다. 잠시 후 환한 달빛 아래 검은 무정형의 형체가 강물 위 옅은 안개 속에서 점점 커지며 다가오는 가운데, 보트가 밖으로 밀려 나갔다. 니나는 무역상의 우아한 체형이 뱃고물 상판에 곧은 자세로 서있는 것을 알아볼 수 있다고 생각했다. 그러나 잠시 후 모든 윤곽이 희미해지고 알아보기 힘들게 되더니 강 한가운데를 뒤덮고 있는 하얀 안개 속으로 사라져 버렸다.

올마이어는 딸에게 다가와 두 팔을 난간에 기대고 베란다 아래에 쌓여있는 쓰레기 더미와 깨진 병들을 시무룩하게 내려다보았다.

"조금 전 그 시끄러운 소리는 다 뭐냐?" 그가 올려다보지 않은 채 언짢은 듯 나지막한 소리로 물었다. "에잇, 너와 네 엄마는 뭐냐! 네 엄마는 뭘 원하는 거야? 너는 왜 나온 거야?"

"어머니는 제가 나오지 못하게 하셨어요." 니나가 말했다. "어머니는 화가 나셨죠. 방금 간 사람이 '대단한 라자'라고 하셨는데, 지금 보니 어머니 말이 맞는 것 같아요."

"여자들은 모두가 다 미쳤다니까." 올마이어가 으르렁거렸다. "그게 너나 네 엄마한테, 그 누구한테든 다 무슨 소용이냐? 그 사람은 섬에 있는 새 둥지와 해삼을 구하려는 거다. 네가 '라자'라고 부르는 그 사람이 그렇게 말했다. 내일 다시 올 거다. 두 사람 모두 집에서 멀리 떨어져 있도록 해. 내가 조용히 내 비즈니스에 신경 쓸 수 있게 말이다."

다인 마룰라는 다음날 돌아와 올마이어와 긴 대화를 나누었다. 이것이 긴밀하고 우정 어린 교류의 시작이었다. 초반에 그들의 만남은 삼비르의 거주민들로부터 상당히 주목을 받았으나, 마룰라의 부하들이 올마이어의 구역에 피워놓은 화톳불들을 자주 보게 되면서 이에 익숙해지게 되었다. 마룰라의 부하들은 북동계절풍 시기의 추운 밤에 주인이 투안 푸티 —그들은 자기들 사이에서 올마이어를 그렇게 불렀다— 와 긴 회담을 나누는 동안 몸을 녹이고자 불을 피웠던 것이다.

삼비르에서 이 새로운 무역업자에 대한 호기심은 대단했다. 그는 술탄을 만나봤을까? 술탄은 뭐라고 말했을까? 그는 선물을 바쳤을까? 그는 무엇을 팔 것인가? 무엇을 살 것인가? 이러한 문제에 대해 강가의 대나무 집에 살고있는 주민들은 무척이나 궁금해 했다. 심지어는 좀 더 튼튼한 건물들, 즉 압둘라의 집이나 아랍인, 중국인, 부기스족 등 주요 교역상들의 집에서도 궁금증이 불붙어 며칠씩 흥분이 지속되기도 했다. 타고나기를 의심 많은 기질이라 그들은 젊은 무역상이 내놓는 간단한 자기소개를 믿으려 하지 않았다.

하지만 다인의 말은 진실처럼 보였다. 그는 자신을 무역업자로 소개하며, 쌀을 팔고 있다고 말했다. '구타페르카나 밀랍 같은 것은 살 생각이 없고, 선원들을 많이 고용해서 강 외곽의 산호초에서 해삼을 수집하고 메인랜드에서 새집을 찾아다닐 계획'이라고 말했다. 그런 방식으로 구해진 해삼이나 새집이 있으면 얼마든지 사들이겠다고 선언

했다. 또 그는 발리 출신으로 자신이 브라민 계급이라고 말했는데, 라캄바나 올마이어의 집에 자주 방문하는 동안 모든 음식을 거절함으로써 그 브라민 계급이라는 말이 사실임을 입증했다. 그는 주로 밤에 라캄바를 찾아가 긴 면담 시간을 가졌다. 바발라치는 통치자와 교역가의 회합 때마다 제삼자로 늘 동석했는데, 그 수많은 긴 회담의 내용이 무엇이었는지 알아내려는 모든 사람들을 포기시키는 법을 잘 알고 있었다. 엄숙한 압둘라가 나른한 태도로 인사를 하며 질문을 하면, 그는 한쪽 눈을 멍하게 뜨고 있거나 극단적인 단순함을 가장함으로써 그 질문을 피했다.

바발라치는 주뼛거리며 "저는 그저 우리 주인님의 노예일 뿐입니다."라고 웅얼거렸다. 그러고 나서 무모하게 털어놓기로 결심한 것처럼, 갑자기 압둘라에게 수수께끼 같은 엄숙한 어조로 "술탄이 쌀 백 자루를 샀어요, 투안! 백 자루요."라는 말을 반복하면서 쌀 거래에 대해 알려주곤 했다. 그러나 압둘라는 분명히 더 중요한 거래들이 오간다는 것을 확신하고 있으면서도, 정중하게 놀라는 태도를 가장하며 그 정보를 받아들이는 척하곤 했다.

그리고 두 사람은 헤어졌는데, 아랍인은 속으로 '교활한 개'라고 욕을 하고, 바발라치는 몸을 흔들거리며 회색빛 수염이 몇 가닥 남지 않은 턱을 앞으로 내민 채 먼지투성이 길을 따라 걸어갔다. 그러는 모습은 마치 불법 탐험을 모색 중인 호기심 많은 염소처럼 보였다.

그의 행동을 주의 깊게 관찰하는 눈들이 많았다. 멀리서 바발라치를 알아본 만성적인 아편쟁이 짐-웅은 지각이 마비된 상태를 겨우 떨쳐버리고, 길 한가운데로 비틀거리며 나와 환대할 준비를 차린 채 그 주요 인사가 다가오기를 기다리곤 했다. 그러나 바발라치는 어찌나 신중한지 마음씨 좋은 중국인 짐-웅이 미리 마신 독주와 우정 어린 마음이 뒤섞여 반가워 어쩔 줄 모르는 것조차 마다했다. 그럴 때면 짐-웅은 아무 정보도 못 들은 자신을 패배자로 여기며, 빈 술병만 든 채 삼비르의 정치가가 꾸불꾸불 비틀거리며 여느 때처럼 올마이어의 구역으로 들어가는 뒷모습을 슬픈 듯 응시하곤 했다.

애꾸눈 외교가는 다인 마룰라 덕분에 라자가 그의 백인 친구와 화해를 하게 된 이후로 다시 네덜란드인의 집을 빈번하게 드나들게 되었다. 올마이어가 무척이나 싫어했지만, 바발라치는 언제나 그곳에 있었다. 베란다에서 이리저리 멍한 표정으로 거닐거나 복도에 살금살금 들어와 있거나, 아니면 늘 올마이어 부인과 은밀한 대화를 나누고 싶어 안달하며 생각도 못한 구석에서 불쑥 나타나거나 했다. 그는 자신을 향한 그 백인의 억눌린 감정이 언제 폭발할지 모른다고 생각하는 것처럼, 집주인 올마이어를 살살 피해 다녔다.

하지만 조리실은 그가 가장 좋아하는 장소가 되었다. 그는 습관적으로 그곳을 드나드는 손님이 되었다. 몇 시간 동안이고 바쁜 여자들 틈에 쭈그리고 앉아 무릎에 턱을 괴고 앙상한 팔로 다리를 감싸 안은 채 한쪽 눈을 불안한 듯 굴리고 있는 모습은 정말이지 경계심 많은 추한 몰골 그 자체였다. 올마이어는 여러 차례 라캄바에게 그의 총리의 침입 행위에 대해 불평하고 싶어 했지만 다인이 극구 말렸다.

"그자는 우리가 하는 말을 하나도 놓치지 않고 다 듣고 있소." 올마이어가 으르렁거렸다.

"그러면 범선으로 가서 갑판에서 이야기를 나눕시다." 다인이 조용히 미소 지으며 대꾸했다. "그 사람이 여기 오게 놔두는 게 좋아요. 라캄바는 그가 뭘 많이 알고 있다고 생각해요. 아마 술탄은 내가 도망가고 싶어 한다고 생각할 걸요. 그 애꾸눈 악어가 당신의 구역에서 햇빛을 쐬게 놔두는 게 좋아요, 투안."

그래서 올마이어는 그 늙은 정치가가 조용히 고집스럽게 자기 집 밥솥 옆에 앉아있는 것을 못마땅하게 바라보면서, 한번 혼을 내줘야겠다는 막연한 협박만 중얼거리며 마지못해 다인의 말에 동의했다.

제5장

　마침내 삼비르에 일었던 흥분이 가라앉았다. 주민들은 올마이어의 집과 배 사이의 왕래를 보는 데 익숙해졌다. 배는 이제 건너편 둑에 정박해 있었다. 뱃사람들이 올마이어의 낡은 카누를 열심히 수리하는 것에 대해 이런저런 추측을 하는 것도 시들해졌다. 이제 그들은 마을 여자들이 집안일을 제대로 하는지 간섭하기 시작했다. 늙은 짐-응도 가뜩이나 흐려진 머릿속을 교역의 비밀 따위로 들쑤시는 일을 그만두었다. 그는 그저 아편 파이프를 입에 문 채 멍한 쾌락 상태에 빠져들었고, 불청객 바발라치가 살금살금 자신의 집을 지나다니거나 말거나 그냥 내버려 두었다.

　무더운 오후, 수직으로 내리쬐는 태양 아래 반짝거리는 강에는 오가는 이 하나 없었다. 덕분에 바발라치는 친한 척 말을 걸어오는 사람들의 방해가 전혀 없이, 덤불에서 자신의 작은 카누를 밀어낼 수 있었다. 그는 올마이어를 만나러 올 때마다 이곳에 카누를 숨겨두곤 했다. 그는 천천히, 그리고 나른하게 보트에 몸을 낮게 웅크리고 노를 저었다. 물에서 반사되는 작열하는 태양 빛을 피하기 위해 쓴 큼직한 모자 아래 그의 몸집이 무척 작아 보였다. 그는 서두르지 않았다. 주인 라캄바는 이 시각이면 분명히 쉬고 있을 것이 분명했다. 시간이 충분하니 천천히 강을 건너고 라캄바가 일어나는 때에 맞춰 이 중요한 소식을 전하면 된다.

그가 불쾌해할까? 온갖 욕설을 마구 쏟아부으며 겁을 주고 화를 내며 흑단 나무 지팡이를 바닥에 내리칠까? 아니면, 기분 좋게 웃으며 쭈그리고 앉아 늘 그렇듯 손으로 배를 살살 문지르며 나지막이 동의하는 듯한 웅얼거림을 쏟아내면서 청동 타구에 침을 탁 뱉을까? 라자의 구역을 향해 노련하게 노를 저어 강을 건너면서 바발라치는 그런 생각에 빠져 있었다. 올마이어의 방갈로 건너편 둑의 빽빽한 수풀 뒤쪽으로 라자 구역의 목책이 보이기 시작했다.

그는 보고할 것이 있었다. 매일같이 이야기했던 것. 다인 마룰라와 올마이어의 딸 사이의 비밀스러운 관계. 남몰래 던지는 시선과 짧지만 열렬한 두 사람 사이의 대화. 이 모든 정황을 마침내 확인할 수 있는 증거가 생긴 것이다. 라캄바는 자신의 이야기를 다 들으면서도 조용히 못 믿겠다는 표정을 지었었다. 이제 바발라치가 증거를 가져왔으니 그는 믿게 될 것이다.

바발라치가 증거를 찾아낸 것은 바로 그날 아침 날이 밝아올 무렵이었다. 그는 불랑지의 집이 있는 개울에서 낚시를 하고 있었다. 그때 니나의 기다란 카누가 자신의 작은 배를 스쳐갔다. 니나는 카누 뒤편에 앉아 다인에게 고개를 숙이고 있었고, 다인은 그녀의 무릎을 베고 바닥에 누워 있었다. 그는 그 장면을 본 것이다. 바발라치가 뒤를 쫓았지만, 그들은 이내 노를 젓기 시작하였고 그의 시선에서 사라져 버렸다. 몇 분 후 그는 불랑지의 노예 타미나를 보았다. 그녀는 마을에서 팔 케이크를 갖고 통나무의 속을 파낸 작은 배에 올라 있었다. 그녀 역시 잿빛 새벽에 다인과 니나를 목격했던 게 틀림없었다. 그녀는 바발라치에게 추궁에 가까운 질문을 받게 되었다.

바발라치는 질문에 답하는 타미나의 심란한 표정과 날카로운 눈빛, 떨리는 목소리를 떠올리며, 남몰래 혼자 미소를 지었다. 그 어린 타미나는 분명 다인 마룰라를 연모하고 있었다. 잘된 일이었다! 바발라치는 큰 소리로 웃었다. 갑자기 그의 표정이 진지해졌다. 이상한 연상 작용으로 불랑지가 그녀를 얼마에 팔지 가격을 따져보기 시작한 것이다. 그러고는 슬프게 고개를 저었다. 불랑지는 상대하기 힘든 사람이었다. 바로 몇 주 전에도 타미나를 위해 백 달러를 내겠다는 자신의 제안을 거절했었다.

그는 갑자기 자신이 명상에 잠겨있는 동안 카누가 너무 멀리까지 흘러갔다는 것을 깨달았다. 불랑지의 돈밖에 모르는 성향 때문에 우울해진 마음을 떨쳐내며, 힘차게 노를 들고 몇 번 휘둘러 라자의 가옥이 있는 수문 쪽으로 나아갔다.

그날 오후 올마이어는 최근 들어 늘 그러하듯, 물가에서 자기 보트가 수선되는 상황을 살펴보며 이리저리 거닐고 있었다. 그는 마침내 결심했다. 늙은 링가드의 포켓북에 담긴 몇 토막의 정보를 지침으로 황금 금맥을 찾아낼 것이다. 몸을 숙여 집어 들기만 하면 막대한 부가 저절로 들어오는, 젊은 시절에 가졌던 꿈을 이룰 금광을 찾을 것이다. 필요한 도움을 얻기 위해 그는 다인 마룰라와 정보를 공유하기로 했고 라캄바와 화해하기로 합의도 했다. 라캄바는 이익을 나눈다는 조건 아래 사업을 지원하는 데 합의한 것이다. 올마이어는 끔찍하게 싫었지만 너무도 필요한 이 동맹에 의해 얻어질 엄청난 결과에 현혹되어, 과업의 엄청난 위험 앞에서 자신의 자존심과 명예와 신조를 희생시켰다. 위험은 크지만 마룰라는 용감했고, 그의 부하들도 추장만큼 용맹스러웠다. 이에 라캄바의 도움까지 더해져 성공은 확실한 것 같았다.

최근 보름 동안 올마이어는 신들린 사람처럼 일꾼과 노예들 사이를 걸어 다니며 준비 작업에 몰두했다. 그는 보트 장비에 대한 구체적인 세부사항에 신경을 쓰는 동시에, 알 수 없는 막대한 부를 맞이하는 생생한 꿈에 빠져들었다. 자신과 니나의 화려한 미래에 대한 멋진 환상 속에서, 그는 타오르는 태양과 악취 나는 진흙 강의 비참함을 잊었다.

그는 요 며칠간 머릿속으로는 사랑하는 딸을 늘 생각하고 있었지만, 좀처럼 그녀를 보지는 못했다. 다인에 대해서도 별로 신경 쓰지 않았다. 일단 같은 목적을 갖게 되자 그가 계속 자기 집에 와있는 것을 당연하게 여기게 되었다. 젊은 추장을 만날 때면 무심하게 인사를 하고 그냥 지나쳤다. 아마도 환상 속에 푹 빠져 현재의 혐오스러운 현실을 잊는 데 여념이 없었기 때문일 것이다. 그를 피하려는 것처럼 비칠 수도 있지만, 상상의 날개를 타고 나무 꼭대기 위로 솟아올라 거대한 흰 구름을 타고 가느라 그러는 것이 분명했다. 미래의 동양의 백만장자를 기다리고 있는 서쪽, '유럽의 천국'으로 날아가고 있었을 것이다.

마룰라 역시 계약도 맺고 더 이상 의논할 사업 이야기도 바닥이 나자, 그 역시 그 백인과 함께 있는 것을 별로 좋아하지 않게 되었다. 하지만 좀처럼 강가에 오래 머무는 법이 없었고, 늘 집 주변에 있었다. 말레이 추장은 그 집을 매일 방문하면서, 중앙 복도를 통해 올마이어 부인의 빈틈없는 감독하에 불이 피워지고 그 위로 밥솥이 매달려 흔들리는 조리실이 위치한 뒤뜰의 정원으로 나가길 좋아했다. 다인은 검은 연기가 나고 여자들이 부드럽게 담소하는 소리가 들리는 조리실을 피해 왼쪽으로 둘러가곤 했다. 그쪽의 바나나 농장 가장자리에는 종려나무와 망고나무들로 이루어진 그늘진 공간이 있었는데, 산발적으로 자란 덤불로 둘러싸여 일하는 여자들의 속닥거림과 간간이 터져 나오는 웃음만이 꿰뚫을 수 있었다. 그곳에 일단 들어가면 그는 보이지 않았다. 그는 그곳에 숨어 키 큰 종려나무의 매끄러운 줄기에 기대어, 반짝이는 눈과 확신에 찬 미소로 니나의 가벼운 발자국 아래 마른 풀들이 희미하게 사각대는 소리가 들려오기를 기다렸다.

너무도 완벽한 이 사랑스러운 여인을 처음 본 순간부터 ―그의 눈에는 그렇게 보였다― 그는 가슴속 깊이 그녀가 자신의 것이 되리라 확신했었다. 두 야성적 존재 사이에 서로를 이해하는 미묘한 숨결이 오가는 것을 느꼈다. 굳이 올마이어 부인이 미소를 띠고 부추기지 않아도, 그녀의 딸에게 다가갈 수 있는 기회를 놓치지 않았다. 니나는 그가 말을 걸어오거나 자신의 눈을 들여다볼 때마다 고개를 약간 돌리기는 했지만, 열정적인 말을 그녀의 귀에 들려주는 이 대담해 보이는 사람이 운명의 화신이자 꿈속의 존재, 무모하고 맹렬하며 언제든 적에게 휘두를 번쩍이는 칼이 준비되어 있고 언제든 사랑하는 사람을 열정적으로 포옹할 수 있는, 모계의 전통에 등장하는 이상적인 말레이 추장이라는 생각이 들었다.

니나는 그가 곁에 있을 때면 감미로운 두려움의 스릴을 맛보며 신비로운 자아를 체험하곤 했다. 그의 말을 듣고 있을 때면 자신이 오로지 그 새로운 존재를 만나기 위해 태어난 것만 같았고, 그의 곁에 가까이 있을 때에만 자신의 삶이 완성되는 것 같았다. 그녀는 그 꿈같은 행복감에 푹 빠졌다. 말레이 소녀답게 얼굴을 베일로 반쯤 가리고 아무 말도 없이, 문명사회의 윤리와는 거리가 먼 다인이 거리낌 없이 열광적으로 자신에게 쏟아붓는 사랑과 열정의 보물에 귀를 기울였다.

그들은 여러 차례 망고나무 아래 커튼처럼 드리워진 덤불 뒤에서 올마이어 부인이 새된 목소리로 이제 작별해야 한다는 신호를 보낼 때까지 쏜살같이 흘러가는 감미로운 시간을 함께 보내곤 했다. 올마이어 부인은 딸의 연애사에 호의적이었고 큰 관심을 갖고 있어서, 자기 남편이 딸의 순탄한 연애 과정을 방해할까 봐 그가 오는지 망을 보는 일을 맡고 있었다. 그녀는 다인이 '위대한 권력을 가진 라자'라고 믿으며, 그가 자신의 딸에게 푹 빠진 것을 보고 행복감과 자부심을 느꼈다. 뿐만 아니라, 다인이 인색하지 않고 관대하였기에 자신의 '돈을 좋아하는 본능'도 어느 정도 충족시키고 있었다.

바발라치가 증거를 찾아내던 바로 그 전날 밤, 다인과 니나는 그들만의 어스름한 은신처에 평소보다 좀 더 오래 머물렀다. 그들이 시간을 더 보낼 수 있게 해주고 싶었지만 올마이어 부인은 할 수 없이 헤어지라는 경고의 외침 소리를 냈다. 올마이어가 베란다를 무거운 발걸음으로 거닐며 퉁명스럽고 시끄러운 목소리로 밥을 차려 달라고 요구했기 때문이다. 다인은 낮은 대나무 울타리를 가볍게 뛰어넘어, 바나나 농원을 통해 뒤편 샛강의 진흙투성이 둑으로 은밀하게 나아갔다. 니나는 매일 밤 맡아 하는 부친의 식사를 거들기 위해 천천히 집 쪽으로 걸어갔다.

올마이어는 그날 밤 무척 행복했다. 거의 모든 준비가 갖춰진 듯했다. 내일이면 보트를 출항시킬 것이다. 그는 마음속으로 자신의 손아귀에 놓인 엄청난 부를 그려보았다. 손에 수저를 든 채, 암스테르담에 도착하면 베풀 화려한 연회를 상상해 보았다. 자기 앞에 놓인 접시에 담긴 밥은 잊어버렸다. 니나는 긴 의자에 몸을 푹 기대고, 아버지가 입 밖으로 내뱉는 몇 마디의 산발적인 말을 별생각 없이 듣고 있었다.

탐험! 금! 그 모든 것이 그녀와 무슨 상관이랴? 하지만 다인이 언급되자 온통 긴장하며 귀를 기울였다. 올마이어는 "다인은 내일 범선을 타고 강을 따라 내려가 며칠간 오지 않을 거다."라고 말했다. 그는 다인의 질질 끄는 태도를 정말 못마땅해했다. "강물이 불어나고 있으니, 다인이 돌아오자마자 시간 낭비 없이 출발해야 한다. 대홍수가 온다 해도 겁먹지 말아야 해." 올마이어가 말했다. 그는 테이블에서 일어나면서 초조하게 접시를 밀어냈다. 하지만 이제 니나는 그의 말을 듣고 있지 않았다.

'다인이 떠난다고! 그래서 그는 내가 좋아하며 따르는 그 조용하면서 권위적인 태도로 동틀 무렵 불랑지네 샛강에서 만나야 한다고 말했던 거구나.' 그녀는 카누에 노가 있는지, 준비가 제대로 되어 있는지 계속 생각했다. 바로 몇 시간 후인 새벽 네 시면 출발해야 했기 때문이다.

니나는 이른 아침에 장거리를 떠나기 위해서는 좀 쉴 필요가 있다고 생각하며 의자에서 일어났다. 등불이 희미하게 타오르고 있었고, 올마이어는 하루의 노동에 지쳐 이미

해먹에 누워있었다. 그녀는 등불을 끄고 모친과 함께 쓰는 중앙 복도 왼편의 큰 방으로 들어갔다. 들어가면서 보니, 모친은 방 한쪽 구석에 침대로 쓰는 매트 위에 누워있지 않고 뚜껑이 열린 큼직한 나무 궤짝 위로 몸을 숙이고 있었다. 코코넛 껍질 반쪽에 오일을 채우고 심지 대신 천 조각을 넣은 등불이 바닥에 놓여있었는데, 그 검고 냄새나는 연기 사이로 불빛이 그녀를 붉은 후광처럼 둘러싸고 있었다. 올마이어 부인의 등이 둥글게 굽어있었고, 머리와 어깨는 궤짝 깊이 들어가 있었다. 그녀는 손으로 궤짝 안을 더듬고 있었고, 안에서는 은화 소리 같은 부드러운 쟁그랑 소리가 들렸다. 그녀는 처음에는 딸이 다가오는 것을 알아채지 못했다. 니나는 조용히 옆에 서서 궤짝 바닥에 놓인 작은 돈 자루들을 내려다보았다. 그녀의 어머니는 그 자루 속에서 반짝거리는 한 줌의 네덜란드 은화와 스페인 은화를 끄집어내더니 새 발톱 같은 손가락 사이로 다시 천천히 흘러내리게 했다. 딸랑거리는 은화 소리가 그녀를 기쁘게 하는 것 같았다. 그녀의 눈에 갓 제조된 동전이 반사되어 반짝거렸다. 그녀는 혼자 중얼거리고 있었다.

"이것, 그리고 이것, 또 이것! 그는 곧 달라는 대로 더 많이 줄 거야. 그는 위대한 라자야. —하늘의 아들이지! 그리고 그 애는 왕비가 될 거야— 그 애를 위해 이 모든 걸 다

주다니. 누가 나를 위해 뭘 준 적이 있었나? 나는 노예일 뿐이었어! 내가 누구? 나는 위대한 왕비의 어머니다!"

그녀는 갑자기 딸의 존재를 알아차렸다. 그녀는 중얼거리던 말을 멈추고, 뚜껑을 세게 닫으며 웅크린 자세에서 일어나지 않고 꿈꾸는 듯한 얼굴에 희미한 미소를 지은 채 옆에 서있는 딸을 바라보았다.

"봤구나. 그렇지?" 그녀가 날카롭게 외쳤다. "모두 내 거다. 널 위해 준 것이기는 하지만. 아직 부족해! 널 자기 아버지가 왕으로 있는 남쪽 섬으로 데려가기 전에 더 내놔야 할 거다. 내 말 듣고 있니? 넌 라자의 손녀딸이니 이보다 더 가치가 있어! 더! 더!"

조용히 하라는 올마이어의 졸린 목소리가 베란다로부터 들려왔다. 올마이어 부인은 등불을 끄고 자기 자리로 기어갔다. 니나는 부드러운 매트 더미 위에 등을 대고 누웠다. 머리 밑에 양손을 깍지 낀 채 창문 역할을 하는 덮개 없는 구멍을 통해 검은 하늘에서 반짝이고 있는 별들을 바라보았다. 그녀는 그와 만나기로 약속한 장소로 출발할 시간을 기다렸다. 고요한 행복감 속에서 그녀는 사람들의 이목으로부터 멀리 떨어진 울창한 숲에서의 만남을 생각하고 있었다. 그녀의 영혼은 빈크 부인으로 대표되는 문명사회의 세력이 결코 무너뜨리지 못했던 야성의 분위기로 다시 빠져들었다. 세속적인 모친이 자신에게 부여한 높은 가치에 대해 자부심을 느끼는 한편 다소 걱정도 되었다. 하지만 다인의 의미심장한 눈빛과 그의 말을 기억하고는 마음이 가라앉아서, 즐거운 기대감에 몸을 떨며 눈을 감았다.

야만인이나 소위 문명인이나 다를 바가 없는 경우가 몇 가지 있다. 다인 마룰라가 미래의 장모님을 유난히 좋아했다거나, 그 대단한 여성의 빛나는 은화에 대한 탐욕을 호의적으로 받아들였다거나 했을 리가 없다. 그래도 바발라치가 불랑지네 개울로 낚시 바구니를 보러 왔던 안개가 자욱하던 그날 아침, 문제의 그 웅덩이를 이루는 섬의 동쪽 편으로 노를 저어가고 있을 때, 마룰라는 오로지 초조하고 갈망하는 마음만 있을 뿐 다른 걱정 따위는 전혀 없었던 것이다.

다인은 카누를 덤불에 감추고, 자기가 가는 길을 가로막는 무성한 잡풀을 마구 헤치면서 작은 섬을 가로질러 성큼성큼 걸음을 옮겼다. 신중하려는 생각에 그는 니나와 달리 카누를 약속 장소로 가져가지 않았다. 섬의 반대편에서 돌아올 때까지 카누를 강의 본류에 놔둘 작정이었다. 짙고 더운 안개가 빠르게 그를 둘러쌌지만, 그는 왼편으로 불랑지의 집에서 흘러나오는 불빛을 잠깐 볼 수 있었다. 그러고 나서 짙어지는 안개 속에서 아무것도 볼 수가 없게 되자 오로지 본능에 의존하여 길을 따라갔고, 그 본능은 그가 도달하기를 갈망하는 반대편 해변의 바로 그 지점까지 그를 잘 인도해 주었다. 큼직한 통나무가 떠내려와 제대로 된 각도로 닿으면서 일종의 돌제를 형성하고, 급속도로 흐르던 강물이 여기에 부딪쳐 시끄러운 소리를 내며 잔물결로 흩어졌다. 그는 빠르고 안정된 동작으로 그 통나무를 디뎠다. 거품이 이는 물이 발에 몰려들어 소용돌이를 일으키는 가운데, 두 걸음 만에 바깥으로 나갔다.

아침 안개의 짙은 베일 속에 삼켜진 그는 세상으로부터 그리고 하늘과 땅과 저 아래에서 으르렁거리는 강물로부터 격리된 것처럼 그곳에 홀로 선 채, 무한해 보이는 대기 속으로 니나의 이름을 내뱉었다. 분명히 들리리라, 그 아름다운 존재가 가까이 있으리라 본능적으로 확신하고, 그가 그녀의 존재를 의식하듯 그녀 역시 자신이 가까이 와 있음을 의식하리라 확신하면서.

니나가 탄 카누의 뱃머리가 뱃고물에 앉은 사람의 무게 때문에 물에서 높이 들린 채 통나무로 어렴풋하게 가까이 다가왔다. 마룰라가 뱃고물에 손을 얹고 가볍게 뛰어 오르자 카누가 세게 밀쳐졌다. 가벼운 카누는 새로운 충격에 복종하며 아슬아슬하게 통나무를 비껴났고, 강물도 공모한 듯이 카누를 옆으로 돌려 흐름 속으로 밀어 넣었다. 그리하여 카누는 보이지 않는 양쪽 둑 사이를 조용히 재빠르게 흘러갔다. 다인은 니나의 발치에서 세상을 잊고, 기쁨과 자부심과 열망이 쇄도하는 가운데 지극한 행복감의 파도에 자신을 내맡겼다. 그리고 넘쳐흐르는 확신 속에 다시금 깨닫게 되었다. 긴 포옹 속에 자신의 팔로 열정적으로 꽉 껴안고 있는 그 존재 없이는 자신의 삶도 없다는 것을.

니나는 낮게 웃으며 그의 팔에서 천천히 몸을 빼냈다.

"다인, 이러다 보트가 뒤집히겠어요." 그녀가 속삭였다.

그는 그녀의 눈을 잠시 열렬히 들여다보고는 한숨을 쉬며 그녀를 풀어주었다. 그러고는 카누 바닥에 누워 그녀의 무릎을 베고 올려다보며 두 팔로 그녀의 허리를 에워싸고 깍지를 꼈다. 니나가 그에게 몸을 숙이고 머리를 흔들자 그녀의 길고 검은 머리카락이 흘러내리며 두 사람의 얼굴을 감쌌다.

그들은 강 위를 떠다니며 시간을 보냈다. 그는 야성적 본성의 거친 열변을 토해내며 압도적인 열정에 아무런 제한 없이 몸을 내어 맡기고, 그녀는 삶 자체와 달리 너무도 달콤한, 말의 웅얼거림을 포착하려고 몸을 낮게 숙이고 있었다. 그때 두 사람에게는 비좁고 연약한 보트 말고는 세상에 아무것도 존재하지 않았다. 그것은 강렬하게 모든 것을 빨아들이는, 사랑으로 채워진 그들의 세계였다. 그들은 일출 전 잦아드는 미풍이나 짙어지는 안개에 전혀 신경 쓰지 않았다. 그들을 둘러싼 거대한 숲의 존재, 엄숙하고 장엄한 침묵 속에 태양의 출현을 기다리고 있는 모든 열대의 자연의 존재에 대해서도 잊어버렸다.

젊고 열정적인 생명과 모든 걸 잊게 하는 행복이라는 화물로 채워진 그들의 카누. 이를 가려주는 낮게 깔린 물안개 위로, 별들이 파리해지면서 은회색 색조가 동쪽으로부터 하늘을 뒤덮기 시작했다. 바람 한 점 없었고, 흔들리는 잎이 바스락거리는 소리도, 물고기가 첨벙 뛰어올라 위대한 강의 둑에 서식하는 모든 생물의 차분한 휴식을 방해하는 일도 없었다. 땅, 강, 그리고 하늘은 결코 깨어날 것 같지 않은 깊은 잠에 취해 있었다. 열대 자연의 모든 끓어오르는 생명과 움직임은, 매끄러운 강의 표면 위로 안개라는 하얀 덮개 아래 카누를 타고 표류하고 있는 두 존재의 열렬한 눈과 격렬하게 뛰는 심장에만 집중하는 듯했다.

갑자기 판타이 강둑에 줄지어 늘어선 나무의 검은 커튼 뒤로부터 한 다발의 노란빛이 솟아올랐다. 별빛은 사라지고, 천정(天頂)에서 작고 검은 구름들이 잠시 주홍빛 색조로 타올랐다. 잠에서 깨어나는 자연이 내쉬는 한숨, 부드러운 미풍에 흔들린 짙은 안개가 둥글게 소용돌이치며 놀라운 형상으로 산산조각 나고, 환한 빛이 쏟아져 내려 강물의 반짝거리는 수면을 드러냈다. 하얀 새 무리가 날카로운 울음소리를 내며 흔들리는 나무 꼭대기 위를 맴돌았다. 태양이 동쪽 해변에 떠올랐다.

다인이 먼저 일상적 삶의 현실로 돌아왔다. 그는 일어나 재빨리 강의 위아래를 살폈다. 그의 눈에 바발라치의 보트 뒷부분이 포착되었고, 반짝이는 강물 위에 또 다른 작은 검은 반점이 보였다. 그것은 타미나의 카누였다. 그는 조심스럽게 앞으로 움직이며 무릎을 꿇고 노를 집어 들었다. 뒤쪽에서 니나도 노를 집었다. 그들은 몸을 낮추고 한 번에 물을 확 밀어내면서 노를 저었다. 작은 배가 레이스 장식같이 하얗게 반짝이는 거품으로 가장자리가 장식된 좁은 물길을 뒤에 남기며 신속하게 앞으로 나아갔다. 고개를 돌리지 않은 채 다인이 말했다.

"니나, 누군가 우리를 미행하는군요. 그를 따돌려야겠어요. 그는 아직 멀리 떨어져 있어서 우리를 알아보지 못했을 거예요."

"우리 앞에도 누가 있어요." 니나가 노 젓기를 멈추지 않고 헐떡이며 말했다.

"알아요." 다인이 대꾸했다. "저쪽에서 태양이 비치지만, 내 생각에 저 여자는 타미나 같아요. 그녀는 매일 아침 케이크를 팔러 내 범선으로 와서 종종 하루 종일 머물러 있곤 했지요. 상관없어요. 둑 쪽으로 배를 돌려요. 덤불 속으로 들어갑시다. 내 카누가 여기서 멀지 않은 곳에 감춰져 있어요."

그는 말을 하면서 눈으로 그들의 신속하고 조용한 진로를 가로막고 있는 잎이 넓은 니파야자나무를 바라보고 있었다.

"니나, 조심해요." 그가 마침내 말했다. "거기, 야자나무가 끝나는 곳에 기울어진 나무 아래로 잔가지들이 늘어져 있어요. 푸른 큰 가지가 있는 쪽으로 방향을 돌려요."

그는 일어선 채 집중하고 있었고, 카누는 천천히 내륙 쪽으로 흘러갔다. 니나는 노를 부드럽고 능숙하게 움직이며 배를 조종했다. 충분히 가까이 다가갔을 때, 다인은 큰 가지를 붙잡고 뒤로 몸을 젖히며 덩굴이 무성하게 얽혀있는 나지막한 초록 아치 아래 통로로 카누를 홱 밀어냈다. 그 길은 지난 대홍수 때 둑이 굴처럼 파이면서 형성된 작은 만으로 나가는 통로였다. 그는 그곳에 자신의 배를 돌로 정박해 놓았었다.

다인은 니나의 카누의 뱃전에 손을 얹고 자기 보트에 올라탔다. 잠시 후 무성한 이파리들로 이뤄진 높은 천개(天蓋)를 뚫고 들어오려는 희미한 빛 속에, 주인을 태운 채 조용히 떠다니는 두 개의 작은 호두 껍질이 검은 물에 반영을 이루고 있는 것이 보였다. 한편 저 위로 환한 하늘에는 타오르는 듯한 거대한 붉은 꽃송이가 이슬이 영롱한 큼직한 꽃잎들을 흩뿌려, 그들의 머리 위로 향기로운 꽃비가 천천히 빙글빙글 돌며 지속적으로 내리고 있었다. 거칠고 강렬한 향기로 가득한 따뜻한 공기 속에 무성한 식물들이 푹 잠겨있었고, 열대의 자연이 그들의 위로, 아래로, 또 잠든 강물 속에서 그 강렬한 활동을 계속하고 있었다. 식물들이 서로 휘감겨, 풀어낼 수 없는 혼돈으로 얽히며 위로 쑥쑥 자라고 있었다. 마치 저 아래 끓어오르는 타락의 덩어리, 즉 그것들이 자라난 원천인 죽음과 부패를 마주하여 갑작스러운 공포에 휩싸이기라도 한 듯이, 끔찍한 침묵 속에서 필사적인 투쟁을 하며, 생명을 주는 저 위의 햇빛을 향해 미친 듯 거칠게 서로가 서로를 올라타고 있었다.

"이제 헤어져야 해요." 오랜 침묵 후에 다인이 말했다. "니나, 당신은 당장 돌아가야 해요. 나는 여기서 범선이 흘러오기를 기다렸다가 그때 배에 오를 것이오."

"다인, 당신은 오래 떠나있나요?" 니나가 낮은 목소리로 물었다.

"오래!" 다인이 격하게 말했다. "남자가 어둠의 장소에 오래 남아있는 걸 원할 것 같소? 니나, 당신 곁을 떠나면 나는 장님과 같아요. 빛이 없는데 그게 무슨 삶이겠소?"

니나는 몸을 기울여 자랑스럽고 행복한 미소를 띠고는 그의 눈을 사랑스럽지만 조금은 캐묻는 듯한 시선으로 응시하며 두 손으로 다인의 얼굴을 감쌌다. 작별의 순간에 고마운 안도의 감정이 그녀의 슬픔의 무게를 가볍게 해준 걸 보아, 분명 그녀는 그의 눈에서 그가 한 말을 확신했던 것 같다. 수많은 위대한 라자의 후예이자 위대한 추장의 아들이자 삶과 죽음의 정복자인 그가, 오로지 자기 곁에서만 삶의 햇빛을 느낀다고 생각했다. 무한한 감사와 사랑의 파도가 그녀의 심장으로부터 그에게로 솟구쳐 흘렀다. 자신의 심장을 그러한 기쁨과 자부심으로 채워준 그 남자에게 느끼는 모든 감정을 겉으로 어떻게 표현할 수 있을까?

들끓는 듯한 열정 속에서, 속박과 슬픔과 분노로 가득한 시절에 보았던, 거의 잊었던 그 모멸스러운 문명사회에 대한 회상이 번개처럼 그녀에게 다가왔다. 그 지긋지긋하고 비참한 과거의 식어버린 잿더미에서, 그녀는 현재 느끼는 무한한 축복을 적절히 표현해 줄, 밝고 화려한 미래의 맹세가 될 사랑의 표현을 찾아냈다. 다인의 목에 두 팔을 던지고 그의 입술에 오랫동안 타는 듯한 키스를 했던 것이다.

그는 낯설고 여태까지 알지 못했던 감촉에 가슴에서 폭풍이 일어났다. 놀라고 겁이 나 아예 눈을 감아버렸다. 니나가 카누를 강으로 밀어내고 떠나간 후에도 오랫동안 눈을 뜨지도 못하고 꼼짝도 않고 가만히 있었다. 생전 처음으로 맛본, 취한 듯 즐거운 감각을 잃어버릴까 두려웠기 때문이다. 이제 그는 불멸을 원했다. 신과 동등한 존재가 되길 원했다. 그러면 그 천국의 문을 열어줄 수 있는 그 존재가 자신의 것이 되리라. 그녀는 곧 영원히 그의 것이 될 것이다!

다인은 때맞춰 눈을 뜨고는 아치 모양의 덩굴 사이로 자신의 범선의 뱃머리가 천천히 나타나는 것을 보았다. 배는 강을 따라 내려가고 있었다. 그는 이제 배 위에 올라야 한다고 생각했지만, 행복이 무엇인지 알게 해준 그 장소를 떠나기가 싫었다. "아직 시간이 있다. 그냥 가게 놔두자." 그는 혼자 중얼거렸다. 흐드러지게 핀 향기로운 꽃잎 아래서 다시 눈을 감고 그 모든 기쁨과 두려움을 맛보며 그 장면을 회상하려고 애썼다.

결국 그는 시간에 맞춰 범선에 오를 수 있었던 게 틀림없다. 그리고 바깥세상에서 할 일이 너무도 많다는 것을 깨달았을 것이다. 올마이어만 헛되이 친구의 빠른 귀환을 학수고대하고 있었다.

올마이어가 너무도 자주 그리고 초조하게 시선을 돌리는 강의 하류는 순식간에 지나가는 고기잡이 카누 몇 척만 보일 뿐 텅 비어있었다. 하지만 상류 쪽으로는 먹구름과 폭우가 다가오며, 원주민의 카누가 강을 따라 올라오는 것을 거의 불가능하게 만드는, 천둥과 범람의 우기가 시작될 것을 예고하고 있었다.

올마이어는 자기 집 건물들 사이 진흙탕 해안을 따라 걸으며 조금씩 불어나고 있는 강물을 불안한 듯 바라보았다. 강물이 보트들에 천천히 다가오며 불어나고 있어, 이제 보트들을 끌어올려 물이 뚝뚝 떨어지는 대나무 가리개 아래로 일렬로 옮겨 놓아야 했다. 행운의 여신이 그를 피해 지나쳐버리는 듯했다. 낮아지는 하늘에서 계속 떨어지는 비를 맞으며 이리저리 지친 듯 걷다 보니 절망의 무관심 같은 것이 그를 사로잡았다. 무슨 상관이랴! 고작 그게 자신의 복인걸! 두 악마 같은 야만인 라캄바와 다인이, 도와주겠다는 약속으로 자신에게 마지막으로 남은 돈을 배를 정비하는 데 몽땅 쏟아붓게 해놓고는, 이제 하나는 어디론가 사라져 버리고 다른 하나는 자기 구역의 울타리 안에 은둔하며 살아있는 흔적조차 보이지 않고 있었다.

올마이어는 그들이 자신의 탐험에 필요한 쌀과 청동 종과 천을 자신에게 다 팔아먹고 나니까, 이제 심지어 그 교활한 바발라치조차 얼굴을 들이밀지 않고 있다는 생각이 들었다. 그들은 자신의 마지막 한 푼까지 다 가져가 놓고,

이제 자신이 탐험을 가든 말든 관심도 없었다. 모든 걸 포기한 절망의 동작을 하며, 올마이어는 비를 피하고자 자신의 새집 베란다로 천천히 걸어 올라갔다. 그러고는 머리를 어깨 사이에 웅크리고 앞쪽 난간에 기댄 채 시간의 흐름도 허기의 고통도 잊고, 아내가 저녁밥 먹으라고 날카롭게 외치는 소리도 듣지 못하고 쓰라린 생각의 흐름에 몸을 맡겼다.

저녁 천둥이 처음으로 우르르 울려 퍼지는 바람에 슬픈 명상에서 깨어난 그는 천천히 빛이 깜박이고 있는 자신의 낡은 집 쪽으로 비틀비틀 걸어갔다. 그때, 반쯤은 죽어버렸지만 남은 희망으로 강에서 들리는 소리에 비상하리만큼 민감하게 반응을 보였다.

그는 몇 날 밤을 계속해서 노 젓는 소리를 듣고 불분명한 배의 형체를 보았었다. 다인의 목소리를 들을 수 있으리라는 갑작스러운 희망에 심장이 뛰면서 어렴풋한 형체를 향해 환영의 인사를 했지만, 그는 매번 "집에만 있는 라캄바를 방문하려고 강에 나온 거예요."라고 말하는 아랍인들의 부루퉁한 대답을 들었을 뿐이었고, 이에 실망하곤 했었다. 이로 인해 그는 며칠씩 밤잠을 설치며, 이 대단한 인간들이 지금 꾸미고 있는 비열한 짓이 무엇인지 따져보곤 했었다.

마침내 모든 희망이 죽어버린 것 같은 지금, 그는 다인의 목소리를 들은 것이다. 그는 너무도 기뻤다. 하지만 다인은 라캄바를 무척이나 만나고 싶은 듯했고, 올마이어는 그 통치자가 자신을 대하는 태도에 근절하기 힘든 깊은 불신을 가졌던 터라 불안해졌다.

하지만 마침내 다인이 돌아왔다. 그가 자신과의 거래를 계속할 생각이라는 것이 확실했다. 희망이 다시 살아나, 그날 밤 올마이어는 푹 잘 수가 있었다. 하지만 니나는 천둥과 번개가 내려칠 때마다 성난 강물이 바다를 향해 휩쓸려 가는 것을 내내 지켜보고 있었다.

제6장

올마이어와 헤어진 다인이 강을 건너는 데는 그리 오래 걸리지 않았다. 그는 삼비르의 라자의 거주지를 구성하는 가옥들을 둘러싼 말뚝 울타리 입구에 배를 갖다 댔다. 그곳은 누군가를 기다리고 있는 분위기였다. 문이 열려있었고, 횃불을 든 남자들이 라캄바가 실제 거주하는 가장 큰 가옥으로 이어지는 경사진 판자들 위로 손님을 안내할 준비를 차리고 있었다. 중대사는 늘 변함없이 그곳에서 의논되었다. 울타리 내부의 다른 건물들은 통치자의 아내들과 여러 가솔들이 머무는 용도로만 사용되었다.

라캄바의 집은 높은 축대 위에 단단한 판자로 만들어진 튼튼한 구조물이었는데, 쪼개진 대나무로 둘러싸인 베란다가 딸려있었다. 엄청나게 높이 들린 종려나무 잎으로 된 지붕이 횃불 연기에 그을려 새까매진 대들보에 얹힌 채 집 전체를 뒤덮고 있었다.

건물은 강을 따라 평행으로 세워져 있었고 긴 벽이 울타리의 수문을 향해있었다. 좁은 벽에 강이 내려다보이는 문이 있었는데, 수문에서 여기로 곧장 경사진 널빤지 길이 이어져 있었다. 연기 나는 횃불의 불명료한 빛으로 오른쪽 짙은 어둠 속에 한 무리의 무장한 사람들이 몰려있는 것이 희미하게 보였다. 무리 속에서 한 사람이 앞으로 나오더니 문을 열어주었다. 바발라치였다. 다인은 라자 거주지의 접견실로 들어섰다.

그 집의 삼분지 일 정도는 묵직한 유럽식 직조물 커튼에 가려져 있었다. 커튼 가까이에 검은 목재로 잘 다듬어진 큼직한 팔걸이의자가 있었고, 그 앞에 거친 협상 테이블이 하나 놓여있었다. 이 외에는 매트만 잔뜩 깔려있을 뿐이었다. 입구의 왼편으로 조야한 나무 걸이에 단검이 달린 장총 세 개가 꽂혀있었다. 벽 쪽 어둠 속에서는 라캄바의 경호원들이 —모두 친구이자 친척들이었는데— 얼룩덜룩한 의상을 입고 갈색의 팔다리가 얽힌 채 마구잡이로 잠들어 있었다. 이들로부터 간간이 코 고는 소리와 어설프게 잠든 이의 숨죽인 신음 소리가 들려왔다. 테이블 위에 초록색 덮개가 있는 유럽식 램프가 희미하게나마 불을 밝히고 있어, 다인은 불분명하나마 이러한 내부를 볼 수 있었다.

"여기서 편히 쉬고 계시오." 바발라치가 다인을 살피듯이 바라보며 말했다.

"당장 라자와 이야기해야 합니다." 다인이 대답했다.

바발라치는 알았다는 동작을 하며 뒤를 돌아, 팔걸이선반에 매달려 있는 청동 종을 두 번 세게 쳤다.

고막이 터질 듯 시끄러운 소리에 경비대원들이 잠을 깼다. 코 고는 소리가 멈추고 뻗어있던 다리들이 움츠러들었다. 전체가 무더기로 움직이더니 하품을 하고 졸린 눈을 비비면서 천천히 개인의 형상으로 해체되었다. 커튼 뒤에서 한 여인의 조잘거리는 소리가 터져 나오더니 라캄바의 저음의 목소리가 들렸다.

"아랍인 무역상이 왔나?"

"투안, 아니에요." 바발라치가 대답했다. "다인이 마침내 돌아왔습니다. 중요한 이야기가 있다고 합니다. 투안께서 자비롭게 동의하신다면 말입니다."

분명 라캄바의 자비심은 그 정도까지는 통했다. —왜냐하면 잠시 후에 그가 커튼 뒤에서 나타났으니까— 하지만 몸단장을 제대로 할 정도까지는 아니었다. 엉덩이 주위를 급히 감싼 짧고 붉은 사롱이 몸에 걸친 전부였다. 삼비르의 자비로운 통치자는 졸린 듯 다소 부루퉁해 보였다. 그는 안락의자에 무릎을 벌린 채 앉아서 팔걸이에 팔꿈치를 올려놓고 가슴에 턱을 대고 거칠게 호흡을 하며 사나운 표정으로 다인이 그 중요한 이야기를 시작하기를 기다렸다.

그러나 다인은 이야기를 시작하고 싶지 않은 듯했다. 그는 주인의 발치에 편안하게 주저앉아 있는 바발라치 쪽으로 시선을 돌렸다. 그리고 지혜로운 말이 나오기를 기다린다는 듯 살짝 고개를 숙이고 가만히 서 있었다.

바발라치가 조심스럽게 기침을 하고 몸을 앞으로 숙이며 다인이 앉을 수 있도록 매트 몇 개를 밀어놓았다. 그러더니 목소리를 높여 새된 소리로 모두가 다인의 귀환을 오래 기다려왔으며 기뻐하고 있다고 자연스럽게 열변을 토했다. 그는 자신의 마음이 다인의 얼굴을 보지 못해 굶주렸고, 귀는 그의 상큼한 목소리를 듣지 못해 시들고 있었다고 말했다. 바발라치는 다음날 아침 다인이 나타남으로써 일깨우게 될 큰 기쁨을 전혀 모른 채 모두가 평화롭게 잠들어 있는 건너편 강둑을 팔을 휘둘러 가리키며 모든 이의 마음과 귀가 똑같이 그런 슬픈 곤경에 처해 있었다고 말했다. "왜냐하면," 그는 계속했다. "관대한 무역상이나 위대하신 분이 손을 벌려 베풀어 주시지 않으면, 가난한 자에게 무슨 기쁨이 있겠습니까?"

그는 이어서 계산된 듯한 당황한 태도로 갑자기 말을 멈추었다. 그러고는 뒤틀린 입술에 잠깐 사죄하는 듯한 미소를 짓더니, 흔들리는 시선을 바닥으로 던졌다. 바발라치가 이렇게 연설을 늘어놓는 동안 다인의 얼굴에 흥미롭다는 표정이 한두 번 스쳤지만, 이내 그는 심각한 관심사가 있는 표정으로 돌아갔다. 자신의 총리의 웅변을 들으면서 라캄바는 이마를 심하게 찌푸리고 화가 난 듯 입술을 달싹거렸다. 바발라치가 말을 멈추자 구석에서 각양각색의 코 고는 소리가 코러스로 들려왔다. 방을 뒤덮은 침묵 속에서 잠시 잠을 깼던 경비대원들이 다시 잠이 들기 시작한 것이다. 하지만 죽느냐 사느냐의 문제를 놓고 각기 자신의 목적에 열중하고 있는 세 남자에게는 멀리서 요동치는 천둥소리도 잘 들리지 않았다. 한편 그 천둥소리에 니나는 사랑하는 사람의 안전이 걱정되어 어쩔 줄을 모르고 있었는데 말이다.

잠시 침묵이 흐른 후, 바발라치는 정중한 웅변의 꽃을 던져버리고 목소리를 낮춰 짧고 급한 말투로 다시 이야기를 시작했다. 왜 다인은 그렇게 오랫동안 돌아오지 않았던 것인가? 강의 하류 지역에 사는 사람들은 대포 소리를 들었고, 강어귀 섬들 사이에서 폭발물을 실은 네덜란드의 화공선(火攻船)도 직접 목격했다. 그래서 그들은 무척 불안해하고 있었다. 며칠 전 어떤 참사가 있었다는 소문이 압둘라에게 들려와, 그 이후로 불행이 닥칠 것을 우려하며 다인이 돌아오기만을 기다리고 있었다.

며칠 동안 그들은 두려움 속에 눈을 감고 눈을 떴으며, 적 앞에 선 사람들처럼 이리저리 떨면서 걸어 다녔다. 이 모든 게 다 다인 때문이었다. 그들은 자기들 걱정이 아니라 다인의 안전에 대해 염려를 하고 있었는데 왜 그것을 달래주지 않았나? 그들은 조용하고 충실하며, 바타비아의 위대한 라자에게 충성하는 자들이다.

"백성들의 기쁨과 이익을 위해 라자의 운명이 그를 승리로 이끌기를!" 바발라치가 말을 계속했다. "그리고 여기서, 나의 주인이신 라캄바는 자신의 보호 영역으로 받아들인 무역상에 대한 걱정 때문에 몸까지 야위셨고, 압둘라 역시 그러하였습니다. 혹시 일이 생기면 사악한 자들이 무슨 말까지 할까 싶어서……"

"조용히 해, 이 멍청한 자식!" 라캄바가 화가 나서 으르렁댔다.

바발라치는 만족스러운 미소를 지으며 침묵으로 빠져들었다. 한편 홀린 듯이 그를 바라보고 있던 다인은 안도의 한숨을 내쉬며 삼비르의 통치자 쪽으로 돌아섰다. 라캄바는 꼼짝도 않았다. 그리고 그는 전반적으로 불만이라는 태도를 유지하며 거칠게 숨을 내쉬고 입을 삐쭉거렸다. 고개도 들지 않은 채 다인을 응시했다.

"오, 다인! 말하시오!" 마침내 그가 말했다. "우리는 소문을 많이 들었소. 밤이면 밤마다 내 친구 레시드가 계속해서 나쁜 소식을 갖고 왔어요. 뉴스가 해안을 따라 빨리도 들려오더군. 뉴스가 사실이 아닐 수도 있지. 요즘은 사람들이 내가 젊었을 때보다 훨씬 더 거짓말을 일삼으니까. 하지만 예전과는 달리 지금의 나는 잘 속지 않아요."

"내가 하는 말은 모두 사실입니다." 다인이 개의치 않고 말했다. "내 범선에 무슨 일이 일어났었는지 알고 싶다면, 지금 배가 네덜란드인들의 손에 들어가 있다는 걸 알아두시오. 라자, 내 말을 믿어요." 그는 갑작스레 힘을 내며 말을 계속했다. "그 네덜란드 백인들은 삼비르에 비밀스러운 친구들이 있나 보군요. 그러지 않으면 내가 거기에서 이리 오고 있다는 걸 어떻게 알았겠소?"

라캄바는 다인에게 적대적인 시선을 잠깐 보냈다. 바발라치가 조용히 일어나 팔걸이선반으로 가서 종을 세게 쳤다.

문 바깥에서 맨발로 오가는 소리가 들리고, 안에서는 잠에서 깬 경비대원들이 잠이 덜 깬 채 놀란 표정으로 쳐다보며 앉아있었다.

"그렇소, 백인 라자의 충실한 친구여." 다인이 제자리로 돌아온 바발라치에게 돌아서며 경멸하듯이 말을 계속했다. "나는 도망쳤고, 당신의 마음을 기쁘게 하고자 여기

온 것이오. 네덜란드 함선을 봤을 때, 나는 내 범선을 암초 안으로 몰아서 해안에 닿게 했어요. 그들은 큰 함선으로 따라올 엄두도 못 내고 보트를 여러 척 보내더군요. 우리는 어떻게든 빠져나가려고 했지만 그들은 우리에게 대포를 쐈어요. 그래서 나의 부하 여럿이 죽었습니다. 오, 바발라치! 하지만 나는 살아남았소. 네덜란드인들이 여기로 오고 있어요. 나를 찾고 있지요. 그들의 충실한 친구인 라캄바와 그의 노예인 바발라치에게 물으러 오고 있어요. 기쁘시겠습니다!"

그러나 그의 말을 듣는 두 사람 가운데 누구도 즐거운 기분이 아닌 듯했다. 라캄바는 상념에 빠진 태도로 무릎 위에 한쪽 다리를 올려놓고 천천히 긁고 있었고, 바발라치는 가부좌하고 앉아 갑자기 키가 작아지고 축 늘어진 것처럼 보였는데 멍하니 앞만 똑바로 응시하고 있었다. 경비대원들은 일어나는 일에 약간의 흥미를 보이면서 말하는 사람에게 더 가까이 가려고 매트 위에서 몸을 쭉 뻗었다. 그중 한 사람은 일어나 팔걸이선반에 기대어 서서 칼자루에 매달린 술 장식을 무심하게 만지작거렸다.

다인은 멀리서 쩍 갈라지는 천둥소리가 가라앉기를 기다렸다가 다시 말을 꺼냈다.

"오, 삼비르의 통치자여, 당신은 바보입니까? 아니면 위대한 라자의 아들이 당신의 눈에 차지를 않는 것입니까? 나는 은신처도 찾고 또 당신에게 경고도 하고자 여기에 왔는데, 당신이 어쩔 생각인지 알고 싶습니다."

"당신은 백인의 딸 때문에 여기에 왔지요." 라캄바가 재빨리 내뱉었다. "당신의 은신처는 발리의 라자이자 하늘의 아들인 당신의 부친, '아낙 아공'의 곁이 아니겠소. 내가 뭐라고 위대한 왕자들을 보호하겠소? 나는 바로 어제 잡풀을 태운 개간지에서 농사나 지었던 사람인데, 오늘 당신은 내가 당신의 목숨을 손에 쥐고 있다고 말하는군요."

바발라치는 주인을 바라보았다. "누구도 자신의 운명을 벗어날 수는 없지요." 그가 경건하게 중얼거렸다. "사랑이 남자의 마음속에 들어오면, 그는 아무것도 모르는 아이처럼 되지요. 라캄바여, 자비를 베푸소서." 그가 경고라도 하듯이 라자의 사롱 끝을 잡아당기며 덧붙였다.

라캄바는 화가 나서 사롱의 끝자락을 홱 잡아챘다. 그는 다인이 삼비르로 돌아온 데서 어떤 힘든 상황이 야기되었는지 차차 깨닫게 되면서 여태 유지한 평정을 잃어가기 시작했다. 이제 그는 집을 덮치고 지나가는 심한 스콜의 바람 소리와 지붕에 떨어지는 빗물 소리보다 더 크게 목소리를 높였다.

"당신은 처음에 무역상으로 나타나 달콤한 말과 엄청난

약속으로 저쪽 백인을 당신이 원하는 대로 주무르면서, 한편으로 내게는 시각을 바꿔보라고 했지요. 그래서 나는 그대로 했는데. 지금은 뭘 원하는 거요? 젊었을 때, 나는 투쟁했소. 이제 나이가 들어서 평화를 원할 뿐이오. 네덜란드와 싸우는 것보다 그냥 당신이 살해되게 놔두는 게 나로서는 쉽지요. 내게는 그게 더 나아요."

스콜은 이제 지나가 버렸다. 폭풍이 잠시 잦아든 짧은 고요 속에서 라캄바가 조용히 혼잣말처럼 반복해 말했다. "훨씬 쉽지. 훨씬 낫고말고."

다인은 라자의 협박조의 말에 크게 흔들린 것 같지는 않았다. 라캄바가 말을 하는 동안, 자신의 뒤에 아무도 없다는 걸 확인하기 위해 어깨너머로 뒤를 돌아보았을 뿐이다. 그 점에서 안심이 되자, 그는 허리에 두른 천의 주름에서 금속 통을 끄집어내어 조심스럽게 작은 빈랑 조각과 한 줌의 라임을 눈치 빠른 바발라치가 그에게 정중하게 바친 녹색 잎사귀에 쌌다. 그는 이를 조용한 정치가가 바치는 화해의 선물로 —자기 주인의 비외교적 폭력에 대한 무언의 항의로— 그리고 아직 이르지는 못했으나 서로에 대한 이해의 조짐으로 받아들였다. 다른 점에서는 다인은 불안할 게 없었다. 자신이 오로지 백인의 딸을 위해서 삼비르로 돌아왔다는 라캄바의 추측이 맞기는 해도, 바발라치가 지적하듯이 자신이 아이처럼 이해력이 부족해졌다는 것은 전혀 맞는 말이 아니었다. 사실 다인은 라캄바가 화약 밀매 작업에 너무도 깊이 개입되어 있어서 네덜란드 당국이 그 문제로 조사에 착수하는 것을 반길 리 없다는 점을 너무도 잘 알고 있었다.

네덜란드인과 말레이인 사이의 적대감이 수마트라로부터 군도 전체로 퍼져나갈 위험이 큰 시기에, 다인은 독립국 발리의 라자인 자신의 부친에 의해 파견된 것이다. 그러니 모든 큰 무역상들이 자신의 조심스러운 제안을 들으려 하지 않을 것이며, 화약의 대가로 받게 될 큰돈의 유혹에도 넘어오지 않으리라는 것을 그는 이미 잘 알고 있었다. 그는 거의 포기한 상태로 마지막이라는 생각을 하며 삼비르로 왔던 것이다. 마카사르에서 삼비르의 백인에 대한 이야기와 교역을 위해 싱가포르에서 증기선이 정기적으로 오간다는 이야기는 들었었다. 물론 강가에 네덜란드인들이 거주하고 있지 않다는 것도 한몫했다. 그러면 일이 훨씬 쉬워질 테니 말이다.

그의 희망은 자신의 이익만 챙기는 것이 뻔한 라캄바의 네덜란드에 대한 완고한 충성심에 부딪혀 좌초될 뻔했다. 그러나 결국 젊은이의 관대함과 그가 보이는 열정과 그의 부친의 명성이 삼비르의 통치자의 신중한 망설임을 압도해버렸다. 라캄바 자신은 불법 교역행위에 전혀 관계하지 않으려고 했다. 또한 이 문제에 아랍인들이 이용되는 것도 반대했다. 하지만 그는 올마이어가 쉽게 설득할 수 있는 나약한 사람이고, 그의 친구인 영국인 증기선 선장은 매우 유용할 수 있으며, 올마이어가 압둘라 몰래 증기선으로 화약을 밀매하는 일에 동참할 가능성이 무척 높다고 암시했었다. 그러나 다인은 올마이어에게서 다시 한번 예기치 못한 저항을 받게 되었다. 그래서 라캄바는 올마이어에게 바발라치를 보내어 그와의 우정을 생각해서 이 일을 눈감아주겠다고 엄숙히 약속을 했던 것이고, 다인은 그 약속과 우정의 값으로 라캄바에게 그 증오스러운 네덜란드의 길더 은화를 갖다 바쳤던 것이다.

마침내 올마이어는 동의하며 화약을 구할 수 있을 거라 말했고, 다인은 그에게 화약값으로 싱가포르에 보낼 달러를 맡겨야 했다. 올마이어는 포드로 하여금 화약을 사서 증기선으로 몰래 들여와 범선에 싣도록 할 작정이었다. 올마이어는 자신은 이 거래에서 돈을 벌 생각이 없다고 말하며, 대신 다인에게 범선을 보내고 나서 자신의 위대한 사업을 도와달라고 말했다. 그는 라캄바를 믿을 수 없으며, 그 라자의 탐욕 때문에 자신의 보물과 생명을 잃게 될까 두렵다고 설명했다. 하지만 라자는 그 보고를 듣고 자신도 작업에 가담하겠다고 주장하며, 그러지 않으면 자신은 더 이상 눈감아 주지 않겠다고 했다. 그러니 올마이어는 이를 따를 수밖에 없었다.

다인이 니나를 보지 못했더라면, 아마도 그는 소위 황금 산이라는 구눙 마스로 떠나는 탐험에 자신과 부하들이 개입되는 것을 거부했을 것이다. 사실 그는 범선이 암초를 벗어나자마자 부하들 절반을 데리고 여기로 돌아올 작정이었다. 그러나 네덜란드 군함이 끈질기게 추적하여 남쪽으로 달릴 수밖에 없었고, 결국 자신의 자유, 아마도 자신의 목숨을 보전하기 위해 자신의 배를 좌초시키고 폭파할 수밖에 없었다. 그렇다. 그는 네덜란드인들이 자신을 찾아다닐 거란 걸 알면서도 니나 때문에 삼비르로 돌아왔던 것이다.

하지만 그는 또한 라캄바의 손 안에서 안전하리라는 가능성도 계산에 넣고 있었다. 말은 거칠게 하지만 그 자비로운 통치자는 그를 죽이지 않을 것이다. 왜냐하면 그는 진즉에 다인이 백인의 보물에 대한 비밀을 손아귀에 넣었다고 생각하고 있었기 때문이다. 그리고 그는 모반 행위나 다름없는 교역에 자신이 연루되었다는 사실이 폭로되면 치명적이라는 것을 잘 알고 있었으므로, 다인을 네덜란드인들에게 내어주지 않을 것이다.

따라서 다인은 라자의 살기등등한 연설에 뭐라고 답변할지 생각하며 조용히 앉아있는 동안, 상당히 안전하다고 느끼고 있었다. 그렇다. 그는 자신의 입장, 즉 자기가 네덜란드인의 손아귀에 넘어가게 되면 진실을 말하게 될 것이라는 점을 지적하면 될 것이다. '자신은 더 이상 잃을 것이 없으니, 진실을 말할 것'이라고. 그리고 자신이 삼비르로 돌아와서 라캄바의 평온한 마음을 흔들어놓은 데 대해서는 뭐라고 말할까? 그는 자신의 재산을 관리하러 온 것이다. 자신은 올마이어 부인의 탐욕스러운 무릎에 은화를 쏟아붓지 않았던가. 그는 그 여인을 위해 위대한 왕자에게 어울리는 큰 값을 치렀다. 그의 길들여지지 않은 영혼이 날카로운 상처보다도 훨씬 더 아픈 강렬한 욕망 속에서 갈망하는 그 미칠 것같이 아름다운 존재의 가치로는 어림도 없는 액수지만 말이다. 그는 행복을 원했다. 그는 삼비르에 있을 권리가 있었다.

그는 일어나 테이블로 다가가서 팔꿈치를 올려놓았다. 라캄바도 이에 따라 자신의 의자를 좀 더 가까이 이동시켰다. 바발라치는 기어오르듯 몸을 일으켜 자신의 주인과 다인의 머리 사이에 자신의 탐색하는 듯한 머리를 들이밀었다. 그들은 서로 얼굴을 가까이 맞대고 속삭이듯이 말하며 빠르게 의견을 교환했다. 다인이 제안을 하면 라캄바가 반박하고 바발라치는 다가올 어려움에 대한 극심한 걱정으로 초조해하며 타협했다. 바발라치는 한쪽밖에 없는 눈을 대화자 각자에게 차례로 들이대기 위해 천천히 자신의 머리를 이쪽에서 저쪽으로 돌려가면서, 열심히 속삭거리며 말을 가장 많이 했다.

"이 문제에 대해 왜 갈등하는 겁니까?" 그가 말했다. "투안 다인은 안전하게 숨으면 됩니다." 그는 다인을 거의 자기 주인만큼이나 좋아했다. "숨을 장소는 많거든요." 개간지에 뚝 떨어져 있는 불랑지네 집이 최고였다. 불랑지는 안전한 인물이었다. 꼬불꼬불한 강줄기가 이리저리 얽혀 있는 곳에서 백인은 길을 찾을 수 없을 것이다. 백인은 강하지만 무척 어리석다. 그들과 싸우는 건 바람직하지 못하지만 그들을 속이는 건 쉽다. 그들은 어리석은 여자들과 같다. 그들은 머리를 쓸 줄을 모르니까. 그러니 불랑지는 어떤 백인이라도 속여넘길 수 있을 것이다. 바발라치는 아마도 경험 부족에서 나오는 듯한 자신감으로 말을 계속했다. 아마 네덜란드인들은 올마이어를 찾아올 것이다. 그를 의심하면서 자기네 동족인 그를 데려가 버릴지도 모른다. 그래도 좋다. 네덜란드인이 다 가버리면 라캄바와 다인이 아무런 문제없이 보물을 찾게 될 것이고, 그것을 나눌 사람이 하나 줄어드는 것뿐이다. 현명한 생각 아닌가? "투안 다인은 위험이 사라질 때까지 불랑지네 집으로 가야 합니다. 지금 당장 불랑지네로 가실 거죠?" 바발라치가 물었다.

다인은 숨을 곳으로 가라는 제안을 라캄바와 걱정 많은 그의 재상에게 은혜라도 베푸는 듯한 태도로 받아들였다. 하지만 당장 가라는 주장에 대해서는 바발라치의 눈을 의미심장하게 바라보며 확고하게 거부 의사를 밝혔다. 재상은 불가피한 일을 받아들이는 사람처럼 한숨을 내쉬고 강의 반대편을 조용히 가리켰다. 다인은 천천히 고개를 숙였다.

"그래요. 그리로 갈 겁니다." 그가 말했다.

"날이 밝기 전에 말이죠?" 바발라치가 물었다.

"지금 갈 겁니다." 다인이 단호하게 대답했다. "네덜란드 백인들은 내일 밤까지는 여기 오지 않을 겁니다. 그리고 나는 올마이어에게 우리 계획에 대해 이야기해야 합니다."

"안 돼요, 투안. 안 돼요. 아무 이야기 마세요." 바발라치가 항의했다. "내일 해가 뜨는 대로 내가 가서 그에게 알릴게요."

"그리하지요." 다인이 갈 준비를 하면서 말했다.

바깥에서는 폭풍우가 다시 몰려오고 있었고, 이제 먹구름이 머리 위로 낮게 깔려있었다. 멀리서 끊임없이 우르릉거리는 천둥소리가 들리고 가까이에서 날카롭게 쩍 갈라지는 소리가 간간이 들려왔다. 푸른 번개가 지속적으로 유희를 하는 가운데, 풍경이 구석구석 뚜렷이 드러났다가 사라져 버리며 숲과 강이 발작적으로 모습을 드러내곤 했다. 라자의 집의 문 밖에서 다인과 바발라치는 맹렬한 폭풍에 충격 받고 놀란 것처럼 흔들리고 있는 베란다 위에 서있었다. 비를 피할 곳을 찾는 라자의 노예와 수행원들의 움츠린 형체들 사이에서, 다인은 큰 소리로 자신의 부하들을 불렀다. 그들은 강을 불안한 듯 바라보면서 이구동성으로 "투안! 여기요!"라고 대답했다.

"홍수가 심하겠는데요!" 바발라치가 다인의 귀에 대고 외쳤다. "강이 무척 분노했어요. 봐요! 저 떠내려오는 통나무들을 봐요. 갈 수 있겠어요?"

다인은 저 멀리 반대편에 좁고 검은 선처럼 숲이 테두리를 이루고 있는 넓은 강의 끓어오르는 검푸른 물을 의심스러운 듯이 바라보았다. 갑자기 강렬한 하얀 번쩍임과 함께 휘어진 나무들이 있는 저지대와 올마이어의 집이 시야에 언뜻 들어와 깜박이더니 이내 사라졌다. 다인은 바발라치를 밀치고 수문으로 달려 내려갔고, 선원들은 덜덜 떨면서 그를 따라 내려갔다.

바발라치는 천천히 다시 안으로 들어가 문을 닫고 돌아서서 라캄바를 조용히 바라보았다. 라자는 무표정하게 테이블을 바라보며 조용히 앉아있었다. 바발라치는 자신이 좋을 때나 힘들 때나 오랫동안 모셔온 사람이 당혹해하고 있는 모습을 신기한 듯 바라보았다. 애꾸눈 정치가는 자신의 야만적이고 세상 물정을 잘 아는 가슴속으로, '주인님'이라고 부르는 그 사람에게 평소 별로 느끼지 못하던 공감이라는 감정, 그리고 아마도 동정심까지 느꼈다. 비밀을 공유하는 '고문'이라는 안정된 위치에서 그는 과거를 회상하며 ―당시 자신은 그저 떠돌이 자객이었다― 초창기에 보잘것없는 개간지에 있는 라자의 지붕 아래서 은신처를 찾게 되었던 옛 시절을 희미하게 돌아보았다.

그 후로 자신이 현명한 조언을 하면 대담한 라캄바는 끔찍한 계략을 확실하게 세워 이를 실행하곤 했다. 이러한 방식으로 오랫동안 성공이 계속되어 마침내 라우트섬으로부터 탄중 아루에 이르는 동쪽 해안 전체가 삼비르의 통치자의 입을 통해 나오는 바발라치의 지혜에 귀를 기울이게 되었다. 그 긴 시절 동안 얼마나 많은 위험을 모면했던가, 또 얼마나 많은 적들과 용감하게 대적했던가, 그리고 얼마나 많은 백인들을 성공적으로 속여 넘겼던가! 그리고 지금 그는 꾸준히 일했던 그 오랜 세월의 결과를 바라보고 있었다. 즉, 겁 없고 대담했던 라캄바는 다가오는 골칫거리의 그림자에 겁을 먹고 있었다. 통치자는 나이가 들어가고 있었다.

바발라치는 갑자기 생생하게 다가온 슬픈 생각에 불안감을 느끼며 명치끝에 양손을 가져다 대었다. 그 역시 나이를 먹고 있으며 무모하고 대담하던 시절은 그들 두 사람 모두에게 과거가 되었고, 그들은 신중한 교활함에서 은신처를 찾아야 한다는 생각이 들었던 것이다. 그들은 평화를 원했다. 그리고 다른 삶을 살고 싶었다. 그들은 앞으로 힘든 시절을 돈으로 모면해야 하니 심지어 절약도 해야 했다. 바발라치는 주인의 발치에 다시 쭈그리고 앉아 말없는 공감 속에 그에게 빈랑 상자를 건네주면서 그날 밤 두 번째 한숨을 쉬었다. 그리고 그들은 가까이 앉아 침묵의 교감 속에 빈랑을 씹었다. 그들은 턱을 천천히 움직이며 넓은 청동 타구를 서로 건네며 요란하게 뱉어내고, 바깥에서 전투 중인 물, 불, 공기, 흙의 끔찍한 소음에 귀를 기울였다.

"강이 범람하겠습니다." 바발라치가 슬프게 말했다.

"그러겠군." 라캄바가 말했다. "다인은 갔는가?"

"갔습니다, 투안. 악령에 사로잡힌 사람처럼 강으로 달려갔어요."

다시 긴 침묵이 흘렀다.

"강에 빠져 죽을 수도 있겠군." 마침내 라캄바가 관심 있는 표정을 지으며 말을 꺼냈다.

"떠내려오는 통나무가 엄청납니다." 바발라치가 대답했다. "하지만 그는 능숙하게 헤엄을 치지요." 그가 무심한 어조로 덧붙였다.

"죽으면 안 되지." 라캄바가 말했다. "그는 보물이 어디에 있는지 알고 있잖아."

바발라치는 부루퉁하게 끙 소리를 내며 동의했다. 황금이 있는 장소에 대해 백인의 비밀을 꿰뚫어 보는 데 성공하지 못한 것이, 다른 면에서는 나름 무척 화려한 경력을 쌓아가고 있던 삼비르의 재상에게 유일하게 실패한 아픈 부위였다.

이제 폭풍의 대혼란이 가라앉고 지극히 고요한 시간이 이어졌다. 멀리서 조용히 번쩍이고 있는 폭우를 따라잡으려는 듯 빠르게 머리 위로 흘러가는 때늦은 먹구름이 잠깐씩 부드러운 빗줄기를 종려나무로 엮은 지붕 위에 부드럽게 후두두 쏟아내어 기분 좋은 쉬잇 소리가 날 뿐이었다.

라캄바는 마침내 상황을 파악한 듯한 표정을 지으며 멍한 상태에서 빠져나왔다.

"바발라치!" 약간 발길질을 하며 그를 서둘러 불렀다.

"투안, 여기 있어요! 듣고 있으니 말씀하세요."

"바발라치, 네덜란드 백인들이 여기로 와서 올마이어를 화약 밀수 건으로 처벌하기 위해 바타비아로 데려가면, 그가 어떻게 할 것 같은가?"

"투안, 저야 모르죠."

"바보로구먼." 라캄바가 의기양양하게 말했다. "그는 그들의 자비를 구하기 위해 보물이 있는 장소를 알려줄 거야. 그럴 거라구."

바발라치는 주인을 올려다보며 결코 기쁘다고 할 수 없는 놀란 표정으로 고개를 끄덕였다. 그는 그 생각은 해본 적이 없었다. 새로운 골칫거리가 나타난 것이다.

"올마이어를 없애야 해." 라캄바가 단호하게 말했다. "우리 비밀을 지키려면 말이야. 바발라치, 그를 소리 소문 없이 없애야 하네. 자네가 그 일을 처리해."

바발라치는 동의하고는 지친 듯이 천천히 일어났다. "내일 할까요?" 그가 물었다.

"그래. 네덜란드인들이 오기 전에 말이야. 그는 커피를 무척 많이 마시더군." 라캄바가 뜬금없어 보이지만 의미심장한 말을 덧붙였다.

바발라치는 몸을 쭉 뻗으며 피곤한 듯 기지개를 켰다. 그러나 라캄바는 아무런 조언도 없이 자신의 두뇌를 써서 복잡한 문제를 해결했다는 생각에 우쭐해져서는 갑자기 잠이 확 깬 듯했다.

"바발라치, 그 백인 선장이 준 음악상자를 갖고 오게나.

잠이 오질 않아." 그가 지친 재상에게 말했다.

이 명령에 깊게 그늘진 우울함이 바발라치의 안색에 내려앉았다. 그는 마지못해 커튼 뒤로 가서 이내 두 팔에 작은 손풍금을 안고 다시 나타나, 깊이 낙담한 듯한 태도로 테이블에 그것을 내려놓았다. 라캄바는 자신의 안락의자에 편안하게 자리 잡았다.

"돌리게, 바발라치. 돌려." 그가 눈을 감고 중얼거렸다.

바발라치의 손이 절망적으로 핸들을 잡았다. 핸들을 돌리자 그의 얼굴에 깃든 깊은 침울함이 절망적인 체념의 표정으로 바뀌었다. 열린 창을 통해 베르디 음악의 선율이 거대한 침묵 속에 강과 숲 위로 흘러 퍼졌다. 라캄바는 눈을 감고 즐거운 미소를 띠고 음악을 듣고 있었고, 바발라치는 졸면서 몸을 흔들거리다가 깜짝 놀라 핸들을 따라잡으며 급히 돌리곤 했다. 맹렬하게 요동치던 자연은 어느덧 지쳐버렸는지, 평온함 속에 잠이 들었다. 하지만 삼비르 재상의 흔들리는 손에서는 음유시인 트루바토르가 눈물을 흘리고 울부짖으며 레오노라에게 작별을 고하는 애도의 합창이 끝없이 되풀이되고 있었다.

제7장

폭풍우가 휘몰아치던 밤이 지나고 아침이 되자 날은 쾌청하게 개어있었다. 판타이 강 하류 해안에서 압둘라 구역의 입구로 이어지는 촌락의 큰길에는 밝은 햇살이 쏟아지고 있었다. 지나다니는 사람이 없어 길은 한적했다. 맨발로 밟혀 단단히 다져진 이 짙은 황토색 길은 종려나무가 군집을 이룬 지역 사이로 뻗어있었는데, 아침 햇살에 키 큰 종려나무들의 검고 짙은 그림자가 길에 불규칙적인 간격으로 일렬로 드리워져 있었다. 잎이 울창한 종려나무 꼭대기 부분은 저 멀리 강을 따라 늘어선 가옥들의 지붕 위로, 심지어 텅 비어있는 집들을 지나 빠르게 말없이 흐르고 있는 강의 수면까지 그림자가 닿아있었다. 집들은 사람들이 모두 나가서 텅 비어있었다. 집집이 열린 문과 길 사이에는 짓밟힌 잡풀을 띠처럼 두른 좁은 뜰이 있었는데, 아침밥을 지으려고 피워둔 장작들이 버려진 채 연기만 피어나고 있었다. 주름 잡힌 기둥 같은 옅은 연기가 서늘한 공기 중으로 피어오르며 햇살이 비치는 촌락의 고독 위로 신비로운 푸른 아지랑이의 얇은 베일을 펼쳐놓고 있었다.

막 해먹에서 일어난 올마이어는 잠이 덜 깬 채 이러한 광경을 바라보았다. 생명력이 느껴지지 않는 삼비르의 낯선 분위기가 이상하게 여겨졌다. 그의 집은 무척이나 조용했다. 베란다로 열려있는 큰 방에서 아내의 목소리도 니나의 발걸음 소리도 들리지 않았다. 그는 백인들 앞에서 자신이 문명사회의 우아한 삶을 누리고 있음을 주장하고 싶을 때면 그 방을 '응접실'이라고 부르곤 했다. 그 방에는 누군가 앉을 만한 가구가 전혀 없었는데, 해적선을 타던 자신의 과거를 회상하다가 흥분한 올마이어 부인이 야성적으로 돌변하여, 여자 노예들을 위해 사롱을 만든다고 커튼을 다 뜯어내고, 또 대가족의 식사를 준비한다며 별일 없는 가구들을 산산조각 내 장작으로 썼기 때문이다.

그러나 지금 올마이어는 가구 따위나 생각하고 있는 게 아니었다. 그는 다인의 귀환과 다인이 라캄바와 나눴을 한밤의 대담을 떠올리며, 그것이 오래 간직해 왔고 곧 실행에 옮길 날이 다가오고 있는 자신의 계획에 어떤 영향을 줄지 생각하고 있었다. 또한 그는 일찍 방문하겠다고 약속했던 다인이 나타나지 않자 불안해졌다. 그는 그 친구가 강을 건너올 시간은 아직 충분하다고 생각했다. "오늘 해야할 일도 너무 많아. 내일 아침 일찍 출발하려면 여러 세부 사항들을 결정해야 하지. 또 보트 출항 문제, 수천 가지 마무리 사항들도 있고. 탐험은 완벽하게 갖추고 출발해야 한다. 어떤 것도 빠트려서는 안 된다. 어떤 것도……"

낯선 고독감 같은 것이 갑자기 그에게 닥쳐왔다. 그는 이상한 침묵 속에 평소 싫어하던 아내의 목소리라도 들려와서 이 억누르는 듯한 적막감을 깨주었으면 하고 바라기까지 했다. 그 고요함이 그의 놀란 가슴에 뭔가 새로운 불행이 다가오고 있다고 예고하는 것처럼 상상되었기 때문이다. "무슨 일이 있는 거지?" 그는 베란다의 난간 쪽으로 제대로 신지도 못한 신발을 질질 끌고 가며 남들에게 들릴 정도로 크게 중얼거렸다. "다들 자는 거야 아니면 죽은 거야?"

촌락은 살아있었고 모두 잠에서 깨어있었다. 마을 사람들은 마맷 밴저가 갑자기 기운이 넘쳐서 잠자리에서 일어나 도끼를 집어 들고 잠들어 있는 두 아내를 넘어가, 자신이 새로 짓고 있던 집이 밤새 떠내려가지 않았는지 확인하려고 추워 떨면서 물가로 갔던 이른 새벽부터 활짝 깨어있었다.

적극적인 마맷은 넓은 뗏목 위에 집을 짓고 있었는데, 홍

수가 나면 여지없이 떠내려오는 통나무에 부딪히지 않도록 집을 판타이의 두 지류가 합쳐지는 지점의 진흙투성이 돌출부 바로 안쪽에 안전하게 정박해 놓았었다. 마맷은 부르르 떨며 젖은 잡초 사이로 걸어가면서, 추운 아침에 따뜻한 잠자리에서 일어나야만 하는 현실적 삶의 필연성에 대해 나직이 툴툴거렸다. 그는 한눈에 자기 집이 그대로 있는 것을 보고는, 집이 훼손되지 않게 끌어올려 놓았던 자신의 선견지명을 자축했다. 점차 날이 밝아지면서 진흙투성이 모래톱에 반쯤 좌초된 유목들이 가지가 서로 얽힌 채 강의 두 지류가 서로 합쳐지며 생기는 소용돌이에 이리저리 팽개쳐지고 서로 부딪치고 하는 것이 보였다.

마맷이 자기 집을 묶어놓은 등나무 줄기가 탄탄한지 확인하려고 물가로 내려갔을 때 마침 강 건너편 숲의 나무들 사이로 햇빛이 얼굴을 드러냈다. 고정 장치 위로 몸을 숙이며 마구 뒤섞인 통나무 더미를 무심코 바라보던 그는 뭔가 보이는 것 같아 도끼를 내려놓고 떠오르는 태양 빛을 손으로 가리며 일어섰다. 뭔가 붉은 것이었는데, 그 위로 통나무들이 굴러다니며 그것을 드러냈다 가렸다 하고 있었다. 처음에는 붉은 기다란 천 조각 같아 보였다. 다음 순간 마맷은 그것이 뭔지 알아차리고 있는 대로 고함을 쳤다.

"아이야! 저기!" 마맷이 외쳤다. "통나무 사이에 사람이 있다!"그는 얼굴을 마을 쪽으로 돌리고 두 손바닥을 입에 모으고 명확하게 잘 들리게 소리쳤다. "강에 시체가 있다! 와서 봐라! 낯선 자의 시체다!"

가장 가까운 집에서 벌써 밖에 나와 불을 피우며 쌀을 씻고 있던 여자들이 날카롭게 비명을 지르기 시작했다. 그 소리는 집에서 집으로 전달되며 멀리까지 퍼져 나갔다. 남자들은 흥분해서 뛰쳐나와 의식 없는 통나무들이 무생물의 어리석은 집요함으로 죽어있는 낯선 자를 내리치고 갉아대고 부딪치고 덮치고 있는, 그 진흙투성이 돌출부로 달려갔다. 여자들은 집안일을 팽개치고 그로 인해 가정불화가 생길 것도 무시하며 남자들 뒤를 따라갔고, 맨 뒤에는 즐겁게 재잘거리는 아이들 무리가 뜻밖의 상황을 즐기며 따라갔다.

올마이어는 아내와 딸을 불렀지만 아무 대답이 없자 집중해서 귀를 기울였다. 몰려든 사람들이 웅얼거리는 소리가 희미하게 들려오자, 그는 뭔가 평소와 다른 사건이 일어났다는 확신을 하게 되었다. 그는 베란다에서 나가려다가 강을 흘낏 바라보았다. 그는 작은 카누가 라자의 선착장에서 강을 가로질러 오는 것을 보고는 발걸음을 멈추었다. 혼자 타고 있는 사람은 ─ 올마이어는 그가 바발라치임을 곧 알아차렸는데 ─ 집보다 약간 아래쪽으로 건너와서 둑 아래 물이 괴어있는 링가드 승선장으로 노를 젓고 있었다. 바발라치는 올마이어가 베란다에서 자신을 쳐다보고 있는 걸 보고도, 그를 만나는 게 급하지 않은 듯이 천천히 기어 나와 카누를 신중하고 꼼꼼하게 묶고 있었다.

시간을 끄는 통에 올마이어는 바발라치가 격식을 갖춰 의복을 차려입은 걸 보게 되었고, 상당히 의아해하기 시작했다. 삼비르의 재상은 자신의 높은 신분에 어울리는 복장을 차려입고 있었다. 무척 요란한 체크무늬가 있는 사롱을 허리에 걸치고 사롱의 촘촘한 주름 사이로 크리스 단검의 은 손잡이가 삐죽 나와 있는 게 보였는데, 이 검은 오직 큰 축제 때나 공식 석상에서나 차고 나오는 것이었다. 이 나이 많은 외교관은 평소에는 옷을 걸치지 않았는데, 지금은 맨 가슴 위로 '삼비르의 술탄'이라는 글자와 그 아래 네덜란드의 문장이 새겨진 청동판이 달린 반짝거리는 에나멜 가죽 끈을 둘러서 왼쪽 어깨 위로 넘기고 있었다. 지금 바발라치는 머리에 붉은 터번을 쓰고 있었는데 장식용 꽃술이 왼쪽 뺨과 어깨 위로 흘러내려 나이 든 얼굴에 경쾌하고 경솔한 듯한 우스꽝스러운 인상을 주고 있었다.

마침내 카누를 만족스럽게 묶고 나자 그는 몸을 꼿꼿이 세우고 사롱의 주름을 털면서 올마이어의 집을 향해 기다랗고 검은 지팡이를 규칙적으로 흔들며 성큼성큼 걸어갔다. 보석으로 장식된 황금빛 지팡이 손잡이가 아침 햇살에 번쩍거렸다. 올마이어는 돌출된 그 지점을 향해 손으로 오른쪽을 가리켰다. 자기한테는 잘 안 보여도 선착장 쪽에서는 그곳이 훤히 잘 보이기 때문이었다.

"아, 바발라치! 아!" 그가 외쳤다. "저기 무슨 일이요? 보여요?"

바발라치는 걸음을 멈추고 강둑에 몰려있는 사람들을 골똘히 바라보았다. 잠시 후 그가 한 손으로 사롱을 잡아쥐고 길을 벗어나 진흙탕 돌출부를 향해 빠른 걸음으로 풀숲을 헤치고 가는 것을 보고 올마이어는 적지 않게 놀랐다. 이제 관심이 커진 올마이어는 베란다의 계단을 뛰어내려갔다. 이제 남자들의 웅얼거리는 소리와 여자들의 날카로운 비명이 그의 귀에 명확하게 들려왔다. 집의 모퉁이를 돌아서자마자 그는 아래쪽 돌출부에 몰려든 인파가 어떤 관심 대상을 둘러싸고 흔들리며 서로 밀치고 있는 것을 보게 되었다. 올마이어는 바발라치의 목소리가 희미하게 나는 것을 들었다. 사람들 무리가 흥분된 웅얼거림 소리를 내다가 큰 외침 소리를 내며 나이 든 재상에게 길을 열어주고 이내 길을 닫아버리고 있었다.

올마이어가 사람들 무리에 다가가는데 한 남자가 뛰어나와 촌락을 향해 급히 달려갔다. 올마이어가 그에게 "멈취!"라고 외치며 이리 소란스러운 이유가 뭐냐고 물었으나 그는 이를 무시하고 그냥 지나쳐 갔다. 인파의 가장자리에서 올마이어는 길 좀 내어달라고 간청하였으나 꿈쩍도 않는 인간들 무리 때문에 인파에 갇혀 있었다. 그가 강가로 헤치고 나아가려고 애쓰며 점잖게 밀쳐봤으나 소용이 없었다.

점잖게 천천히 앞으로 나아가던 그는 군중이 가장 몰려 있는 곳에서 갑자기 아내의 목소리를 들은 것 같았다. 그가 아내의 날카로운 고음을 착각할 리 없었으나 그녀의 말이 너무 불분명해서 무슨 내용인지는 알아들을 수가 없었다. 그는 길을 내고 앞으로 가려던 것을 잠시 멈추고 자신을 둘러싼 사람들에게서 지금 벌어지고 있는 상황을 알아내보려 했다. 그때 길고 날카로운 비명이 공기를 찢으며 들려와 군중의 웅얼거림이 잠잠해졌다. 올마이어는 충격과 공포로 돌로 변한 듯 잠시 꼼짝도 못 했다. 그는 자신의 아내가 죽은 자를 애도하며 구슬피 우는 소리를 들었다고 확신했다. 그는 이상하게 니나가 안 보이던 사실을 떠올리고, 그녀의 안전에 대한 걱정에 맹렬하게 앞으로 밀치고 나아갔다. 군중들은 그가 미친 듯이 앞으로 나아가자 놀람과 고통의 소리를 외치며 뒤로 물러났다.

돌출부의 트인 공간에 떠내려온 유목들 사이에서 막 끝

어울린 낯선 자의 시체가 놓여있었다. 한쪽에는 바발라치가 지팡이 손잡이에 턱을 괸 채 한쪽 눈으로, 피로 물든 너덜너덜한 천과 사지가 찢기고 살이 뜯겨나간 시체를 뚫어져라 바라보고 서있었다. 공포에 질린 구경꾼들이 둥글게 원을 이루고 있는 틈을 뚫고 올마이어가 들어가자, 올마이어 부인이 쓰고 있던 베일을 익사한 남자의 얼굴 위로 던졌다. 그리고 그 옆에 쭈그리고 앉아 다시 곡소리를 내서 조용해진 군중들을 오싹하게 만들었다. 마맷은 물을 뚝뚝 떨어뜨리며 올마이어에게 돌아서서 열심히 자기 이야기를 했다.

공포의 고통 속에서 올마이어는 눈앞에서 햇빛이 마구 흔들리고 주변에서 말소리가 들리는데도 무슨 말인지 전혀 알아들을 수 없었다. 강렬한 의지를 발휘해 정신을 차리자 마맷이 말하는 게 들리기 시작했다.

"투안, 그렇게 된 거예요. 그의 사롱이 꺾인 나뭇가지에 걸렸고, 머리를 물에 처박은 채 매달리게 된 거구요. 그게 뭔지 알았을 때 여기 두고 싶지 않았어요. 그냥 얽힌 걸 풀어내서 떠내려가게 하고 싶었죠. 왜 우리 터에 낯선 자를 묻어서 그 혼령이 나의 아내들과 애들을 겁주게 한답니까? 우리 땅에 이미 많은 혼령이 떠돌고 있는데요."

여기저기서 맞장구치는 웅얼거림이 들려 그는 말을 멈

쳤다. 마맷은 책망하듯이 바발라치를 쳐다보았다.

"하지만 투안 바발라치가 시체를 뭍으로 끌어올리라고 지시했어요." 그는 말은 주로 올마이어에게 하면서도 계속 청중을 둘러보고 있었다. "내가 발을 잡고 시체를 끌어 냈지요. 진흙탕 속에서 잡아당겨야 했어요. 마음속으로는 당장 시체를 강으로 내려보내서 불랑지네 개간지에 좌초되기를 너무나 바랐지만 말입니다. 불랑지 조상의 무덤에 우환이 있기를!"

이 말에 숨죽인 웃음소리가 들려왔다. 마맷과 불랑지의 반목은 악명 높았고 삼비르의 주민들에게 지속적으로 관심거리가 되고 있었다. 사람들이 희희낙락하는 중에 올마이어 부인이 갑자기 다시 곡소리를 냈다.

"아이구! 저 여자는 왜 저러는 거야!" 마맷이 화가 나서 외쳤다. "난 아침밥을 먹기도 전에 어디서 왔는지도 모르는 이 시체에 손을 댔고 부정을 탔다구요. 투안 바발라치의 명령 때문에 백인을 기쁘게 하려고 이 일을 했어요. 오, 투안 올마이어, 기쁘십니까? 그리고 보상은 뭘로 해줄 겁니까? 투안 바발라치가 보상을 받을 거라고 했어요. 당신한테서요. 자 생각해 보세요. 나는 부정을 탔고, 그게 아니면 뭐에 홀린 것 같아요. 이 발찌를 보세요. 밤에 통나무 사이에 나타난 시체가 다리에 금발찌를 차고 있다는 말 들어

본 적 있나요? 이거 무슨 마법 같아요. 하지만……" 잠시
생각한 후 마맷은 말을 이었다. "허락해주시면, 발찌는 제
가 갖지요. 혼령을 물리치고 두려움을 잠재우는 부적으로
쓰려구요. 위대한 신이시여!"

올마이어 부인이 새로 큰 곡소리를 내서 마맷이 달변을
늘어놓는 것을 끊어놓았다. 올마이어는 당황한 채로 자신
의 아내와 마맷, 바발라치를 차례로 쳐다보다가 마침내 홀
린 듯한 시선을 진흙 위에 누워있는 시체에 고정시켰다.
시체는 얼굴은 천으로 덮여있고 난도질되고 부러진 사지
가 부자연스럽게 뒤틀려 있었다. 쭉 뻗은 한쪽 팔은 비틀
린 채 괴사가 일어나고 살이 찢겨 하얀 뼈가 여기저기 드
러나 있었고, 손가락을 쫙 펼친 손은 거의 발에 닿을 정도
였다.

"누군지 알아요?" 그가 낮은 목소리로 바발라치에게 물
었다.

바발라치는 앞을 똑바로 응시하며 입술을 거의 움직이
지 않고 오로지 올마이어만 듣도록 속삭이듯 대답을 중얼
거렸지만 올마이어 부인의 애도 소리에 그 대답이 파묻혀
들리지 않았다.

"운명이에요. 백인이여, 당신 발밑을 보세요. 저 찢긴 손
가락에 내가 너무도 잘 아는 반지가 보여요."

이 말을 하며 바발라치는 무심코 앞으로 한 발자국 나오며 우연인 듯 시체의 손을 발로 밟아 부드러운 진흙 속으로 밀어 넣었다. 그러고는 군중을 향해 지팡이를 위협하듯 흔들었다. 군중은 뒤로 조금 물러났다.

"가거라!" 그가 엄숙하게 말했다. "그리고 여자들을 부엌으로 보내. 여자들이 낯선 시체를 따라다니느라 부엌을 비워선 안 되지. 이건 남자들 일이야. 라자의 이름으로 내가 시체를 맡겠다. 투안 올마이어의 일꾼들 말고는 아무도 남아있어선 안 된다. 자, 다들 가라!"

군중이 마지못해 흩어지기 시작했다. 엄마의 손에 매달려 가지 않으려 버티는 아이들을 끌고, 여자들이 먼저 갔다. 그 뒤를 남자들이 천천히 따라가며 이렇게 무리 짓고 저렇게 무리 짓고 하다가 마을에 가까워지자 차차 흩어졌다. 그들 모두 아침밥 생각에 허기를 느끼고 발걸음을 빨리해 집 안으로 들어갔다. 진흙탕 쪽으로 경사를 이루고 있는 얕은 둔덕에 마맷의 적인지 친구인지 몇 사람이 남아 궁금하다는 듯이 강둑에서 시체를 둘러싸고 있는 작은 무리를 좀 더 오래 내려다보고 있었을 뿐이다.

"바발라치, 무슨 영문인지 모르겠소." 올마이어가 말했다. "무슨 반지를 말하는 거요? 그가 누구든 간에 당신이 그 불쌍한 친구의 손을 밟아서 손이 진흙 속에 묻혀 버렸소. 그 얼굴 덮개 좀 치워봐." 그는 자기 부인에게 말했다. 올마이어 부인은 시체의 머리 쪽에 주저앉아 간간이 헝클어진 반백의 머리를 저으며 몸을 앞뒤로 흔들고 중얼거리듯 곡을 하고 있었다.

"저기요!" 가까이에서 머뭇거리고 있던 마맷이 소리쳤다. "잠깐요, 투안. 통나무들이 저렇게 한꺼번에 떠밀려 왔다고요." 여기서 그는 두 손바닥을 맞대고 눌러댔다. "그 사람 머리가 통나무 사이에 끼인 게 틀림없어요. 그러니 들여다볼 머리도 없는 거고요. 살점과 뼈, 코와 입이 있고, 어쩌면 눈이 남아있을 수 있지만, 어디가 어딘지 아무도 구분 못 해요. 그는 태어났을 때부터 임종 때 그를 보고 아무도 '내 친구 얼굴이 맞다.'라고 말할 수 없도록 운명 지어져 있었을 거예요."

"마맷, 조용히 해. 그만하면 됐어!" 바발라치가 말했다. "그리고 그의 발목 좀 그만 쳐다봐, 이 탐욕스러운 인간아." 그는 목소리를 낮추더니 이렇게 말했다. "투안 올마이어, 오늘 아침에 다인 봤어요?"

올마이어는 눈을 크게 떴다. 그는 놀란 듯이 보였다. "아니요." 그가 재빨리 말했다. "당신은 그를 보지 않았나요? 그는 라자와 함께 있는 게 아니에요? 나는 기다리던 중인데. 그는 왜 안 오는 거요?"

바발라치는 슬픈 듯 머리를 끄덕였다.

"투안, 그는 여기 왔어요. 어젯밤 폭우가 엄청나고 강이 화난 듯이 으르렁거릴 때 떠나갔거든요. 깜깜한 밤이었지만 그의 마음속에 불빛이 하나 있어서, 당신의 집으로 가는 길을 매끄러운 좁은 웅덩이로 보이게 하고 그 많은 통나무를 마른 풀잎 뭉치처럼 보이게 하는 듯했어요. 그래서 그는 떠났던 거고 지금 여기 누워있게 된 거지요." 바발라치는 시체를 향해 머리를 끄덕거렸다.

"당신이 어떻게 알아?" 흥분한 올마이어가 아내를 옆으로 밀치며 말했다. 그는 덮개를 치우고 원래 익사한 사람의 얼굴이 있었어야 할 자리에 놓인 형체를 알아볼 수 없는 살과 머리카락과 마른 진흙 덩어리를 바라보았다. "아무도 알아볼 수가 없잖아." 그가 몸서리치며 돌아서면서 말했다.

바발라치는 무릎을 꿇은 채 쭉 뻗친 손의 뻣뻣한 손가락에서 진흙을 닦아냈다. 그는 일어서면서 올마이어의 눈앞에 큼직한 초록색 보석이 박힌 금반지를 들이밀었다.

"당신은 이 반지를 잘 알고 있지요." 그가 말했다. "이 반지는 다인의 손을 벗어난 적이 없어요. 지금 빼내면서 살을 찢어야 했다구요. 이제 믿겠어요?"

올마이어는 두 손을 머리 위로 들어 올렸다가 완전한 절망감에 푹 빠져 옆구리로 떨어뜨렸다. 그를 궁금한 듯 바라보던 바발라치는 그가 미소 짓는 것을 보고 깜짝 놀랐다. 이 새로운 불행에 정신이 나간 올마이어의 머릿속은 이상한 상상에 사로잡혔다. 마치 자신이 여러 해에 걸쳐 깊은 낭떠러지로 떨어지고 있는 것 같았다. 날이면 날마다, 달이면 달마다…… 해가 바뀌어도 떨어지고 또 떨어지고 있었다. 그 낭떠러지는 매끈하고 둥글고 검은 것이었다. 검은 벽들이 사람을 지치게 하는 빠른 속도로 위로 솟구쳤다. 지금도 들릴 것만 같은 소리를 내며 위로 확 솟아오르는 가운데, 그는 엄청난 충격과 함께 바닥에 떨어지고야 말았다.

그리고 보라! 그는 살아있고 온전했다. 그런데 다인은 뼈가 다 부러진 채 죽어있었다. 그것이 그에게는 우스꽝스럽게 여겨졌다. 말레이 사람 하나가 죽었다. 그는 죽은 말레이 사람들을 많이 보면서도 아무런 감정이 들지 않았다. 지금 그는 울고 싶어졌는데, 그건 한 백인의 운명 때문이었다. 깊은 낭떠러지로 떨어져도 죽지 않은 그 남자. 그는 큰 위기에 처한 어떤 다른 올마이어를 바라보면서 한쪽에 조금 떨어져 서있는 것만 같았다. 가엾고 가엾은 자! 그는 왜 자신의 목을 그어버리지 않는 거야? 그는 그러라고 하고 싶었다. 자신이 그 다른 시체 위로 죽어 쓰러지는 것을 너무도 보고 싶었다. '왜 죽지도 않는 거야. 죽어서 이 고통을 끝내야 하는데 왜 그러지를 못하는 거야?'

그는 자기도 모르게 큰 신음 소리를 내고 자신이 낸 소리에 놀라 공포에 질렸다. '미치는 건가?' 그 생각에 겁이 난 그는 돌아서서 "나는 미치지 않아. 물론 아니야. 아냐, 아냐, 아냐!"라고 혼잣말을 반복하며 집을 향해 달렸다. 그는 그 생각을 꽉 잡고 놓지 않으려 했다. '미치지 않았어. 미치지 않았다고.' 그는 이 말에 자신의 구원이 있기라도 하듯 빠르게 이 말을 반복하면서 계단을 미친 듯이 뛰어 올라가다가 넘어질 뻔했다. 그는 니나가 거기 서있는 것을 보고 무언가 말을 해주고 싶었지만, 자신이 미친 게 아니란 걸 기억하려고 애쓰다 보니 무슨 말을 하려던 건지 생각이 나질 않았다. 그는 머릿속으로 여전히 난 미치지 않는다고 반복하며 테이블 쪽으로 달려가다가 안락의자에 부딪히자 기진맥진하여 거기에 털썩 주저앉았다. 자신의 정신 상태가 온전한지 재차 확인하고, 딸아이가 왜 놀란 눈을 하고 자신을 피하는지 의아해하며 그녀를 뚫어지게 바라보았다. 딸아이는 '왜 저러는 거야. 도대체 어리석기 짝이 없어.'라고 생각했다. 그는 테이블을 꼭 쥔 주먹으로 세게 내리치고 거칠게 소리를 질렀다. "술 가져와! 빨리!" 그러고는 니나가 뛰어나가는 동안 자신이 낸 소리에 놀라 조용히 말없이 의자에 앉아있었다.

니나가 술을 반쯤 채운 유리잔을 들고 돌아와 보니, 그녀의 아버지는 멍하니 앞만 응시하고 있었다. 올마이어는 긴 여행에서 돌아온 것처럼 너무 지쳐있었다. 그는 그날 아침 수 마일을 걷고 또 걸은 것 같아 이제 푹 쉬고 싶었다. 그는 떨리는 손으로 유리잔을 잡았고, 술을 마시는데 이가 딱딱 소리를 내며 잔에 부딪쳤다. 그는 잔을 비우고 테이블에 쾅 내려놓았다. 시선을 옆에 서있는 니나에게 천천히 돌리며 차분하게 말했다.

"이제 모든 게 끝났다, 니나. 그가 죽었어. 내 배를 몽땅 태워버리는 게 낫겠다."

그는 그렇게 차분하게 말할 수 있다는 게 무척 자랑스러웠다. 자신이 미치지 않은 게 확실했다. 그러자 그는 무척 마음이 편해져서 자신의 목소리에 느긋하게 귀를 기울이며 시체를 찾은 이야기를 계속했다. 니나는 가볍게 아버지의 어깨에 손을 얹고 무표정한 얼굴로 조용히 서있었다. 그러나 그녀 얼굴의 모든 선과 몸의 자세는 그녀가 무척 예민하고 초조하게 주의를 기울이고 있음을 보여주고 있었다.

"그러니까 다인이 죽었군요." 그녀가 냉정하게 말했다.

올마이어의 공들인 차분한 태도가 순간 격렬한 분노로

이어졌다.

"너는 거기에 겨우 살아있는 것처럼 나른하게 서서 그게 별로 중요한 일이 아닌 것처럼 말하는구나." 그가 화가 나서 외쳤다. "그래. 그가 죽었다! 알겠니? 죽었어! 네가 무슨 상관이냐! 너는 신경 쓴 적이 없잖아. 너는 내가 싸우고 일하고 노력하는 걸 무감각하게 쳐다보기만 했지. 넌 내 고통을 전혀 알 수 없어, 전혀. 너는 심장도 없고 마음도 없어. 그러지 않고서야 내가 일하는 그 모든 게 너를 위해서라는 걸, 너의 행복을 위해서라는 걸 모를 리가 없지. 나는 백인 남자들이 너의 아름다움과 재산의 위력 앞에 머리를 조아리는 걸 보고 싶었다. 나는 늙었지만 그래도 너의 행운, 너의 승리, 너의 행복만을 생각하며 새로운 삶을 시작하고자 가본 적도 없는 낯선 땅, 낯선 문명을 찾아가려고 했단 말이다. 그러기 위해 나는 여기 야만인들 사이에서 인내심을 갖고 노동과 실망과 치욕의 짐을 져왔어. 그리고 그 일이 거의 내 손에 들어온 것과 다름없었는데."

그는 딸의 긴장한 얼굴을 바라보다가 의자를 뒤엎으며 벌떡 일어났다.

"내 말 듣고 있니? 모든 걸 이룰 수 있었다. 그래. 거의 내 손아귀에 들어와 있었단 말이다."

그는 솟구치는 분노를 가라앉히려고 애쓰며 말을 멈추

었지만, 실패하고 말았다.

"넌 감정도 없냐?" 그는 계속했다. "넌 희망도 없이 살았냐?" 니나의 침묵이 그를 격하게 만들었다. 감정을 억제하려고 애썼지만 그의 목소리는 더 높아졌다.

"넌 이렇게 비참하게 살다가 끔찍한 구덩이에서 죽는 게 괜찮은 거냐? 니나, 뭐라 말 좀 해봐라. 넌 동정심도 없니? 나를 위로해줄 말이 하나도 없니? 그렇게도 너를 사랑하는 나를 위해서 말이다."

그는 잠시 대답을 기다렸지만, 아무런 말도 못 듣자 딸의 얼굴에 대고 주먹을 흔들었다.

"너는 바보 천치로구나!" 그가 소리를 질렀다.

그는 의자를 찾느라 둘러보다가 하나를 골라 그 위에 뻣뻣하게 앉았다. 그의 분노가 속에서 사라졌다. 벌컥 화를 낸 것이 부끄러웠지만, 자기 인생의 은밀한 의미를 딸에게 털어놨다고 생각하니 마음이 편해졌다. 그는 완전히 그렇게 믿고 있었다. 자신의 동기를 감정적으로 해석하며 스스로를 기만하고, 자신의 비뚤어진 방법과 목적의 비현실성과 회한의 부질없음을 깨닫지 못하고 있었다. 지금 그의 마음은 그저 딸에 대한 큰 애정과 사랑으로 가득 차 있었다. 그는 딸이 비참해하는 걸 보고 싶었다. 딸이 자신의 절망을 함께 나누었으면 하고 바랐다.

하지만 그것은 그저 대부분의 나약한 인간들이 불행에 처하면 그 원인과 무관한 존재들과 자신의 불행을 함께 나누고 싶어 하는 것과 같을 뿐이었다. 그녀 자신도 고통스러우면 자신을 이해하고 동정할 것이다. 지금 그녀는 극심한 절망에 괴로워하는 부친에게 위로나 사랑의 말을 한 마디도 하려 하지 않았고 또 그럴 수도 없었다. 절대적 고독감이 심장에 절절히 와 닿아 그는 부르르 떨었다. 그의 몸이 흔들리더니, 테이블에 얼굴을 대고 두 팔을 쭉 뻗으며 뻣뻣하게 앞으로 쓰러졌다. 니나는 부친 쪽으로 재빨리 가서, 격렬한 감정이 결국 흐느낌과 눈물로 이어져 발작적으로 흔들리고 있는 넓은 어깨와 반백의 머리를 바라보았다.

니나는 깊은 한숨을 쉬며 테이블에서 물러났다. 그녀의 얼굴에서 격노한 부친을 분노와 슬픔에 사로잡히게 했던, 돌처럼 무관심한 표정이 사라졌다. 부친에게서 돌아서자 그녀의 표정은 급격한 변화를 겪었다. 그녀는 올마이어가 동정과 위로의 말을 해달라고 애원할 때 겉보기에 무척 냉담한 표정을 짓고 있었지만, 예상하지 못했던 아니 최소한 그렇게 빨리 일어나리라고 생각도 못 했던 일들로 인해 갑자기 빚어진 갈등으로 가슴이 찢어지는 듯했다. 니나의 가슴은 올마이어가 비참해하는 것을 보고 깊이 흔들렸다. 자신이 한 마디만 하면 부친의 고통을 끝내버릴 수 있었다.

그녀는 힘들어하는 부친의 마음에 평화를 가져다주길 너무도 갈망하였다. 하지만 그녀는 두려움 속에 자신 내부에서 침묵하라고 명령하는 그 압도적인 사랑의 목소리를 들었다. 잠시 그녀의 옛 자아와 그녀의 삶에 새로이 들어선 원칙이 맹렬한 투쟁을 벌였다.

하지만 그녀는 이내 후자에 굴복했다. 그녀는 자신을 절대적 침묵으로 감쌌다. 그것만이 치명적인 고백을 막을 수 있는 안전장치였기 때문이다. 그녀는 자신이 너무 말을 많이 하게 될까 두려워서 무슨 신호를 보이거나 한 마디라도 내뱉거나 할 수가 없었다. 영혼의 가장 내밀한 구석을 흔들어 놓는 격렬한 감정이 오히려 그녀를 돌처럼 차갑게 바꾸어 놓은 듯했다. 콧구멍이 벌름거리는 것과 눈빛이 번쩍이는 것만이 그녀의 내면에서 폭풍이 일어나고 있음을 말해주고 있었다. 올마이어는 자기 연민과 분노, 절망으로 인해 시야가 흐려져서 딸의 감정이 드러내는 신호들을 보지 못하고 있었다.

올마이어가 딸이 베란다의 앞 난간 너머로 몸을 숙였을 때 그녀를 제대로 보았더라면 무관심한 표정이 고통의 표정으로 바뀌는 것을 보았을 것이다. 또한 그 고통의 표정이 이내 사라지고 경계하는 불안감으로 인상을 써서 빛나는 아름다운 얼굴이 망가지는 것도 보았을 것이다.

니나의 눈앞에 정오의 열기 속에 돌보지 않은 뜰에서 훌쩍 길게 자란 잡초들이 보였다. 강둑에서 사람들 목소리와 집으로 다가오는 발걸음 소리가 들렸다. 바발라치가 올마이어의 하인들에게 방향을 일러주는 소리가 들리고, 올마이어 부인의 가라앉은 곡소리가 들려왔다. 시신을 운반하는 작은 행렬이 집의 모퉁이를 돌아서고 있었는데, 슬픔에 잠긴 부인이 맨 앞에 서고, 바발라치는 시신의 다리에서 깨진 발찌를 잡아 빼 손에 쥔 채 행렬 옆에서 따라 움직이고 있었다. 한편 마맷은 약속된 보상을 받을까 하는 희망에 소심하게 뒤에서 머뭇거리며 따라오고 있었다.

"거기 눕혀라." 바발라치가 베란다 앞에 널어놓은 널빤지 더미를 가리키며 올마이어의 하인들에게 말했다. "거기 눕히라고. 그는 이교도이자 개의 자식이고, 백인의 친구이다. 그는 백인의 독주를 마셨다." 그는 두려워하는 척하며 덧붙였다. "내가 직접 봤단 말이다."

그들은 평평하게 놓은 두 개의 널빤지 위에 부러진 사지를 펼쳐 놓았고, 올마이어 부인은 흰 무명 조각으로 시체를 덮었다. 그러고는 잠시 바발라치와 몇 마디 속삭이더니 집안일을 하러 가버렸다. 올마이어의 하인들은 운반한 짐을 내려놓은 후에 편히 쉬며 시간을 보내기 위해 그늘진 곳을 찾아 흩어졌다. 바발라치는 환한 햇빛 아래 흰 천으로 덮인 채 뻣뻣하게 굳어있는 시체 옆에 혼자 남겨졌다.

니나가 계단을 내려와 바발라치 옆에 섰다. 그는 이마에 손을 대고 깊은 경의를 표하며 쭈그리고 앉았다.

"발찌를 갖고 계시군요." 니나가 바발라치의 치켜든 얼굴을 내려다보며 그의 애꾸눈에 대고 말했다.

"네, 아가씨." 예의 바른 재상이 대답했다. 그러고는 마맷 쪽을 향해 "이리 와!"라고 외치며 더 가까이 오라고 손짓했다.

마맷이 다소 망설이며 다가왔다. 그는 니나를 바라보는 걸 피하면서 바발라치에게 시선을 고정시켰다.

"자, 잘 들어라." 바발라치가 날카롭게 말했다. "네가 본 반지와 발찌, 너는 그것이 바로 교역상 다인의 소유물인 걸 잘 알고 있지. 다인은 어젯밤 카누로 돌아왔다. 그는 라자와 이야기를 나눈 후 백인의 집으로 건너오려고 한밤중에 떠났다. 큰 홍수가 났고, 오늘 아침 너는 강에서 그를 발견했다."

"내가 발을 잡고 끌어당겼다니까요." 마맷이 숨죽인 소리로 중얼거렸다. "투안 바발라치, 보상을 해주실 거죠!" 그가 큰 소리로 외쳤다.

바발라치는 마맷의 눈앞에 금발찌를 들어 올렸다. "마맷, 내가 한 말은 모든 이들이 다 들으라고 하는 말이다.

하지만 지금 네게 주는 것은 너만을 위한 것이다. 받아라."

마맷은 좋아하며 발찌를 받아 허리띠의 주름 속에 감추었다. "세 여자가 있는 집에서 이걸 내보이겠어요? 내가 바봅니까?" 그가 투덜거렸다. "하지만 무역상 다인에 대한 이야기는 그들에게 해줄 겁니다. 그러면 소문이 쫙 날 겁니다."

그는 돌아서서 떠나갔다. 올마이어의 구역을 벗어나자마자 그의 발걸음이 무척 빨라졌다.

바발라치는 덤불 뒤로 그가 완전히 사라질 때까지 계속 바라보았다. "아가씨, 내가 잘 해냈죠?" 그가 니나에게 겸손하게 말을 걸며 물었다.

"잘하셨어요." 니나가 대답했다. "반지는 당신이 가져도 좋아요."

그는 무슨 말을 더 듣길 기다리는 듯이 니나를 쳐다보았다. 하지만 니나는 그에게 가라고 손짓을 하면서 집 쪽으로 몸을 돌려 계단을 올라갔다.

바발라치는 지팡이를 집어 들고 떠나갈 준비를 했다. 날이 무척 더웠고 그는 라자의 집까지 오래 노 젓는 것이 마음에 들지 않았다. 하지만 라자에게 말해야 했다. 사건에 대해, 계획의 변경에 대해 말하고 그의 의구심도 풀어줘야 했다. 그는 선착장으로 걸어가서 카누의 등나무 밧줄을 풀어내기 시작했다.

강의 드넓은 하류가 그의 눈앞에 펼쳐져 있었고 빛이 어른거리는 강물에는 여기저기 고깃배의 검은 반점이 찍혀 있었다. 어부들이 경주하는 것처럼 보였다. 바발라치는 노를 젓다 말고 갑작스러운 관심을 기울이며 그들을 바라보았다. 맨 앞의 카누에 탄 남자가 삼비르의 첫 번째 집에서 소리 지르면 들리는 거리에 이르자 노를 내려놓고 일어나 고함을 쳤다.

"보트다! 보트들이 온다! 군함에서 보트들이 오고 있다! 여기까지 다 왔다!"

이내 사람들이 다시 강가로 쏟아져 나와 마을에 생기가 넘쳤다. 남자들은 배의 매듭을 풀기 시작하고 여자들은 강의 굽이진 곳 쪽을 바라보며 무리 지어 있었다. 강 유역을 따라 늘어선 나무들 위로 연기가 희미하게 뿜어져 나오는 것이 구름 한 점 없는 찬란한 푸른 하늘에 검은 얼룩처럼 보였다.

바발라치는 밧줄을 손에 든 채 어쩔 줄 몰라 하며 서있었다. 그는 강 유역을 내려다본 뒤 올마이어 집 쪽을 올려다보고 다시 어째야 좋을지 모르겠다는 듯이 강을 내려다보았다. 마침내 그는 다시 급히 카누를 묶어놓고 집 쪽으로 달려가 베란다의 계단을 올라갔다.

"투안! 투안!" 그가 애가 타서 외쳤다. "보트들이 들어오고 있어요. 군함에서요. 준비해 두는 게 좋겠어요. 분명 장교들이 이리로 들어올 거라구요."

올마이어는 테이블에서 천천히 머리를 들어 올리며 멍청하게 그를 바라보았다.

"아가씨!" 바발라치가 니나에게 소리쳤다. "그를 좀 봐요. 내 말을 듣고 있지를 않네요. 아가씨가 조심하셔야겠어요." 그가 의미심장하게 덧붙였다.

니나가 뭔가 불확실한 미소를 짓고 알았다는 듯 고개를 끄덕였다. 바발라치에게 뭔가 말을 하려다가 그녀는 입술을 벌린 채 말을 멈춰야 했다. 막 시야에 들어오기 시작한 증기선의 선미에 놓인 대포에서 날카로운 포 소리가 난 것이다. 그녀의 얼굴에서 미소가 사라지며 예전의 그 초조하게 경계하는 듯한 표정이 되돌아왔다. 포 소리의 메아리가 멀리 떨어진 언덕으로부터 길게 잡아끄는 애도의 곡소리처럼 들려왔다. 마치 주인이 부르는 소리에 땅이 화답하는 것 같았다.

제8장

올마이어 구역에 누워있는 시체의 신원에 대한 소식이 마을 전체로 빠르게 퍼졌다. 오전에 마을 사람들 대부분은 큰길로 나와 무역 상인으로 알려진 그 남자의 알 수 없는 귀환과 뜻밖의 죽음에 대한 이야기를 나누었다. 그가 북동 계절풍 시기에 도착한 것, 그들 마을에 오랫동안 머문 것, 범선을 타고 갑자기 떠난 것, 무엇보다 통나무 사이에서 갑자기 수수께끼의 시체로 발견된 것은 모두가 궁금해하고 또 반복해서 이야기하는, 관심이 끊이지 않는 화젯거리였다. 마맷은 집에서 집으로 사람들 무리를 여기저기 돌아다니며 이야기를 반복해서 들려주었다.

그는 부러진 통나무에 시신의 사롱이 걸려있던 것을 자신이 발견했다는 이야기, 소리를 지르자 올마이어 부인이 제일 먼저 달려와서 자신이 시신을 해안으로 끌어내기도 전에 누군지 알아차리더라는 이야기, 바발라치가 시신을 물 밖으로 끌어내라고 지시했다는 이야기 등을 떠들고 다녔다.

"내가 발을 잡고 끌어당겼는데, 머리가 없지 뭐야." 마맷이 외쳤다. "그런데 그 백인의 부인은 누군지 어떻게 알 수 있었을까? 그 여자가 마녀라는 건 동네 사람들이 다 알고 있잖아. 그리고 그 백인은 시신을 보자마자 줄행랑치던데 그거 봤어? 사슴처럼 달아나더라니까!"

여기서 마맷은 올마이어가 성큼성큼 달리는 모습을 흉내내었고 듣고 있던 사람들은 모두가 재밌어했다. 그런데 그 고생을 다 했는데도 그는 얻은 것이 없었다. 초록 보석이 박힌 반지는 투안 바발라치가 가졌다. "아무것도! 아무것도 얻은 게 없다니까!" 그는 혐오스럽다는 듯이 자기 발에 침을 뱉고는 새로운 청중들을 찾아 떠났다.

그 소식은 촌락의 가장 멀리 떨어진 곳까지 퍼져나가, 자기 창고의 시원한 자리에 앉아서 아랍인 서기와 부하들이 상류로 올라가는 카누에 짐을 싣고 내리는 것을 지켜보고 있던 압둘라에게까지 전달되었다. 선착장에서 바쁘게 일하고 있던 레시드는 숙부에게 불려갔다. 압둘라는 여느 때처럼 무척 차분하고 유쾌해 보였지만 상당히 놀란 것 같았다.

삼일 전, 다인의 범선이 포획되었거나 난파되었다는 소

문이 어부에게서 강 하류 유역에 거주하는 사람들을 거쳐 아랍인 압둘라의 귀에 전해졌다. 이웃에서 이웃으로 흘러가 촌락에 가장 가까운 개간지의 주인인 불랑지한테까지 전해졌고, 평소 압둘라에게 잘 보이고 싶었던 불랑지는 그 소식을 압둘라에게 직접 가져왔다. 소문에 의하면 다인의 배 위에서 싸움이 있었고, 그곳에서 다인이 죽음을 맞았다고 했다. 그런데 지금 마을 사람들은 온통 다인이 라자를 방문했었고 밤에 올마이어를 만나러 강을 건너다 죽음을 맞았다는 이야기를 하고 있었다. 그들은 이 점을 이해할 수가 없었다.

레시드는 무척 이상하다고 생각했다. 레시드는 불안해하며 의심쩍어했다. 하지만 압둘라는 처음에 놀라 충격을 받은 후에는 수수께끼를 푸는 것을 싫어하는 노인답게 적당히 체념해 버렸다. 그는 그 남자는 어쨌든 이제 죽었으니 따라서 더 이상 위험할 것도 없다고 말했다. 운명의 신이 하시는 일을 의아해하는 것이 무슨 소용인가? 특히 그것이 진정한 신자들에게 호의적인 일이라면 말이다. 압둘라는 자비롭고 동정심 많은 알라신에게 경건한 기도를 외치며 그 사건을 종결된 것으로 간주하는 듯했다.

레시드는 그렇게 생각하지 않았다. 생각에 잠긴 채 단정하게 다듬어진 구레나룻을 잡아당기며 숙부 곁을 배회

했다.

"거짓말이 하도 많아서 말이죠." 그가 중얼거렸다. "다인은 예전에도 한 번 죽었다고 하더니 다시 살아나서, 이번에 또 죽었다고 하는 거잖아요. 네덜란드인들이 며칠 지나기도 전에 여기 와서 그 남자를 내놓으라고 떠들썩할 텐데요. 여자들이나 할 일 없는 남자들의 혓바닥보다는 내 눈을 믿어야 하지 않겠어요?"

"시신이 올마이어의 구역으로 옮겨졌다고 하는구나." 압둘라가 말했다. "거기 가보고 싶으면 네덜란드인들이 여기로 오기 전에 가라. 다만 늦은 시각에 가야 한다. 최근에 우리가 그 인간의 구역 내에 들어갔다는 것이 알려지면 안 되니까."

레시드는 이 마지막 말에 진심으로 동의하고 숙부 곁을 떠났다. 그는 큼직한 출입구의 기둥에 기대서서 열린 문을 통해 마당으로부터 마을의 큰길까지 한가로이 바라보고 있었다. 직선 모양의 텅 빈 길은 빛의 홍수 아래 노란빛을 띠고 있었다. 더운 정오에 종려나무의 부드러운 줄기들과 집들의 윤곽, 그리고 저 멀리 길 끝의 덤불 너머 어두운 숲을 배경으로 올마이어네 집 지붕이, 끓어오르는 대지에서 뿜어져 나오는 열기에 흔들거리고 있었다. 노랑나비 떼가 날아오르더니 레시드의 반쯤 감긴 눈앞에서 짧게 비행하며 다시 날아오를 준비를 했다. 그의 발밑에서는 마당의 길게 자란 잡초 속 벌레들이 나지막이 윙윙거리는 소리가 들려왔다. 그는 그것을 졸린 듯 바라보고 있었다.

집들 사이의 골목길로부터 한 여자가 걸어 나와, 큰길로 들어섰다. 어려 보이는 그 여성은 머리에 인 큰 쟁반 때문에 얼굴이 그늘져 있었다. 어떤 움직임이 감지되자 레시드의 반쯤 잠든 감각이 어느 정도 깨어났다. 그는 그녀가 누군지 알아차렸다. 불랑지의 노예 타미나. 쟁반에 케이크를 올려두고 그녀가 걸어오고 있었다. 중요한 것 하나 없이, 매일 반복되는 삶을 살고 있는 존재의 출현이었다. 그녀는 올마이어네 집 쪽으로 가고 있었다. 그는 그녀를 유용하게 쓸 수 있을지도 모른다고 생각했고, 몸을 일으켜 "아, 타미나!"라고 외치며 문 쪽으로 달려갔다. 소녀가 멈춰 서서 잠시 망설이더니 천천히 되돌아왔다. 레시드는 더 가까이 오라고 초조하게 손짓하며 기다렸다.

레시드에게 가까이 다가온 타미나는 눈을 내리뜬 채 멈춰 섰다. 레시드는 잠시 그녀를 바라보다가 이렇게 질문했다.

"올마이어 집에 가는 거지? 마을 사람들 말로는 무역상 다인의 시신이 그 백인의 구역에 놓여있다던데…… 오늘 아침 물에 빠져 죽은 채 발견된 시신 말이야."

"저도 그 이야기 들었어요." 타미나가 속삭였다. "그리고 오늘 아침 강가에서 시체도 봤어요. 지금 어디 있는지는 몰라요."

"그러니까 네가 시체를 봤단 말이지?" 레시드가 열심히 물었다. "다인 맞아? 너는 그를 여러 차례 봤었잖아. 그를 알아볼 수 있잖아."

소녀의 입술이 떨리더니 숨을 몰아쉬며 잠시 조용히 있었다.

"얼마 전에 그를 봤었어요." 그녀가 마침내 대답했다. "사람들 말이 사실이에요. 그 사람은 죽었어요. 투안, 저한테서 뭘 원하시는 거예요? 저 가야 해요."

바로 그때, 증기선 위에서 쏜 대포 소리가 들려와 레시드의 말이 중단되었다. 그는 소녀를 그대로 놔둔 채 집으로 달려가서 문 쪽으로 나오고 있던 압둘라와 마당에서 만났다.

"네덜란드 백인들이 왔어요." 레시드가 말했다. "이제 우리는 보상을 받을 거예요."

압둘라는 회의적으로 고개를 저었다. "백인들의 상은 받는 데 오래 걸린다." 그가 말했다. "백인들은 빨리 분노하지만, 은혜를 갚는 데는 오래 걸린다. 좀 더 두고 보자."

그는 회색 수염을 쓰다듬으며, 멀리 마을의 반대편에서

들리는 시끄러운 영접 소리에 귀를 기울이며 문간에 서 있었다. 타미나가 가려고 돌아서자 그는 그녀를 불러 세웠다.

"얘야, 잘 들어라." 그가 말했다. "올마이어의 집에 곧 많은 백인들이 올 거다. 너는 그 바다의 선원들에게 케이크를 팔게 될 거고. 거기서 보고 들은 것을 내게 말하도록 해. 해가 지기 전에 여기로 오면, 빨간 점이 박힌 파란 손수건을 네게 주겠다. 자, 가라. 돌아오는 거 잊지 말고."

그는 가려고 하는 타미나를 긴 지팡이 끝으로 살짝 밀었고, 그녀는 넘어질 뻔했다.

"이 노예는 너무 느려." 그는 무척이나 못마땅한 표정으로 소녀의 뒤를 바라보며 조카에게 말했다.

타미나는 머리에 쟁반을 이고 땅만 바라보며 계속 걸었다. 그녀가 집들을 지나갈 때 열린 문으로 빵을 살 사람들이 들어오라고 친절하게 부르는 소리가 들렸지만 그녀는 신경도 안 썼다. 그녀는 골똘히 생각에 잠겨 물건을 팔아야 한다는 것도 잊고 있었다. 이른 아침 이후로 그녀는 가슴을 고통과, 두려움이 뒤섞인 기쁨으로 채워주는 이야기를 너무 많이 듣고 또 너무 많이 봤다. 새벽이 오기 전 삼비르로 가기 위해 불랑지의 집을 나설 때, 그녀는 집 밖에서 어떤 목소리를 들었다. 그때 집에는 그녀를 뺀 다른 모든 이들이 잠들어 있었다. 어둠 속에서 들리는 말들로 그녀는 한 사람의 생명을 손에 쥐게 되었고 큰 슬픔을 가슴에 안게 되었다.

하지만 그녀의 경쾌한 발걸음과 곧바른 자세, 그리고 무감각하고 냉정한 일상의 표정으로 가려진 얼굴만 보고는, 그 누구도 그녀가 케이크, 불랑지의 아내들의 알뜰한 손에 의해 만들어진 케이크를 잔뜩 쌓아 올린 쟁반 아래, 또다른 보이지 않는 짐을 지고 있다고는 상상할 수 없었다.

그녀의 화살처럼 곧바르고 유연한 몸매와 우아하고 자유로운 걸음걸이, 그리고 무의식적 체념이 엿보이는 부드러운 눈매의 이면에는 모든 감정과 열정, 모든 희망과 두려움, 삶의 저주와 죽음의 위안이 잠들어 있었다. 그러나 그녀는 그것에 대해 전혀 알지 못하고 있었다. 지금 자신이 지나치고 있는 나무들, 빛을 따르고 햇빛을 갈구하며 폭풍을 두려워하면서도 아무것도 의식하지 못하는 키 큰 종려나무들처럼 살고 있었다.

노예는 희망도 없고 변화도 있을 수가 없었다. 다른 하늘이나 다른 강, 다른 숲 혹은 그 어떤 다른 세계나 다른 삶에 대해서 전혀 알지 못했다. 소원도 희망도 사랑도 없었고 얻어맞는 것 외에는 두려움도 없었다. 불랑지가 부유하고 그의 개간지에 있는 외딴집에는 쌀도 많았기 때문에 굶을 일이 없었지만, 굶주림 이외에 어떤 생생한 감정도 느껴본 적이 없었다. 고통과 굶주림이 없으면 행복했고, 불행하다고 느낄 때는 그저 하루 노동이 끝났을 때 여느 때보다 더 피곤할 때였다.

남서계절풍 시기의 어느 더운 밤 그녀는 집 바깥쪽에 강위로 세워진 플랫폼 위에서 밝은 별빛 아래 편안히 잠들어 있었다. 집안에도 사람들이 잠들어 있었다. 문 옆에 불랑지, 그 안쪽으로 아내들이 잠들고 아이들은 엄마들 옆에 잠들어 있었다. 그녀는 그들이 숨 쉬는 소리, 불랑지의 졸린 목소리, 한 아이가 날카롭게 외치자 부드러운 말로 달래는 소리를 들을 수 있었다. 그녀는 아래로는 강물의 웅얼거림을, 위로는 따스한 바람의 속삭임을 들으며 눈을 감았다. 열대 자연림의 끊임없이 지속되는 생명이 수천의 희미한 숲의 목소리와 미지근한 바람의 숨결로 그녀에게 계속 속삭이며 말을 걸어왔지만 그녀는 알아듣지 못했다. 그녀는 머리 위에 맴도는 짙은 향기와 새벽이 오기 전 모든 피조물의 엄숙한 침묵 속에 그녀에게 드리워진 하얀 혼령 같은 새벽안개 속에서 잠이 들었다.

낯선 사람들을 태운 범선이 오기 전까지 타미나의 삶은 그러했다. 그녀는 그때를 너무도 잘 기억하고 있었다. 촌락에 소동이 일어나며 끝없이 이어지는 신기함, 그리고 밤

낮으로 이어지던 이야기와 흥분을 잘 기억하고 있었다. 그리고 그녀는 낯선 남자들 앞에서 자신이 얼마나 소심했었나 하는 것도 기억했다.

강둑에 정박한 그 범선이 어떤 면에서 촌락의 일부가 되어버리고 지속적인 교류로 친숙해지면서 그녀에게서 두려움이 조금씩 사라졌었다. 그 무렵 배 위의 호출이 그녀에게 일과가 되어버렸다. 그녀는 쉬고 있던 남자들이 방파제 위로 던지는 응원의 외침 소리와 그리 천박하지는 않은 농담을 들으며, 배로 이어지는 경사진 판자를 비틀거리며 올라갔다. 거기서 그녀는 큰 목소리로 이야기하며 자유로이 행동하는 남자들에게 케이크를 팔았다. 그곳엔 사람들 무리가 끊임없이 오고 갔으며 큰 소리로 외치듯 대화하고 명령도 소리를 지르며 하달되고 시행되었다. 작업대가 덜컹거리거나 똘똘 감긴 밧줄 꾸러미가 날아들곤 했다. 그녀는 방해가 되지 않게 그늘진 차양 아래 쟁반을 앞에 놓고 얼굴을 베일로 가린 채 수많은 남자 사이에 수줍어하며 앉아있었다. 그녀는 물건을 사는 모든 이들에게 미소를 지었지만 그들의 농담을 무신경하게 무관심으로 넘기며 아무와도 말을 하지 않았다. 그녀는 주변에서 들려오는 머나먼 나라, 이상한 풍습, 이상하기 짝이 없는 사건들에 귀를 기울였다.

그들은 용감했다. 그런데 그들 중 가장 용맹스러운 이조차도 자기들 추장에 대해서는 두려움을 갖고 대했다. 종종 그들이 '주인님'이라고 부르는 그 남자가 걸어갈 때면 모든 이들이 초조하게 그의 입술의 움직임을 주시했다. 명령을 따를 준비를 차리고 옆으로 비켜섰다. 그 가운데로 그가 걸어나왔다. 청춘의 자부심 속에 번쩍이는 비싼 옷을 입고, 금장식을 딸랑거리며 곧은 자세로, 무관심하게 그녀 앞을 지나치곤 했다. 그럴 때마다 그녀의 생명력은 온통 그에게로 솟구쳐 오르는 것 같았다. 그녀는 매혹된 채, 관심을 끄는 걸 두려워하며 베일 속에서 그를 바라보았다.

어느 날 그가 그녀를 보고 "저 소녀는 누구지?"하고 물었다. "노예입니다, 투안. 케이크를 파는 여자예요." 십여 명의 목소리가 한꺼번에 대답했다. 그녀는 공포에 질려 해안으로 도망가려고 일어났다. 그때 그가 그녀를 불렀다. 머리를 숙인 채 떨면서 그의 앞에 서자, 그는 양손으로 그녀의 턱을 치켜올리고 미소를 지으며 그녀의 눈을 들여다보면서 친절한 말을 건넸다. "두려워 말거라." 그가 말했다. 그는 더 이상 그녀에게 아무 말도 하지 않았다. 강둑에서 누군가가 외치자 그가 돌아서서 그녀의 존재를 잊어버리고 만 것이다. 그녀는 올마이어가 한쪽 팔로 니나를 감싸 안고 해변에 서있는 것을 보았다. 그녀는 니나가 쾌활한 목소리로 외치는 것을 들었고, 그가 해변으로 뛰어오르며 얼굴이 기쁨으로 환해지는 것을 보았다. 그 이후로 그녀는 니나의 목소리라면 어떤 소리든 다 증오하게 되었다.

그날 이후 타미나는 올마이어의 구역을 방문하는 것을 그만두고 범선의 차양 그늘에 앉아 정오 시간을 보냈다. 그녀는 다인이 다가오면 그가 오는 것을 지켜보면서 심장 박동이 점점 빨라지고 새로이 일깨워진 기쁨과 희망과 두려움의 격정적인 감정에 휩싸였다. 그리고 그가 점차 멀어지면, 그 감정이 사라지면서 싸움을 하고 난 것처럼 지쳐서 꿈꾸는 듯 나른함 속에 그저 한동안 조용히 앉아있었다.

오후에 그녀는 천천히 집으로 노를 저으며, 종종 강의 조용한 역류의 느린 흐름에 카누가 떠다니게 놔두곤 했다. 그녀는 뱃고물에 앉아 노를 물속에 한가롭게 걸쳐두고 한 손으로 턱을 받치고 눈을 크게 뜨고 심장에서 들려오는 속삭임에 열심히 귀를 기울였다. 그 속삭임은 너무도 달콤한 노래로 부풀어 오르곤 했다. 그녀는 그 노래를 들으며 집에서 밥을 지었다. 그 노랫소리에 불랑지 아내들의 날카로운 말다툼 소리도 잘 들리지 않았고 자신에게 퍼부어지는 화난 질책의 소리도 그냥 흘려버릴 수 있었다. 그러다가 해가 질 무렵이 되면 몸을 씻으러 물가로 걸어가, 낮은 둑의 부드러운 풀 위에 서서 옷이 흘러내린 상태로 유리 같은 수면에 비친 자신의 반영을 바라보면서 그 노래를 들었다. 집으로 천천히 걸어오면서 젖은 머리를 어깨 위로 넘길 때도 그 노래에 귀를 기울였다. 밝은 별빛 아래 쉬려고 누웠을 때도 아래에서 들려오는 강의 웅얼거림, 위에서 불어오는 따뜻한 바람 소리, 울창한 숲의 희미한 소리를 통해 자연이 들려주는 소리, 그리고 자신의 심장에서 들리는 노랫소리를 들으며 그녀는 스르르 눈을 감았다.

그녀는 노래를 들으면서도 뭔지 이해는 하지 못하고, 그 의미나 결말에 대해서도 신경 쓰지 않은 채 자신의 새로운 존재의 꿈결 같은 기쁨을 그냥 들이마셨다. 그러다 갑자기 고통과 분노를 통해 삶에 대한 통렬한 의식이 그녀에게 훅 다가왔다. 그녀는 니나의 긴 카누가 두 연인을 태우고 잠든 불랑지의 집을 조용히 지나쳐 위대한 강의 하얀 안개 속으로 들어가는 것을 처음 봤을 때 극심한 고통을 느꼈다. 질투와 분노가 신체적인 통증의 발작으로 이어지고 그녀는 상처 입은 동물이 말없이 고뇌를 견뎌내듯이 강둑에 쓰러져 헐떡였다. 슬픔의 모든 비애를 가슴에 묻어둔 채 자신에게조차 표현하지 못하고, 매일의 일과를 수행하며 노예로서의 맹목적인 삶의 순환 속에서 참을성 있게 계속 움직였다. 그녀는 니나를 보면 마치 자신의 살 속을 파고드는 날카로운 칼날을 피하듯 피해버렸다. 하지만 그녀는 자신의 어리석고 무지한 영혼을 절망감으로 채우면서도 범선은 계속 방문했다.

그녀는 다인을 여러 번 봤다. 그는 말을 걸지도 않고 쳐다보지도 않았다. 그의 눈은 오로지 한 여인의 모습만 볼 수 있단 말인가? 그의 귀는 오로지 한 여인의 목소리만 들을 수 있단 말인가? 그는 그녀를 단 한 번도 눈여겨보지 않았다.

그러다 그가 가버렸다. 그날 아침 그녀는 그와 니나를 마지막으로 보았다. 바발라치가 자신의 낚시 바구니를 보러 왔다가 백인의 딸과 다인의 연애에 대해 반신반의하던 것을 의심의 여지가 없는 확신으로 바꾸게 된, 그날 아침이었다. 다인이 사라졌다. 그러자 타미나의 마음은 불모의 땅, 모든 사랑과 미움의 씨앗, 모든 정열과 희생의 가능성이 싹틀 수 없는 상태가 되어버렸다. 감각을 잃은 그녀의 마음은 기쁨과 고통을 잊었다. 그녀의 덜 성숙한 야성적 마음과 다른 사람의 의지를 따르는 노예 상태의 몸은, 신체적인 자극을 받은 데서 시작되었던 이상적 삶의 희미하고 막연한 이미지를 잊어버렸다. 그녀는 이전의 무감각한 삶으로 되돌아갔다.

그리고 다인도 니나와 영원히 헤어지게 되었다는 생각

에서 위안 —일종의 행복감— 을 찾았다. 결국 그는 니나를 잊어버릴 것이다. 이 생각이 사라져가는 질투심의 마지막 아픔을 달래주었다. 이제 그 질투심을 더 키울 것이 없어져 타미나는 평온을 되찾았다. 그것은 단지 생명이 없다는 이유로 평화로운, 사막의 황량한 고요함 같은 것이었다.

그런데 그가 다시 돌아온 것이다. 그녀는 밤에 불랑지를 큰 소리로 부르는 목소리의 주인공이 누군지 알아차렸다. 자신을 홀리는 그 목소리를 더 가까이 듣고자 주인을 따라 기어 나왔다. 다인이 보트 안에서 불랑지에게 말을 건네고 있었다. 숨죽인 채 귀를 기울이고 있는 타미나에게 또 다른 목소리가 들려왔다. 그 목소리를 듣자, 조금 전까지 그녀의 빠르게 뛰는 심장 안에 가둬두는 것이 불가능할 것 같았던 미칠 듯한 기쁨이 싹 사라져 버렸다. 전에 다인과 니나가 함께 있는 장면을 보고 겪었던 예전의 고뇌와 신체적 통증이 다시 반복되어 그녀는 몸을 덜덜 떨었다. 니나가 명령했다 간청했다 하며 말을 하고 있었고, 불랑지는 거절하고 충고하고 하다가 마침내 동의했다. 불랑지는 문 뒤에 놓여있는 짐 더미에서 노를 하나 꺼내러 갔다.

바깥에서 두 사람이 낮게 웅얼거리는 소리가 계속되었다. 타미나는 여기저기 한 마디씩 알아들었다. 그녀는 그가 백인들에게서 도망치고 있으며 숨을 곳을 찾고 있다는 것, 그가 뭔가 위험에 처했다는 말을 알아들을 수 있었다. 그녀는 자신의 가슴속에 며칠씩 잠자고 있던 격렬한 질투심을 일깨우는 말도 들었다. 칠흑 같은 어둠 속에서 나뭇단 사이의 진흙탕에 낮게 웅크리고 앉아, 보트 안에서 들리는 속삭임에 귀를 기울였다. 짧은 순간의 포옹, 따뜻한 시선, 가벼운 숨결의 촉감, 부드러운 입술의 감촉을 느낄 수만 있다면 그 대가로 노동, 박탈, 위험, 나아가 생명을 저버리는 것도 기꺼이 감수할 수 있다고 말하는 연인들의 속삭임이 들려왔다. 다인은 불랑지가 돌아오기를 기다리면서 그동안 카누에 앉아 니나의 두 손을 잡고 그렇게 말하고 있었다.

끈적거리는 흙더미 옆에 겨우 버티고 있는 타미나는 무거운 짐이 그녀를 발밑의 미끈거리는 검은 물속으로 내리누르는 기분이었다. 그녀는 소리 지르고 싶었다. 그들에게 달려가 그들의 희미한 그림자를 찢어 갈라놓고 싶었다. 니나를 미끄러운 물속에 처박고 그녀에게 매달려 다인이 찾을 수 없는 바닥까지 끌고 가고 싶었다. 그녀는 울 수도 움직일 수도 없었다. 그때 그녀의 머리 위쪽으로 대나무를 쌓아 올린 플랫폼에 발소리가 들렸다. 불랑지가 가장 작은 카누에 올라타서 길을 인도하고, 다인과 니나는 다른 카누를 타고 노를 저으며 그를 따라갔다. 물속으로 노를 살짝 밀어 넣어 첨벙거리는 소리가 나지 않게 하면서, 그들의 불분명한 형체는 비통한 그녀의 시선을 지나쳐 개울의 어둠 속으로 사라져 버렸다.

그녀는 끔찍한 무게 아래 고통스럽게 숨을 몰아쉬면서 추위와 습기 속에 움직일 힘도 없이 그 자리에 남아있었다. 알 수 없는 운명의 손이 그렇게 갑자기 그녀의 가녀린 어깨를 짓눌렀다. 덜덜 떨면서도, 자신의 생명을 먹이로 삼아 타오르는, 그런 불길 속에 놓인 것 같은 기분을 느꼈다. 날이 밝아 숲의 검은 윤곽 너머로 창백한 황금 띠가 펼쳐질 때 그녀는 순전히 습관의 힘으로 쟁반을 집어 들었다. 맡은 일을 행하고자 마을 쪽으로 출발했다.

삼비르에 가까이 다가갔을 때 그녀는 마을이 뭔가 흥분에 휩싸인 것을 보게 되었고 놀랍게도 다인의 시체를 발견했다는 이야기를 듣게 되었다. 그것은 물론 사실이 아니었다. 그녀는 그것을 너무도 잘 알고 있었다. 그녀는 그가 죽지 않은 것이 원망스러웠다. 그녀는 다인이 니나로부터 멀어지도록, 모든 여인들로부터 멀어지도록 차라리 죽었으면 좋겠다고 생각했다.

그녀는 어떤 분명한 목적이 있는 건 아니었지만 그냥 니나를 한번 보고 싶다는 강렬한 욕망을 느꼈다. 그녀는 니나가 미웠다. 두려웠다. 올마이어의 집으로 가서 그 백인 여자의 얼굴을 보고 그 눈을 가까이서 들여다보고 그 목소리를 다시 한번 들어보고 싶다는 강한 충동을 느꼈다. 그 목소리 때문에 다인은 기꺼이 자유를 내어놓았으며 목숨까지도 위태롭게 하고 있지 않은가. 그녀는 니나를 자주 봤었다. 지난 몇 달간 날마다 그녀의 목소리를 들었었다. 니나에게 도대체 뭐가 있단 말인가? 도대체 그 여자의 어떤 점이 남자를 그렇게 만든단 말인가? 그녀의 무엇이 다인으로 하여금 그렇게 말하게 하고, 장님처럼 다른 이들의 얼굴을 보지 못하게 하고, 귀머거리처럼 다른 이들의 목소리를 듣지 못하게 만든단 말인가?

그녀는 당장 올마이어의 촌락으로 가서 니나의 눈에서 자신이 비참해져야 하는 이유를 찾고 싶었지만, 겨우 그 충동을 억누르고 강가에 모여 있는 무리를 떠나 텅 빈 집들 사이를 무심히 이리저리 걸어 다녔다. 태양은 더 높이 떠올라 그림자들을 짧게 만들며 그녀의 머리 위로 빛과 질식할 것 같은 열기의 홍수를 쏟아붓고 있었다. 그녀는 가슴을 저리는 고통을 벗어나고자 무의식적으로 집과 덤불과 나무들 사이로 스미는 빛과 그늘을 왔다 갔다 했다. 그녀는 지독한 고통 속에서 이를 벗어나게 해줄 기도의 말을 찾을 수가 없었고, 어디에 기도해야 하는지도 알지 못했다. 그녀는 원인도 모르고 벗어나는 방법도 모르고, 자신에게 가해진 부당한 고통에 명한 충격과 두려움만 느끼며 지친 발로 그저 헤매고 다녔다.

레시드와 나눈 짧은 대화와 압둘라가 제안한 일 덕분에 그녀는 다소 진정이 되었다. 생각을 다른 방향으로 흘러가도록 할 수 있었다. 다인은 뭔가 위험에 처해 있었다. 그는 백인들을 피해 숨어다니고 있었다. 지난밤 대화를 엿들어서 그 정도까지는 알고 있었다. 모두 그가 죽은 줄 알고 있었다. 그녀는 그가 살아있다는 사실과 심지어는 그의 은신처까지도 알고 있었다.

아랍인들은 백인들에 대해 무엇을 알고 싶어 하는 것일까? 백인들은 다인에게서 뭘 원하는 것일까? 그들은 다인을 죽이고 싶은 것일까? 그녀는 그들에게 모든 것을 말할 수 있었다. 아니다! 그녀는 아무 말도 하지 않을 것이다. 밤에 그에게 가서 한 마디 말, 미소 한 번, 몸짓 한 번을 대가로 그의 목숨을 구해줄 것이다. 니나로부터 떨어진 머나먼 나라에 가서 그의 노예가 될 것이다. 하지만 위험이 있었다. 모든 것을 알고 있는 애꾸눈 바발라치가 있고, '마녀'라고 알려진 백인의 아내가 있었다. 그들이 말해버릴지도 모른다. 그리고 또 니나가 있었다. 그녀는 서둘러 가서 다인을 직접 봐야 했다.

초조해진 그녀는 큰길을 벗어나 종려나무들 사이에 자라는 덤불을 헤치고 올마이어의 구역으로 달려갔다. 그녀는 덤불에서 집 뒤편으로 나왔는데 그곳에는 강에서 흘러넘친 물이 잔뜩 괴어있는 좁은 도랑이 있어, 올마이어의 구역을 촌락의 다른 구역과 갈라놓고 있었다. 강둑에 자라는 울창한 관목들이 그녀의 시야를 가려서 조리실이 있는 넓은 마당이 잘 보이지 않았다. 관목들 위로 가느다란 연기가 몇 줄기 피어오르고 있었고, 그 뒤에서 이상한 목소리들이 들려와 타미나는 군함에서 내린 해군들이 이미 상륙하여 도랑과 집 사이에 주둔하고 있다는 것을 알 수 있었다. 왼쪽으로는 올마이어의 여자 노예들이 도랑으로 내려와 반짝이는 물 위로 몸을 숙이고 냄비를 씻고 있었다. 오른쪽으로는 관목들 위로 바나나 농장의 윗부분이 보였는데 누군가가 열매를 따는지 나무들이 휘청거리며 마구 흔들리고 있었다.

고요한 물 위로 몇 척의 카누가 묵직한 말뚝에 묶여있었다. 카누들은 함께 몰려있어 타미나가 있는 곳에서 도랑을 건너갈 교량 역할을 해주었다. 마당에서 들리는 목소리들은 부르고 대답하는 소리와 웃음으로 이어지기도 하고, 침묵으로 조용해지다가 새로이 왁자지껄하며 다시 떠들썩해지기도 했다. 때때로 가느다란 푸른 연기가 갑자기 짙어지며 검게 솟구쳐 올라 독한 냄새 덩어리가 개천 위로 몰려오면서 그녀를 질식시킬 것처럼 휘감기도 했다. 그러다 다시 신선한 장작에 불이 붙으면 밝은 햇빛 속으로 연기가 사라지고 불꽃이 탁탁 소리를 내면서 향기로운 장작 타는 냄새가 떠돌기도 했다.

타미나는 쟁반을 나무 그루터기에 올려놓고 올마이어의 집 쪽으로 시선을 돌리고 서있었다. 관목 너머로 지붕과 하얗게 칠한 벽 일부가 보였다. 일을 마친 노예 소녀가 궁금하다는 듯이 타미나 쪽을 잠시 쳐다보더니 빽빽한 덤불을 통해 안뜰로 돌아갔다.

타미나 주위에는 완전한 고독만이 남아있었다. 그녀는 땅바닥에 몸을 던지고 얼굴을 두 손에 묻었다. 니나에게 아주 가까이 오긴 했지만 그녀를 볼 용기가 없었다. 안뜰에서 큰 소리가 터져 나올 때마다 니나의 목소리가 들릴까 겁이 나 몸을 떨었다. 어두워질 때까지 지금 있는 그 자리에서 기다렸다가 다인이 숨은 장소로 곧장 가리라 마음먹었다.

지금 있는 자리로부터 그녀는 백인들과 니나, 그리고 다인의 친구들과 적들의 동태를 모두 지켜볼 수가 있었다. 친구이고 적이고 양쪽 모두 그를 그녀에게서 빼앗아 가므로 똑같이 혐오스러웠다. 그녀는 길게 자란 풀 속에 숨어서 해 질 녘을 초조하게 기다렸는데 시간이 너무도 더디게 흘러갔다.

도랑 건너편 관목 뒤에서는 올마이어의 초대로 군함에서 내린 선원들이 모닥불을 환히 피워놓고 야영을 하고 있었다. 올마이어는 니나가 간절하게 계속 간청한 덕분에 겨우 무감각 상태에서 깨어나, 상륙한 장교들을 맞으러 제때 선착장으로 내려갈 수 있었다. 지휘관인 해군 대위는 어쨌든 올마이어에게 용무가 있다며 ㅡ"별로 유쾌한 것은 아닐지라도"라고 덧붙이면서ㅡ 그의 초대에 응했다. 올마이어는 그의 말을 거의 듣지 않았다. 멍하니 악수를 나누고 그를 집 쪽으로 안내했다. 그는 낯선 이들을 맞이하면서 자신이 환영한다는 말을 했는지 어쨌는지 의식하지 못하고 있다가, 자신이 별 문제 없는 것처럼 보이기 위해 나중에 인사말을 몇 번이고 반복했다.

주인의 불안정한 감정 상태가 장교의 눈을 벗어날 수는 없었다. 지휘관은 자신의 부관에게 낮은 목소리로 올마이어가 술에서 깨지 못한 게 아닌가 싶다고 털어났다. 젊은 부관은 웃으며 그 백인이 다과를 내놓는 것을 잊을 정도로 취한 게 아니기를 바란다고 속삭였다. 그러고는 올마이어를 따라 베란다의 계단을 올라가며 "그리 위험한 인물 같아 보이지 않는데요."라고 덧붙였다.

"그래. 그는 악당이라기보다는 멍청이 같아. 그에 관한 이야기를 들은 적이 있지." 상관이 대답했다.

그들은 테이블을 둘러싸고 앉았다. 올마이어는 떨리는 손으로 위스키를 따라 모두에게 돌아가며 한 잔씩 권했고 자기도 마셨다. 매번 들이킬 때마다 더 강해지고 더 안정되는 것 같았다. 자신의 어려운 입장을 더 잘 대면할 수 있을 것 같은 기분이 들었다. 그는 범선의 운명에 대해 전혀 아는 바가 없었으므로 장교의 방문의 진짜 목적이 무엇인지 의심해 보지도 않았다. 화약 무역에 있어 뭔가가 새어나간 게 틀림없다는 막연한 생각을 하고 있었지만 일시적인 불편함 이상의 일을 걱정하지는 않았다.

그는 잔을 비운 후, 한쪽 다리를 아무렇게나 팔걸이에 걸치고 의자에 길게 누워 마음 편히 잡담하기 시작했다. 대위는 의자에 걸터앉아 끝이 타오르고 있는 궐련을 입에 물고, 꽉 다문 입술에서 새어 나오는 짙은 연기 뒤에 음흉한 미소를 지은 채 귀를 기울이고 있었다. 젊은 부관은 두 팔꿈치를 테이블에 올려놓고 머리를 양손에 끼운 채, 피로에 독주까지 마셔 무기력한 상태로 졸린 듯 바라보고 있었다. 올마이어는 이야기를 계속했다.

"여기서 백인의 얼굴을 보게 되니 무척 기쁘군요. 나는 여기서 오랜 시간 완전한 고독 속에서 살아왔지요. 당신도 알다시피 말레이 사람들은 백인의 친구가 되질 못해요. 게다가 우호적이지도 않고, 백인의 방식을 이해하지도 못해요. 그들은 아주 악당들이에요. 나는 동쪽 해안에서 마을 주민 가운데 유일한 백인일 거요. 우리는 때로 마카사르나 싱가포르에서 오는 방문객들을 맞이하지요. 무역상, 중개인들, 탐험가들. 하지만 그런 사람들은 드물어요. 일 년여 전에 여기에 과학도인 탐색 대원 한 사람이 왔었지요. 그는 내 집에서 살면서 아침부터 밤까지 내내 술만 마셨어요. 그는 몇 달간 즐겁게 살다가, 자신이 가져온 술이 떨어지자 내륙 지방의 광물 자원에 대한 보고서 하나를 들고 바타비아로 돌아갔어요. 하하하! 대단하지요, 안 그렇습니까?"

그는 불현듯 말을 멈추고 의미 없는 눈빛으로 손님들을 바라보았다. 그들이 웃는 동안, 그는 혼잣말처럼 지난 이야기를 되뇌고 있었다.

"다인이 죽었고, 나의 모든 계획이 수포로 돌아갔어. 모든 희망과 모든 일들이 끝장난 거지." 그의 심장이 덜컹 내려앉았다. 그는 지독한 구토 증세를 느꼈다.

"대단해요. 최고예요!" 두 장교가 외쳤다.

올마이어는 갑자기 다른 이야기를 꺼내며 절망감에서 벗어났다.

"어! 저녁 식사는요! 당신네는 좋은 요리사를 데려왔지요. 괜찮아요. 저쪽 안뜰에 조리실이 있어요. 거위를 한 마리 내줄게요. 내 거위들 좀 봐요. 동쪽 해안에서는 유일한 거위들이지요. 아마 섬 전체에서도 유일할 거예요. 저 사람이 요리사인가요? 아주 좋아요. 알리, 여기 중국인에게 조리실이 어딘지 알려주고 올마이어 부인에게 자리 좀 내주라고 해. 여러분, 내 아내는 안 올 겁니다. 딸은 나올지도 모르지만. 그동안 술을 더 마시도록 해요. 정말 더운 날이군요."

대위는 입에서 시가를 빼서 재를 꼼꼼히 바라보다가 흔들어 털고는 올마이어 쪽으로 돌아섰다.

"우리는 당신한테 정말 달갑지 않은 용무가 있어요." 그가 말했다.

"유감이군요." 올마이어가 대답했다. "그다지 심각한 일은 아니겠지요."

"최소한 사십 명의 목숨을 폭발로 날려버리려는 시도가 심각한 일이 아니라고 하면, 당신한테 동의할 사람은 별로 없지 않을까요." 장교가 날카롭게 대꾸했다.

"날려버려요! 뭐라고요? 나는 전혀 모르는 일이에요." 올마이어가 소리쳤다. "누가 그런 짓을 했다는 거요? 아니, 하려고 했답니까?"

"당신이 거래했던 그 남자요." 대위가 대답했다. "여기서 다인 마룰라라는 이름으로 통한다지요. 당신이 그에게 화약을 팔았지요. 우리가 포획한 범선에 있던 그 화약 말이오."

"범선 이야기를 어디서 들은 거요?" 올마이어가 물었다. "그가 가졌다는 화약에 대해서는 나는 전혀 아는 바가 없소."

"이곳의 한 아랍 무역상이 두 달 전에 당신이 이곳에서 바타비아로 왕래하며 뭔가 거래를 했다는 정보를 보내왔소." 장교가 말했다. "우리는 바깥에서 범선을 기다리고 있었는데, 그가 강 하구에서 우리를 살짝 지나쳐 갔소. 우리는 그를 쫓아 남쪽으로 달려야 했지요. 그는 우리를 보고 산호초 안으로 들어가서 범선을 해안에 정박해 두었소. 선원들은 우리가 사로잡기 전에 보트를 타고 도망쳤지요. 우리 보트가 범선에 가까이 갔을 때 그 배는 엄청난 폭발과 함께 날아가 버렸소. 그 바람에 아주 가까이 다가갔던 보트 하나가 침몰해서 두 사람이 익사했소. 올마이어 씨, 그게 당신의 투기 행위의 결과란 말이오. 우리는 지금 이 다인이란 자를 원하오. 그가 삼비르에 숨어있다고 추정할 만한 충분한 근거가 있어요. 당신은 그가 어디에 있는지 알고 있지요? 당신은 우리에게 솔직하게 다 털어놓고 당국과의 입장을 제대로 바로잡아야 할 거요. 다인이라는 자가 어디에 있소?"

올마이어는 일어나 베란다의 난간 쪽으로 걸어갔다. 장교의 질문을 생각하고 있는 것 같지 않았다. 그는 하얀 천 아래 똑바로 뻣뻣하게 누워있는 시신을 바라보았다. 그 천은 구름 사이에서 서쪽으로 지고 있는 태양 빛으로 인해 창백한 불그스름한 빛을 띠고 있었다.

대위는 반쯤 꺼진 시가를 몇 번 급히 빨아들이며 대답을 기다렸다. 그들 뒤에서 알리가 테이블을 차리느라 소리 없이 움직이며, 짝이 맞지 않는 누추한 도기 세트와 금속 스푼과 끝이 깨진 포크와 톱날에 느슨한 손잡이가 달린 나이프를 진지한 태도로 늘어놓고 있었다. 그는 백인들을 위한 테이블을 어떻게 준비하는지 거의 다 잊어버렸다. 속상하게도 니나는 도와주려고 하지를 않았다.

그는 몇 발짝 뒤로 물러나 자신의 작품을 감탄하듯 바라보며 자랑스러움을 느꼈다. '이 정도면 되었어. 주인이 나중에 화를 내고 욕을 한다면 니나 아가씨도 좋을 게 없을 텐데, 아가씨는 왜 도와주질 않는 것일까?' 그는 음식을 가져오기 위해 베란다를 나갔다.

"자, 올마이어 씨, 솔직하게 내 질문에 답해주시겠어요?" 긴 침묵 후에 대위가 물었다.

올마이어는 돌아서서 상대를 똑바로 바라보았다.

"당신은 다인을 잡으면 그를 어떻게 하실 겁니까?" 그가 물었다.

장교의 얼굴이 붉어졌다. "그건 대답이 아니오." 그가 화가 나서 말했다.

"그리고 나한테는 무얼 해주시겠소?" 올마이어가 대위의 말에 아랑곳하지 않고 계속 말했다.

"흥정하려는 거요?" 상대방이 으르렁거렸다. "정말이지 그건 나쁜 전략이오. 우린 당장은 당신에 대해서는 어떤 지시도 받은 바가 없소. 하지만 우리는 이 말레이인을 잡는 데 당신이 도와줄 거라 기대했었소."

"아!" 올마이어가 말을 끊었다. "그렇군요. 당신들은 나 없이는 아무것도 할 수가 없어요. 그리고 나는, 그 남자를 너무도 잘 아는 나는, 당신들이 그를 찾도록 도와야 하는 거군요."

"우리는 바로 그걸 기대하고 있어요." 장교가 동의했다. "당신은 법을 어겼소, 올마이어 씨. 그러면 그것에 대해 배상을 하고……"

"목숨을 구한다?"

"음, 어떤 면에서는 그렇다고 할 수 있지요. 하지만 당신의 머리가 위험에 처한 건 아니오." 대위가 짧게 웃으

196

며 말했다.

"잘 알겠어요." 올마이어가 단호하게 말했다. "당신들에게 그를 건네주겠소."

두 장교는 재빨리 일어나더니 풀어놓았던 허리에 차는 무기를 급히 찾았다. 올마이어는 껄껄 웃었다.

"진정하시오, 여러분!" 그가 외쳤다. "내 편할 때 내 방식으로 말이오. 저녁 식사 후에, 여러분, 그때 내어드리리다."

"황당하군!" 대위가 다그쳤다. "올마이어 씨, 이건 농담할 일이 아니오. 그 남자는 범죄자요. 교수형을 당해 마땅한 자란 말이오. 우리가 식사하는 동안 도망칠 수도 있는데. 우리가 도착했다는 소문이 나면……"

올마이어가 테이블 쪽으로 걸어갔다. "여러분, 내 명예를 걸고 그가 도망하지 않는다고 약속하겠소. 안전하게 잡아두었으니까요."

"어두워지기 전에 체포가 완료되어야 합니다." 젊은 부관이 말했다.

"실패하면 당신에게 책임을 묻겠소. 우리는 준비가 되어 있지만, 지금은 당신 없이 아무것도 할 수가 없으니까." 상관이 분노를 역력히 드러내며 덧붙였다.

올마이어는 동의한다는 몸짓을 해 보였다. "내 명예를 걸고……" 그가 모호하게 반복하며 "지금은 식사나 합시다."라고 활발하게 덧붙였다.

니나가 문간을 통해 나오더니 잠시 알리와 늙은 말레이 여인이 식사를 운반하도록 커튼을 들어 올리고 서있다가 테이블 옆의 세 남자 쪽으로 움직였다.

"자, 자." 올마이어가 과장되게 말했다. "여긴 내 딸이요. 니나, 이 신사들은 저 밖의 군함에서 내린 장교들인데, 내 초대에 응해주셨구나."

니나는 두 장교의 머리를 굽히는 정중한 인사에 머리를 천천히 기울여 보이고는 테이블의 아버지 맞은편 자리에 앉았다. 모두가 착석했다. 증기선의 키잡이가 와인 몇 병을 들고 다가왔다.

"와인을 테이블 위에 놓아도 되겠습니까?" 대위가 올마이어에게 말했다.

"뭐요! 와인! 아주 친절한 분이로군. 확실해요. 나는 와인이 없는데. 요즘 무척 힘든 시기이거든요."

올마이어는 마지막 말을 떨리는 목소리로 말했다. 다인이 죽었다는 생각이 다시 생생하게 떠오르며, 보이지 않는 어떤 손이 자신의 목을 잡아 쥐는 것 같았다. 그는 장교들이 와인의 마개를 따는 동안 위스키에 손을 뻗어 한 모금 꿀꺽 마셨다. 니나에게 말을 하고 있던 대위가 그를 흘끗 바라보았다. 니나의 뜻밖의 출현과 뛰어난 미모에 놀라고 혼란스러워하던 젊은 부관이 정신을 차리기 시작했다. '그녀는 무척 아름답고 당당하구나.' 그가 생각했다. '그러면 뭐해, 혼혈일 뿐인걸.' 이 생각에 그는 용기가 나서 니나를 곁눈질로 바라보았다. 니나는 차분한 표정으로 나이 든 장교가 지역과 그녀의 삶의 방식에 대해 정중하게 질문하는 데 대해 단조로운 목소리로 나지막이 대답하고 있었다. 올마이어는 자신의 접시를 밀어내고 말없이 침울하게 손님이 가져온 와인을 마셨다.

제9장

"그 말을 나보고 믿으란 말이야? 캠프파이어에서 잠이 덜 깬 남자들이나 믿을 이야기 같군. 여자들 혀에서 흘러 나온 이야기 같아."

"오, 라자여, 여기 제가 속일 수 있는 분이 누가 있습니 까?" 바발라치가 말했다. "당신 없이 나는 아무것도 아닌 존재예요. 당신께 드린 말씀은 모두가 사실입니다. 나는 당신의 손바닥 안에서 수년간 안전하게 지내왔어요. 지금 은 의심을 품을 때가 아닙니다. 위험이 너무 커요. 우리는 해가 지기 전에 의논을 끝내고 당장 행동에 옮겨야 합니 다."

"알았어. 알았다고." 라캄바가 생각에 잠긴 채 중얼거렸 다.

그들은 라자의 집에 있는 접견실에서 한 시간째 함께 앉 아있었다. 네덜란드 장교들이 착륙하는 것을 목격하자마자, 아침에 있었던 일을 자기 주인에게 보고하고 변화한 상황에 직면하여 따라갈 행동 노선을 협의하고자 바발라 치는 강을 건너왔던 것이다. 그들은 상황이 예기치 못한 방향으로 흘러가자 당황하고 겁을 먹었다. 라자는 의자에 가부좌하고 앉아 마루바닥만 뚫어지게 바라보았고, 바발라치는 무척 낙담한 태도로 그 옆에 가까이 쭈그리고 앉아 있었다.

"지금 그가 어디에 숨어있다고 했지?"라캄바가 한동안 우울한 예감으로 침묵하고 있다가 마침내 침묵을 깨며 물었다.

"불랑지의 개간지요. 그 집에서 가장 멀리 떨어진 곳이에요. 그날 밤 거기로 갔어요. 백인의 딸이 그를 거기로 데려갔지요. 그녀가 제게 솔직하게 털어놓으며 그렇게 말하던데요. 그녀는 반은 백인이라 예의범절 같은 건 따지지 않아요. 그녀는 그가 여기 와있는 동안 그를 기다렸다고 했어요. 그리고 한참 후에 그가 어둠 속에서 나오더니, 완전히 녹초가 되어 그녀의 발 앞에 쓰러졌대요. 그가 죽은 사람처럼 쓰러졌지만 자기가 팔에 안아 다시 소생시켰다고 했어요. 자신의 호흡으로 숨을 다시 쉬게 만들었고요. 라자, 내가 지금 당신께 말씀드리는 것처럼 그녀도 내 얼굴을 똑바로 보며 그렇게 말했어요. 그녀는 백인 여자 같아요. 부끄러움을 몰라요."

그가 깊은 충격으로 말을 멈추었다. 라캄바는 고개를 끄덕였다. "알았어. 그래서 그다음에는?" 그가 물었다.

"그들은 늙은 여자를 불러냈어요." 바발라치가 이어 말했다. "그리고 그가 그들에게 다 얘기했어요. 범선에 대해서, 그리고 자신이 많은 사람을 죽이려고 했다는 것까지요. 그는 우리에게 말하지 않았지만, 네덜란드 백인들이 아주 가까이에 온 것을 알고 있었던 거예요. 자신이 큰 위험에 처한 것을 알고 있었던 거지요. 그는 자신이 많은 사람을 죽였다고 생각하지만, 군함의 보트를 타고 온 선원들한테 들은 바로는 단지 두 명이 죽었을 뿐이에요."

"그러면 다른 자는? 강에서 발견된 자 말이야." 라캄바가 말을 끊었다.

"그는 자기 부하 중의 하나래요. 다인의 카누가 통나무 때문에 뒤집혔을 때 그 두 사람이 함께 헤엄을 쳤대요. 그때 그자가 부상당한 모양이에요. 다인이 그를 붙잡고 헤엄을 쳤대요. 그러고는 집으로 올라가며 그를 덤불에 뉘어 놓고 갔지요. 그들이 다시 내려갔을 땐 그의 심장이 이미 멎어 있었대요. 그러자 그 늙은 여자가 말을 꺼냈고, 다인도 좋다고 동의했던 거예요. 그는 자신의 발찌를 빼서 부러뜨리고 그 남자의 발에 끼워 넣었어요. 반지도 그가 그 노예의 손에 끼웠던 거고요. 그리고 두 여자가 그 시신을 잡고있는 동안 자기 사롱을 벗어서 옷도 필요 없는 그 시신에 입혔어요. 마을 사람들 모두의 눈을 속이고 그들의 마음에 혼동을 주려는 의도로 그리했던 거지요. 마을 사람들이 있지도 않은 일을 '진짜'라고 단언하게 하고, 백인들이 들이닥쳤을 때 아무도 배신하는 일이 없도록 하려고 모두를 속인 겁니다. 그리고 다인과 백인 여자는 불랑지를 깨워서 숨을 곳을 찾아 떠났고, 늙은 여자는 시체 옆에 남았던 거예요."

"하! 그녀가 지혜가 있구먼." 라캄바가 감탄했다.

"맞아요. 그녀의 귀에 작은 목소리로 조언을 해주는 악마가 있나 봐요." 바발라치가 동의했다. "그녀는 통나무가 잔뜩 좌초된 지점으로 있는 힘을 다해 시체를 끌고 갔어요. 이 모든 것이 폭풍이 지나간 후 어둠 속에서 일어난 일이에요. 그리고 그녀는 기다렸지요. 날이 밝는 첫 신호에 죽은 자의 얼굴을 큰 돌로 내리쳐 짓이겼어요. 그리고는 통나무들 틈으로 밀어 넣었지요. 그녀는 주위를 살피며 근처에 남아있었어요. 해가 뜨고 마맷 밴저가 내려왔다 시신을 발견하게 된 겁니다. 모두가 그 말을 믿었고, 그리 오래가진 않았지만 나 자신도 속았어요. 백인은 그 말을 믿던데요. 그리고 슬퍼하면서 자기 집으로 뛰어가 버렸어요.

우리끼리 홀로 남게 되었을 때, 의심을 갖고 있던 내가 그 여자에게 말을 걸었죠. 그녀는 나의 분노와 당신의 힘을 두려워하던 터라, 다인을 구하는 일에 도움을 달라고 부탁하면서 다 털어놓았던 거예요.”

“그가 네덜란드 백인들 손으로 넘어가서는 안 돼.” 라캄바가 말했다. “하지만 일이 조용히 마무리 지어지려면 그가 죽는 게 나은데.”

“투안, 안 됩니다! 그 여자가 있다는 걸 기억하세요. 백인 피가 섞여 있어서 통제가 불가능한 데다 엄청난 비명소리를 낼 겁니다. 게다가 장교들이 여기 와 있어요. 그들은 이미 화가 날 대로 나 있어요. 다인은 빠져나가야만 합니다. 그래야만 해요. 지금 우리는 우리의 안전을 위해서 그를 도와야 합니다.”

“장교들이 무척 화가 났다고?” 라캄바가 관심을 보이며 물었다.

“그렇습니다. 사령관이 내게 말할 때 무척 센 단어를 사용했어요. 당신의 이름으로 인사를 올리던 제게 말입니다. 제 생각에……” 바발라치가 잠시 말을 중단했다가 무척 걱정스러운 표정으로 덧붙였다. “그 백인 사령관이 그렇게 화를 낸 건 본 적이 없는 것 같아요. 그는 우리가 무관심하거나 더 나쁘다고 말했어요. 그는 라자에게 직접 말하겠다고 했어요. 나는 중요한 인물이 아니라면서요."

"라자에게 직접 말하겠다고!" 라캄바가 생각에 잠겨 그의 말을 따라했다. "바발라치, 잘 듣게나. 나는 아파서 물러나야겠어. 자네가 가서 백인들에게 말하게나."

"알겠습니다." 바발라치가 말했다. "당장 가겠습니다. 그리고 다인은요?"

"자네가 할 수 있는 한 멀리 보내버려. 이 일은 내 마음에 큰 걱정거리가 되고 있어." 라캄바가 한숨을 쉬었다.

바발라치는 일어나서 주인에게 다가가며 진지하게 말했다.

"강의 남쪽 어귀에 우리 프라우선이 한 척 있어요. 네덜란드 군함은 강 입구를 지키면서 북쪽으로 가고 있지요. 저는 오늘 밤 다인을 카누에 태워 감춰진 수로를 통해 내보내서 우리 프라우선에 태우려고 합니다. 위대한 군주인 그의 부친은 우리가 얼마나 관대했는지 소식을 듣게 되겠지요. 프라우선으로 그를 암페난으로 보낼 겁니다. 당신은 큰 명예를 얻게 될 것이고, 또 강한 우정이라는 보상을 받게 될 겁니다. 올마이어는 틀림없이 시신을 다인이라며 장교들에게 넘겨줄 거예요. 그 어리석은 백인들은 '잘 됐군. 평화가 깃들기를.'이라고 말할 겁니다. 라자, 그러면 당신의 마음에서 두통거리는 사라지게 됩니다."

"맞아! 맞아!" 라캄바가 말했다.

"그리고 이 일은 주인님의 노예인 제가 수행할 테니, 주인님은 후하게 보상을 해주시겠지요? 분명 그러실 겁니다! 그 백인은 보물을 놓치게 되었다고 슬퍼하고 있어요. 돈이나 탐내는 백인들의 방식으로 말입니다. 이제 모든 것이 수습되고 정리되면 우리는 그 백인에게서 보물을 쟁취하게 될 겁니다. 그러니 다인은 도피하고 올마이어는 살아야 합니다."

"바발라치, 이제 가게나! 가!" 라캄바가 의자에서 일어나며 말했다. "나는 몸이 아파. 약을 먹어야겠어. 백인 사령관한테 가서 그리 전하게."

그러나 바발라치는 이렇게 간단한 말 몇 마디로 물리칠 수 있는 사람이 아니었다. 그는 자기 주인이 위대한 자의 방식을 따라 노동과 위험이라는 짐은 하인의 어깨에 옮겨놓기를 좋아한다는 것을 잘 알고 있었다. 하지만 그들이 지금 처한 위험한 상황에서 라자는 자신의 역할을 행해야 했다. 최소한 자신이 세심하게 짜놓은 계획의 일부만이라도 라자가 수행을 한다면, 원하는 대로 얼마든지 해도 상관없었다. 바발라치는 라자에게 어두워진 후 열두 명이 탄 큰 카누를 불랑지의 개간지 쪽으로 보내주기를 간청했다. 다인을 힘으로 압도할 필요가 있을지도 모른다는 생각에

서였다. 사랑에 빠진 남자가 애정의 대상으로부터 떨어지면 그 길이 안전한 길임을 끝까지 의심하기에, 그럴 경우 힘으로 제압해서라도 그를 계속 전진하게 만들어야 한다고 주장했다.

"라자는 믿을 만한 남자들이 카누에 배치되도록 신경 쓸 거죠? 일은 은밀히 진행되어야 합니다. 다인이 고집부리고 은신처를 벗어날 것을 거부할 경우, 라자의 권위의 무게가 다인에게 전해지도록, 라자 본인도 가시는 게 좋겠습니다."

라자는 백인들이 갑자기 들이닥칠 것을 두려워하며, 확실한 약속은 하지 않고 초조하게 바발라치에게 가라고 재촉만 했다. 늙은 정치가는 마지못해 자리에서 일어나 마당으로 나갔다.

바발라치는 자기 보트로 내려가기 전에 잠시 넓고 탁 트인 공간에 멈춰 섰다. 그곳에선 잎이 무성한 나무들의 검은 그림자가 부드럽고 강렬한 빛의 홍수 속에 떠다니고 있었다. 빛이 집을 거쳐 울타리 너머 저 멀리 강까지 흘러갔고, 강에 다다른 빛은 수천 개의 빛나는 파도로 쪼개져 반짝거렸다. 판타이 강은 마치 둑에 자란 휘황찬란한 초록의 숲으로 테를 두른, 청색실과 황금실로 엮은 띠처럼 보였다. 오후 미풍이 불어오기 전까지 나무 꼭대기의 들쑥날쑥

한 윤곽은, 완벽한 고요 속에 노련한 화가가 더운 하늘의 쨍한 푸른빛 속에 그려 놓은 것처럼 정지한 듯 그대로 있었다. 높은 울타리가 둘러쳐진 공간에는 주변 숲의 썩어가는 꽃의 향기와 말린 생선 냄새가 맴돌았다. 이따금씩 밥 짓는 장작불의 연기가 잎이 무성한 가지에서 타버린 풀 주변으로 내려앉으면 매콤한 연기 냄새가 나기도 했다.

바발라치는 뜰 한가운데 자라고 있는 나무들보다 더 높게 솟은 깃대를 바라봤다. 그날 아침 군함에서 보낸 보트가 도착했을 때 올린 네덜란드의 삼색기가 처음으로 살짝 펄럭이고 있었다. 나무들이 희미하게 살랑거리며 미풍이 가볍게 불어와 라캄바의 권력의 상징이자 봉사의 표식이기도 한 이 깃발을 잠시 변덕스럽게 갖고 놀더니, 예리한 돌풍으로 변하면서 나무들 위로 펼쳐진 깃발을 마구 펄럭이게 했다. 어두운 그림자가 강을 따라 흘러가며 반짝이는 일몰 빛 위로 구르다가 강을 뒤덮어 버렸다. 큼직한 흰 구름이 천천히 어두워지는 하늘을 가로질러 항해하며, 마치 태양과 만나길 고대하기라도 하듯 서쪽으로 달려가고 있었다. 사람들과 사물이 바닷바람의 첫 숨결에 뜨거운 오후의 마비 상태를 떨치고 깨어나 생명을 되찾았다.

바발라치는 서둘러 수문으로 내려갔다. 수문을 통과하기 전에 그는 빛과 그림자, 활기 띤 불꽃이 있는, 라캄바의 병사와 수행원 무리가 여기저기 흩어진 안뜰을 둘러보았다. 그의 집은 울타리 안쪽에 여러 집 사이에 위치해 있었다. 삼비르의 정치가는 가슴이 털썩 내려앉는 기분을 느끼며 언제 어떻게 집으로 돌아올 수 있을까 스스로 물어보았다. 그는 여태 봤던 그 어떤 맹수보다 더 위험한 남자를 다루어야 했다. 자부심에 찬 남자, 군주들이 그렇듯 제멋대로인 남자, 사랑에 빠진 남자. 그리고 그는 그런 남자에게 냉정하고 세속적인 지혜의 말을 해주어야 했다. 이보다 더 끔찍한 일이 있을 수 있을까? 그 남자가 자기 명예가 손상되었다거나 자기 사랑이 무시되었다는 불쾌한 상상에 분노하여 살인이라도 하면 어찌할 것인가? 분명 현명한 조언자가 첫 희생자가 될 것이고, 자신에게 돌아오는 보상은 죽음이 될 것이다. 이러한 상황에서 오는 두려움 외에도 근본적으로 참견 좋아하는 멍청이 백인들이라는 위험이 있었다. 머나먼 마두라섬에서의 불편하기 짝이 없는 유배 생활 장면이 바발라치 눈앞에 떠올랐다.

'그건 죽음보다도 못한 거 아닐까?'

게다가 위협적인 눈빛의 혼혈 여자도 있었다. 그러한 유형의 이해할 수 없는 존재가 어떤 일을 하고 어떤 일은 하지 않을지 그가 어떻게 알 수 있겠는가? 그녀는 너무 많은 것을 알고 있었다. 그러기에 다인을 살해하는 일은 불가능했다. 그 정도까지는 확실했다.

날이 날카롭고 거친 크리스 검이야말로 훌륭하고 신중한 친구라는 생각을 하며 바발라치는 자신의 무기를 사랑스럽게 들여다보았다. 그는 아쉬움의 한숨을 쉬며 단검을 도로 칼집에 넣고 카누의 밧줄을 풀었다. 그가 밧줄을 던지고 강물로 들어가 노를 들었을 때, 그는 나랏일에 여자들을 끼어들게 하는 것이 얼마나 문제가 많은지 절실히 깨달았다. 특히 젊은 여자들 말이다. 올마이어 부인의 성숙한 지혜에 대해서는, 말하자면 나이가 들며 여성의 마음에 일어나는 쉽게 음모에 가담하는 성향에 대해서는 무척이나 진지한 존경심이 느껴졌다.

그는 카누를 강의 흐름에 내맡기고 느긋하게 노를 저으면서 강을 건너 그 지점으로 갔다. 아직 태양이 높이 솟아 있었고 급할 것은 하나도 없었다. 그의 일은 어둠이 다가오면서 비로소 시작되는 것이었다. 그는 링가드 선착장을 피하면서 그 지점을 에둘러 올마이어 집 뒤편에 있는 도랑을 따라 노를 저었다. 거기에는 여러 카누가 말뚝 하나에 고정된 채 서로 코를 맞대고 묶여있었다. 바발라치는 카누들 사이로 자신의 작은 배를 밀어 넣고 뭍으로 올라섰다. 도랑 건너편에서 무언가가 풀 속에서 움직였다.

"거기 숨어있는 게 누구냐?" 바발라치가 외쳤다. "나와

라, 그리고 말하라."

아무도 대답하는 이가 없었다. 바발라치는 보트에서 다른 보트로 올라타며 도랑을 건너가 의심이 가는 장소를 자신의 지팡이로 마구 찔러댔다. 타미나가 비명을 지르며 펄쩍 뛰쳐나왔다.

"네가 여기서 뭘 하는 게냐?" 그가 놀라서 물었다. "네 쟁반을 밟을 뻔했다. 나를 보고 숨다니 내가 다야크족이라도 되냐?"

"제가 피곤했어요. 그래서…… 잠들었나 봐요." 타미나가 혼란스러워하며 속삭였다.

"잠들었다고! 오늘 하나도 못 팔았니? 너는 집에 돌아가면 매를 맞겠구나." 바발라치가 말했다.

타미나는 당황한 채 아무 말도 없이 그의 앞에 서있었다. 바발라치는 그녀를 세심히 훑어보며 무척 마음에 들어 했다. 확실히 그 도적 불랑지에게 50달러는 주어야 할 것이다. 그는 그녀가 무척 마음에 들었다.

"자, 이제 집에 가거라. 늦었다." 그가 준엄하게 말했다. "불랑지에게 밤이 반쯤 지나가기 전에 집 근처로 갈 거라고 전해라. 그리고 그가 긴 여행을 위한 만반의 준비를 차려 놓았기를 바란다고 말해라. 알았느냐? 남쪽으로 가는 긴 여행 말이다. 해가 지기 전에 그에게 꼭 전해라. 내 말을 잊어버려선 안 된다."

타미나는 알았다는 몸짓을 하며, 바발라치가 도랑을 다시 건너 올마이어의 구역의 경계인 관목들 사이로 사라지는 것을 지켜보았다. 그녀는 개울로부터 조금 더 멀리 떨어졌다. 그리고 풀숲에 주저앉더니 얼굴을 바닥에 대고 엎드려 비참함에 눈물 없이 몸을 떨었다.

바발라치는 올마이어 부인을 찾으러 조리실 쪽으로 똑바로 걸어갔다. 뜰에서는 큰 소동이 벌어지고 있었다. 낯선 중국인 한 사람이 조리실을 차지하고 시끄럽게 다른 냄비를 달라고 요구하고 있었다. 그는 조금 떨어진 곳에서 자신의 격렬한 언행에 반쯤 놀라고 반쯤은 재밌어하며 서있는 한 무리의 하녀들을 향해 광둥어와 엉터리 말레이어를 섞어 가며 그들을 마구 꾸짖고 있었다. 군함에서 내린 선원들이 둘러앉은 모닥불로부터 웃음과 야유가 섞인 격려의 말이 들려왔다. 그 소음과 혼란 속에 바발라치는 손에 빈 접시를 들고 있는 알리를 만났다.

"백인들은 어디에 있는가?" 바발라치가 물었다.

"앞 베란다에서 식사들 하고 있습니다." 알리가 대답했다. "투안, 저를 붙잡지 마세요. 백인들한테 음식을 주느라고 바쁩니다."

"올마이어 마님은 어디 계시지?"

"복도 안쪽이요. 이야기를 듣고 계세요."

알리는 씩 미소를 지으며 지나갔다. 바발라치는 판자로 이어진 길을 따라 올라가며 올마이어 부인에게 나오라고 손짓을 하고 그녀와 열심히 대화를 나누었다. 붉은 커튼으로 끝이 막힌 긴 복도를 통해 때때로 올마이어가 퉁명스러운 큰 목소리를 내며 대화하는 것이 들렸다. 그 목소리에 올마이어 부인이 바발라치를 의미심장하게 바라보았다.

"들어봐요." 그녀가 말했다. "그는 술을 너무 많이 마셨어요."

"그렇군요." 바발라치가 속삭였다. "오늘 밤 곤하게 자겠군요."

올마이어 부인은 미심쩍은 표정이었다. "때로 그 악마 같은 독주가 그를 깨어있게도 해요. 밤새 욕을 하면서 베란다를 왔다 갔다 걸어 다녀요. 그러면 우리는 멀찍이 떨어져 있지요." 올마이어 부인이 이십여 년간의 결혼 생활에서 나온 충분한 정보를 가지고 이렇게 설명했다.

"하지만 그는 그때는 듣지도 않을 거고 이해도 못 하는 건 물론 손에 힘도 없을 겁니다. 그가 오늘 밤에 아무 소리도 듣지 않길 바랄 뿐이죠."

"그래요." 올마이어 부인이 힘주어, 하지만 조심스러운 나지막한 소리로 말했다. "그가 듣게 되면 살인이 일어날 겁니다."

바발라치는 믿을 수 없다는 표정을 지었다.

"이봐요, 투안. 내 말을 믿으세요. 내가 그 남자와 오랜 세월을 함께 살지 않았나요? 내가 젊었던 시절 그 남자가 여러 힘든 상황을 예견했을 때 나는 그의 눈에서 여러 차례 죽음을 봤지요. 그가 우리 종족의 남자였으면 난 그런 표정을 두 번 다시 보려 하지 않았을 거예요. 하지만 그 남자는……"

경멸하는 몸짓을 하는 그녀는 갑작스러운 유혈사태를 혐오하는 올마이어의 약한 마음에 대해 말할 수 없는 조롱을 퍼붓는 것처럼 보였다.

두 사람은 잠시 말없이 올마이어가 큰 소리로 이야기하다가 일상적인 대화를 웅얼거리는 것을 듣고 있었다. 그러다 바발라치가 물었다. "만일 그가 원하는 게 있어도 그럴 힘이 없다면, 우리가 두려워할 게 뭡니까?" 그가 재차 물었다. "두려워할 게 뭐냐고요?"

"사랑하는 딸을 지키기 위해서라면 그는 주저 없이 당신과 나의 심장을 내리칠걸요." 올마이어 부인이 말했다. "딸이 사라지면, 그는 족쇄에서 풀려난 악마처럼 될 거예요. 그러면 당신이나 나나 조심하는 게 좋겠지요."

"나는 노인이라 죽음이 두렵지 않소." 바발라치가 무관

심한 척 가장하며 대답했다. "하지만 당신은 어쩔 생각이
요?"

"나는 노인이라 살고 싶어요." 올마이어 부인이 되받아
쳤다. "게다가 내 딸이기도 하구요. 나는 라자의 발아래 보
호를 청할 거예요. 우리가 젊었던 시절을 봐서라도 받아달
라고 호소하면 그는……"

바발라치가 손을 들어 올렸다.

"그만하면 됐소. 당신은 보호를 받을 것이오." 그가 달래
듯이 말했다.

다시 올마이어의 목소리가 들리자 그들은 대화를 끊고
귀를 기울였다. 올마이어는 테이블을 간간이 주먹으로 내
려치며 흥분된 외침 소리를 무의미하게 내다가, 힘의 강도
를 달리하며 알아듣기 힘든 큰 소리로 말했다. 말을 갑자
기 끊었다가 시끄럽게 반복했다가 하는 와중에, 그들의 귀
에 몇몇 어휘와 문장이 또렷하고 분명하게 들려왔다. 짧게
침묵이 흐를 때면, 나란히 놓인 채 충격을 받아 고음으로
떨리며 공명 소리를 내던 유리잔들이 점차 조용해졌다. 그
러다 올마이어가 새로운 생각이 나서 새로운 말을 쏟아내
고 무거운 손으로 다시 테이블을 내리치면 유리잔들이 다
시 튀어 오르며 시끄러운 쨍그랑 소리를 내곤 했다. 마침
내 싸우는 듯한 외침 소리가 중단되었고, 흔들린 유리잔에

서 나오는 가벼운 불평 소리도 주저하듯 잠잠해지며 사방이 조용해졌다.

바발라치와 올마이어 부인은 궁금한 듯 귀를 기울이면서 둘 다 몸을 굽히고 복도 쪽으로 귀를 갖다 댔다. 매번 더 큰 외침 소리가 날 때마다 그들은 '저렇게 예의를 모르다니!'라고 생각하는 듯한 우스꽝스러운 몸짓으로 서로에게 고개를 끄덕이곤 했다. 그들은 소음이 중단된 후에도 한동안 같은 자세를 취하고 있었다.

"이게 다 독주 때문이에요." 올마이어 부인이 속삭였다. "어떤 때는 주변에 아무도 듣는 이가 없을 때도 저런 식으로 말하곤 한다니까요."

"뭐라고 하는 거요?" 바발라치가 열심히 물었다. "당신은 알아들을 테지요."

"나는 그들의 언어를 잊어버렸어요. 약간만 알아듣죠. 그는 바타비아의 백인 통치자에 대해 예의도 없이 막말을 하네요. 무슨 보호 이야기도 하고 자신이 부당한 대우를 받았다고 하는데, 그 말을 여러 번 했어요. 그 정도만 알아들었어요. 잠깐! 다시 말하기 시작하네요!"

"쯧, 쯧, 쯧." 바발라치가 혀를 찼다. 충격을 받은 척하려고 했지만 하나밖에 없는 애꾸눈이 즐거움으로 반짝거렸다. "저 백인들 사이에 큰 문제가 생기겠네요. 이제 가봐야겠어요. 따님한테 종국에 큰 영광과 화려함을 맞이하게 될, 갑작스러운 긴 여행을 곧 떠나게 될 거라고 말해주세요. 다인은 떠나야만 하고, 안 그러면 죽게 될 거라고. 또 그가 혼자 가지 않을 거라는 말도 해주세요."

"그럼요. 그가 혼자 가는 일은 없을 거예요." 바발라치가 집 모퉁이를 돌아 사라지는 걸 본 후, 올마이어 부인은 복도 쪽으로 살금살금 다가가면서 천천히 생각에 잠긴 태도로 말했다.

삼비르의 정치가는 활기찬 호기심의 충동 아래 재빨리 집 앞쪽으로 나아갔다. 일단 그곳에 이르자 그는 베란다의 계단을 하나씩 기어오르다시피 천천히 조심스럽게 움직였다. 계단 맨 꼭대기에 이르자, 자신의 존재가 환영받지 못할 경우를 대비해 도망칠 준비를 했다. 그러고는 아래 계단에 발을 내려놓은 채 맨 꼭대기 계단에 조용히 앉았다. 그렇게 하니 안전하다는 기분이 들었다. 테이블이 세로로 놓여있었고, 올마이어는 등이 보이고 니나는 정면이 보였으며, 두 명의 장교는 옆모습이 보였다. 니나가 눈꺼풀을 순간적으로 떨구는 것이 바발라치의 존재를 알아차린 것 같았다. 그때 그녀가 곧장 젊은 부관에게 말을 걸자 그는 주의 깊고 민첩하게 그녀 쪽으로 몸을 돌렸다. 그녀의 시선은 언성을 높이고 있는 올마이어의 얼굴에 계속 고정되어 있었다.

"……'불충에 파렴치'라고! 당신네들이 내게 뭘 해줬다고 충성하라는 거요? 당신들은 이 나라를 파악하지 못하고 있어. 나는 스스로 나 자신을 돌봐야 했다고. 내가 보호를 요청했을 때 돌아온 건 협박과 경멸이었어. 아랍인들의 중상모략이 내 얼굴로 쏟아지게 놔두고 말이야. 나한테! 내가 백인인데!"

"올마이어, 너무 흥분하지 말아요." 대위가 항의했다. "그 이야기는 이미 다 듣고 왔소."

"그러면 왜 내게 염치를 운운하는 거요? 나는 돈이 필요했고, 화약과 교환을 한 것뿐이오. 당신네 그 불쌍한 자들이 폭약에 날아가리라고 내가 어찌 알 수 있었겠소? '염치'라니! 흥!"

그는 술병 사이를 불안하게 더듬고 하나씩 들어 올리면서 혼자 투덜거리고 있었다. "와인이 떨어졌군." 그가 불만스럽게 중얼거렸다.

"올마이어, 그만하면 충분히 마셨어요." 대위가 시가에 불을 붙이며 말했다. "죄수를 우리에게 넘겨줄 때가 아니오? 당신이 다인 마룰라를 어딘가에 안전하게 가둬두고 있다고 생각되는데. 아무래도 일을 먼저 끝내는 게 좋겠소. 그 후에 술을 더 마시도록 하지요. 자! 그런 식으로 나를 쳐다보지 마시오."

올마이어는 자신의 목 주위를 떨리는 손가락으로 더듬으며 돌처럼 무표정한 눈으로 쳐다보고 있었다.

"황금." 그는 힘들게 말을 내뱉었다. "음! 숨통을 뚫어줄 해결책인데. 당신들도 이해가 될 거요. 내가 하고 싶은 말은…… 약간의 화약, 그 대가로 약간의 황금을 받은 거…… 그게 뭐라고!"

"알아요, 알아." 대위가 달래듯이 말했다.

"아니야! 당신이 뭘 알아. 당신네는 아무것도 모른다고!" 올마이어가 소리쳤다. "내 분명히 말하는데, 정부는 멍청이야. 황금 더미. 내가 그걸 아는 사람이라고. 나와 다른 한 사람. 하지만 그는 말을 못 하게 되었지. 그는……"

그는 희미하게 미소를 지으며 말을 멈췄다. 장교의 어깨를 툭 치려다 실패하고 빈 병들 위로 엎어졌다.

그는 생색내는 태도로 아주 명료하게 "개인적으로 당신은 멋진 친구야."라고 말했다. 그는 졸린 듯이 머리를 까딱거리며 혼자 중얼거리고 앉아있었다.

두 장교가 어쩌면 좋지 하는 표정으로 서로를 쳐다보았다.

"이러면 안 되는데." 대위가 부관을 향해 말했다. "병사들을 여기 구역 내에 소집시키도록 해. 나는 그에게서 뭘 좀 알아내야겠어. 이봐요, 올마이어. 이봐, 일어나요. 당신이 한 말에 책임을 지라고. 당신은 명예를 건다고 했잖소."

올마이어는 초조하게 장교의 손을 뿌리쳤다. 하지만 언짢은 기분이 사라졌는지, 집게손가락을 코 옆에 갖다 대며 그를 올려다보았다.

"자네 참 젊구먼. 모든 일엔 때가 있는 법이야." 올마이어가 꽤 현명한 척을 하며 말했다.

대위는 니나 쪽으로 돌아섰다. 그녀는 의자에 기대앉아 부친을 계속 지켜보고 있었다.

"저는 당신을 생각하면 정말로 이런 상황이 무척 괴롭습니다." 그가 외쳤다. "이 힘든 상황에서 벗어나기 위한 것이 아니라면 제가 당신에게 물어볼 권리가 있는지 모르겠습니다만," 그가 다소 당황해하며 말을 계속했다. "당신 부친의 이익을 위해서도 당신이 영향을…… 제 말씀은 당신이 지금 이 상황을 더 좋은 쪽으로 끌고 갈 수 있다면 말입니다. 부친의 상태가 더 나빠지기 전에…… 따님께서 그가 제게 했던 약속을 지키도록 힘을 좀 써주셨으면 하고 부탁드려야 할 듯합니다."

그는 그녀가 여전히 눈을 반쯤 감은 채 가만히 앉아, 자신이 한 말에 전혀 신경 쓰지 않는 것을 보고 실망했다.

"제 생각엔……" 그가 다시 말을 꺼냈다.

"무슨 약속을 말씀하시는 건가요?" 니나가 의자에서 일어나 부친 쪽으로 움직이며 갑자기 물었다.

"절대 정당하지 않은 불의의 일이 아닙니다. 부친께서는, 법을 위반한 결과 마땅히 받아야 할 처벌을 피하고자 아주 평화로운 시기에 아무 잘못도 없는 사람들의 목숨을 앗아간 한 남자를 우리에게 넘겨주기로 약속했어요. 그자는 엄청난 규모로 악행을 계획했습니다. 부분적으로 실패로 돌아갔지만, 그의 실수 때문이 아니죠. 당연히 당신도 다인 마룰라에 대한 이야기를 들어보셨을 겁니다. 당신 부친이 그를 잡아둔 것으로 생각되는데요. 우리는 그가 강을 따라 이리로 도망친 것을 알고 있지요. 아마 당신은……"

"그리고 그가 백인들을 살해했다는 말이죠!" 니나가 그의 말을 끊었다.

"유감스럽게도 백인들이었습니다. 맞아요. 두 명의 백인이 그 악당의 기행으로 인해 목숨을 잃었습니다."

"겨우 '두 명'이라고요!" 니나가 외쳤다.

장교는 놀라서 그녀를 바라보았다.

"아니! 아니! 당신은……" 그가 혼란스러워 말을 더듬었다.

"더 많을 텐데요." 니나가 그의 말을 끊었다. "그리고 이……이 악당을 잡으면, 당신들은 가실 거지요?"

대위는 여전히 말문이 막힌 채 고개를 숙이는 것으로 대답을 대신했다.

"그렇다면 타오르는 불길에서 그를 찾아내야 한다 해도 제가 당신들에게 그를 데려오지요." 그녀가 격렬하게 말을 쏟아냈다. "당신들 하얀 얼굴을 보는 게 혐오스러워요. 당신들 그 부드러운 목소리만 들어도 역겨워요. 그런 게 당신들이 여성들에게 말하는 방식이지요. 예쁜 여자면 누구에게든 달콤한 말을 내뱉으면서. 나는 전에 당신네 목소리를 들은 적이 있어요. 나는 여기서 이분을 제외하곤 다른 어떤 백인의 얼굴도 보지 않고 살고 싶었어요." 그녀가 부친의 뺨을 가볍게 어루만지며 부드러워진 어조로 덧붙였다.

올마이어는 웅얼거리던 것을 멈추고 눈을 떴다. 딸의 손을 잡고 얼굴에 갖다 대었다. 그러는 동안 니나는 다른 손으로 그의 헝클어진 반백의 머리를 매만지면서 부친의 머리 너머로 장교에게 도전적인 표정을 보냈고, 이제 평정을 되찾은 장교는 차갑고 단호한 시선으로 그녀를 응시하였다. 베란다 앞 아래쪽에서 선원들이 소집 명령에 따라 그곳으로 집합하는 발걸음 소리가 들려왔다. 부관이 계단을 올라왔고, 바발라치는 불안하게 일어나 입술에 손가락을 대고 니나와 눈을 맞추려고 애를 썼다.

"우리 착한 딸." 올마이어가 딸의 손을 떨어뜨리며 멍하니 속삭였다.

"아버지! 아버지!" 그녀가 그에게 몸을 굽히고 격정적으로 애원하며 외쳤다. "저 두 남자가 우리를 쳐다보고 있는 걸 보세요. 저들을 쫓아버리세요. 더 이상 못 참겠어요. 저들을 보내버려요. 저들이 원하는 대로 해주고 보내버려요."

그녀는 바발라치를 보고 갑자기 말을 멈추었다. 하지만 신경질적으로 불안해하며 발작적으로 바닥을 발로 두드려댔다. 두 장교는 가까이 붙어 서서 재미있다는 듯이 바라보고 있었다.

"무슨 일이에요? 어찌 된 일입니까?" 젊은 부관이 속삭였다.

"몰라." 다른 쪽 장교가 숨을 죽인 채 대답했다. "한쪽은 몹시 화가 났고, 다른 한쪽은 술에 취했어. 그렇게 술에 취한 것도 아니야. 이건 좀 이상해. 보게나!"

올마이어가 딸의 팔에 매달리며 일어났다. 그는 잠시 망설이더니 잡았던 손을 놓고 베란다를 가로질러 반쯤 비틀거리며 걸어갔다. 거기서 그는 몸을 펴더니 호흡을 거칠게 하며 주변을 화가 나서 노려보면서 아주 똑바로 몸을 세웠다.

"병사들 준비되었나?" 대위가 물었다.

"만반의 준비를 차렸습니다."

"자, 올마이어 씨. 안내를 하시지요." 대위가 말했다.

올마이어가 그를 생전 처음으로 보는 것처럼 바라보았다.

"두 남자." 그가 탁한 목소리로 말했다. 말을 하려고 애를 쓰니 그의 평형이 깨지는 것 같았다. 그는 쓰러지지 않으려고 빠르게 한 발자국 내디디고는 앞뒤로 몸을 흔들며 섰다. "두 남자." 그가 힘들게 다시 말을 꺼내기 시작했다. "군복을 입은 두 백인 남자. 내가 하고 싶은 말은, 당신들은 명예로운 남자들이야. 안 그렇소?"

"자, 그만하시오." 장교가 짜증을 내며 말했다. "당신 친구나 내어주시오."

"내가 누군 줄 알고 그래?" 올마이어가 거칠게 물었다.

"당신은 술에 취했지만, 자기가 뭘 하려고 하는지 모를 정도로 취한 건 아니거든. 이 장난은 그만하면 됐소." 장교가 엄하게 말했다. "그러지 않으면 당신 집에서 당신을 체포하겠소."

"체포!" 올마이어가 거칠게 웃었다. "하하하! '체포'라고! 자, 나는 이 지옥 같은 곳을 벗어나려고 이십 년간 애를 써왔는데, 못 벗어났거든. 이봐, 잘 들어! 못 벗어났다고!

224

그리고 앞으로도 절대 못 벗어날 거야! 결코!"

　그는 흐느낌으로 말을 끝내고 흔들거리며 계단을 걸어 내려갔다. 뜰에 다다르자 대위가 그에게 다가가 팔을 잡았다. 부관과 바발라치가 뒤를 바짝 따라갔다.

　"이제 좀 낫군, 올마이어." 장교가 격려하듯이 말했다. "어디로 가는 거요? 거긴 판자 조각들뿐인데. 여기는." 그가 올마이어를 살짝 흔들면서 말을 계속했다. "보트가 필요한가?"

　"아니요." 올마이어가 악의에 차서 대답했다. "무덤이 필요해요."

　"뭐! 다시 정신이 나갔나! 정신 차리고 제대로 말해요."

　"무덤이요!" 올마이어가 몸을 빼려고 애쓰며 으르렁거렸다. "땅속 구멍 말이야. 모르겠소? 당신이 술에 취한 게로군. 놔! 놓으라고, 정말!"

　그는 장교의 손아귀에서 빠져나와 흰 천 아래 시체가 놓여있는 판자 더미 쪽으로 휘청거리며 걸어갔다. 그러고는 획 돌아서서, 무슨 일인가 싶어 반원 모양으로 둘러서서 구경하는 사람들을 똑바로 쳐다보았다. 태양이 빨리 지면서 집과 나무의 그림자를 안뜰로 길게 던지고 있었다. 강에는 빛이 여전히 남아있어, 창백하고 불그스레한 빛 속에 뚜렷하고 검은 모양의 통나무들이 강 한가운데서 떠다니는 것이 보였다. 동쪽 둑의 숲에서 가장 높이 솟은 나뭇가지는 떠나가는 햇빛 속에 가볍게 흔들리고 있었고, 나무들의 큼직한 줄기는 어둠 속에 삼켜지고 있었다. 물 위로 건너오는 미풍이 살짝 터지며 공기가 무겁고 서늘해졌다.

올마이어가 말을 하려고 노력하면서 몸을 부르르 떨었다. 다시 뭔지 모를 몸짓을 하는데 자신의 목을 잡아 쥔 보이지 않는 손에서 빠져나오려는 것 같았다. 그는 충혈된 눈으로 이 사람 저 사람을 무심히 바라보았다.

"자!" 마침내 그가 말했다. "당신들 모두 와 있지요? 그는 위험한 인물이오."

그는 성급하게 판자에 덮인 천을 홱 벗겨냈다. 시신이 판자에서 뻣뻣하게 굴러 경직되고 무기력한 상태로 그의 발치에 떨어졌다.

"몸이 식었어, 완전히 식었다고." 올마이어가 우울한 미소를 짓고 주위를 둘러보며 말했다. "미안한데, 더 이상 할 수 있는 게 없어요. 그리고 당신들은 그를 교수형 시킬 수도 없소." 그가 음울하게 덧붙였다. "여러분, 당신들도 보다시피, 머리가 없거든. 목도 거의 없고 말이야."

빛의 마지막 한 줄기가 나무 끝에서 사라져 버리더니 갑자기 강이 어두워졌다. 위대한 정적 속에서 흐르는 강물의 웅얼거림이 땅 위로 내려온 광활한 회색 그림자를 채우는 듯했다.

"이것이 다인이오." 올마이어가 말없이 그를 둘러싼 무리에게 말했다. "이제 나는 약속을 지켰소. 첫 번째 희망, 그리고 또 다른 희망. 이제 이것이 나의 마지막 희망이었소. 이제 남은 게 하나도 없지. 당신들은 여기 죽은 자가 하나라고 생각하오? 틀렸어. 정말이야. 나는 죽은 것보다 못해. 왜 나를 목매달지 않는 거야?" 그는 갑자기 다정한 어조로 대위에게 말을 걸며 제안했다. "내 생각에는 그러는 게…… 전…전적으로 일이 돌아가는 수순인 것 같은데."

이 마지막 말은 자신에게 한 말이었다. 그리고 그는 지그재그로 걸어 자기 집으로 갔다.

"저리 가!" 그가 도움을 주고자 소심하게 다가오고 있던 알리에게 버럭 고함을 쳤다. 멀리서 겁에 질린 사람들 무리가 그가 비딱하게 나아가는 걸 지켜보고 있었다. 그는 난간을 잡고 계단 위로 몸을 끌며 올라가서 의자에 손을 뻗어 힘겹게 털썩 주저앉았다. 잠시 지치고 분노하여 숨을 헐떡거리며 앉아있었고, 막연하게 주변을 돌아보며 니나를 찾았다. 그는 바발라치의 목소리가 들리는 지점으로 협박하는 듯한 몸짓을 해 보이며 발로 테이블을 뒤엎었고, 그 바람에 와장창 그릇들이 깨지는 소리가 났다. 여전히 위협적으로 중얼거리다가 그는 가슴에 머리를 떨구고 눈을 감았고, 깊이 한숨을 내쉬며 잠이 들었다.

그날 밤 평화롭고 번창하는 삼비르 마을은 —마을이 생긴 이후 처음으로— '올마이어의 어리석음' 가옥 주변이 불빛으로 환해진 것을 보았다. 선원들이 베란다 아래에 보트의 랜턴을 걸어놓았기 때문이었다. 베란다에서는 바발라치가 그들에게 진술한 이야기의 진위에 대해 두 장교가 조사 위원회를 열고 있었다.

바발라치는 다시 주요 인물로 부각되었다. 그는 달변가였고 설득력이 있었으며 자신의 진술이 모두 진실임을 하늘과 땅에 걸고 증언을 했다. 또한 다른 증인들도 있었다. 마맷 밴저와 많은 다른 이들이 밤늦게까지 지루하고 면밀한 조사를 받았다. 압둘라를 부르러 전령이 갔지만, 그는 고령이라는 이유로 올 수 없다고 핑계를 대며 레시드를 보냈다. 마맷은 발찌를 꺼내놓아야 했는데, 분하고 억울하게도 대위가 임무를 공식적으로 보고할 때 그 발찌를 다인의 죽음에 대한 증거로 보내야 한다며 자기 주머니에 집어넣는 것을 보게 되었다. 바발라치의 반지 역시 같은 목적으로 압수되었는데, 노련한 정치가는 아예 처음부터 반지를 잃을 것으로 체념하고 있었다.

바발라치는 백인들이 이 일을 사실로 받아들인다는 확신만 있다면 반지 따위는 상관하지 않았다. 그는 그 절차가 끝날 때 마지막으로 남은 사람이었다. 자리를 뜨며 그는 속으로 이 문제를 열심히 따져보았다. 확신할 수가 없었다. 그러나 그들이 하룻밤만 계속 믿어준다면, 다인을 그들의 손이 뻗치지 않는 곳으로 멀리 보낼 것이고 자신도 안전할 것이다. 누가 뒤따라올까 두려워 때때로 어깨너머로 돌아보면서 그는 걸음을 빨리 재촉했다. 아무것도 보이지 않았고 들리는 것도 없었다.

"열 시군." 대위가 시계를 보고 기지개를 켜면서 말했다. "우리가 돌아가면 선장에게서 칭찬의 말을 듣게 될 거야. 이 끔찍한 상황을 처리했으니."

"이 모든 게 사실이라고 생각하세요?" 젊은 부관이 물었다.

"사실이냐고! 그저 가능성이 있다는 거지. 하지만 사실이 아닌들 우리가 뭘 어쩔 수 있겠나? 우리에게 열두 척의 보트가 있으면 도랑을 모두 순찰할 수 있겠지. 하지만 그것도 별 소용이 없을걸. 저 술 취한 미친 인간 말이 맞아. 우리는 여기 해안을 충분히 장악하지를 못했어. 그들은 자기들 멋대로 하지. 우리 해먹은 매달았나?"

"네. 키잡이에게 말해 두었어요. 저 두 사람 정말 이상해요. 저들이요." 부관이 올마이어의 집 쪽으로 손짓을 하며 말했다.

"음! 이상해. 정말로. 자네는 그녀에게 무슨 말을 하고 있었지? 나는 내내 그 아버지 쪽에 신경을 쓰고 있어서."

"저는 정말이지 완벽하게 예의를 갖추고 대했어요." 부관이 열을 내며 항의를 했다.

"잘했어. 흥분하지 말게. 그렇다면 내가 이해하기로는 그녀가 문명사회의 예의 자체를 싫어하는 거야. 나는 자네가 무척 정중하게 대했으리라 생각해. 자네도 알다시피 우리는 임무 수행 중이지 않은가."

"네, 그럼요. 절대 잊지 말아야 하지요. 냉담하게 예의 갖추는 것. 그게 다예요."

그들은 잠시 함께 웃었다. 그러고는 잠이 오지 않아 베란다를 나란히 걷기 시작했다. 달이 나무들 위로 살짝 떠올라 강물을 반짝이는 은빛 흐름으로 바꾸어 놓았다. 검은 허공에서 희미하게 나타나기 시작한 숲이 반짝거리는 강물을 굽어보며 우울하게 사색에 잠긴 듯 서있었다. 미풍이 사라져 바람 한 점 없이 고요했다.

뱃사람답게 두 장교는 대화 없이 박자를 맞춰 쿵쿵 걸었다. 그들이 발걸음을 옮길 때마다 밤의 완전한 침묵 속에 느슨한 판자들이 귀에 거슬리는 메마른 소리를 내며 박자에 맞춰 덜거덕거렸다. 그들이 다시 원을 그리며 걷고 있을 때, 젊은 부관이 긴장하며 멈춰 섰다.

"저 소리 들었어요?" 그가 물었다.

"못 들었는데!" 상대방이 말했다. "무슨 소리?"

"무슨 울음소리를 들은 것 같아요. 아주 희미하게요. 여자 목소리 같아요. 저쪽 다른 집에서요. 아! 또 들려요! 들었어요?"

"아니." 대위가 잠시 귀를 기울이더니 대답했다. "당신네 젊은 친구들은 늘 여자들 목소리를 듣는다니까. 꿈을 꿀 거라면 해먹에 어서 눕지 그래. 잘 자게."

달이 점점 높이 떠오르고, 따스한 그림자들은 점점 작아지더니 서늘하고 잔인한 달빛 앞에서 숨어버리듯 사라져 버렸다.

제10장

"마침내 해가 졌군요." 니나가 언덕 너머로 가라앉고 있는 해를 가리키며 모친에게 말했다. "어머니, 잘 들으세요. 지금 나는 불랑지네 개천으로 갑니다. 내가 이제 돌아오지 않으면……"

그녀가 말을 하다가 멈추었다. 뭔가 미심쩍은 생각이 났는지 그녀의 눈에서 타오르던 억누른 환희의 불길이 잠시 흐려졌다. 하루 종일 흥분의 도가니였던 그날, 기쁨과 불안, 희망과 공포, 막연한 슬픔과 불분명한 기쁨이 공존했던 그날. 그녀의 차분하고 무표정한 얼굴을 열렬한 삶의 빛으로 환하게 비춰주었던, 그 환희의 불길이 잠시 흐려졌다. 사랑이 시작되어 점점 커지면서 그녀의 온몸을 사로잡은 그날, 눈부신 빛으로 태양이 빛나는 동안 그녀는 흔들림 없이 확고했다. 그녀는 어둠이 내리기를 ―위험과 투쟁의 종말, 행복의 시작, 사랑의 성취, 삶의 완성을 의미하는 밤이 깃들기를— 초조하게 갈망하며 기다렸다.

마침내 해가 졌다. 그녀가 긴 안도의 한숨을 내쉬기도 전에 짧은 열대의 황혼이 지나가 버렸다. 이제 갑작스레 어둠이 내려앉자 사방이 위협적인 목소리로 가득한 듯했다. 그 목소리는 그녀에게 미지의 세계로 뛰어들 것을 요구하고 자신의 충동에 충실할 것을 요구하며, 그녀가 그에게서 일깨워 함께 나누고 있는 그 열정에 자신을 내어던지라고 외치고 있었다.

그가 기다리고 있다! 외딴 개간지의 고독 속에, 숲의 거대한 침묵 속에, 목숨이 위태로운 도망자인 그가 홀로 기다리고 있다. 그는 오로지 그녀를 위해 이 위험한 곳으로 돌아온 것이다. 그러나 지금 그가 보상을 받을 때가 다가오고 있는데, 당혹스럽게도 그녀는 자신의 의지와 욕망이 무엇인지 차갑게 의심을 하고 있었다. 이런 생각이 들자 그녀는 고개를 흔들고 힘을 내어 일시적으로 약해지는 마음을 떨쳐버렸다. 그는 보상을 받아야 한다. 그녀는 여성으로서의 사랑과 명예로, 강의 어둠 속에서 그녀를 기다리고 있는 미지의 미래에 대한 망설임과 불신을 이겨냈다.

"아니야. 너는 돌아올 일 없다." 올마이어 부인이 예언이라도 하듯 중얼거렸다. "그는 너 없이 가지 않을 거다. 그래서 그가 여기 그냥 남아있게 되면……" 그녀는 '올마이어의 어리석음' 가옥의 불빛을 향해 손짓을 하면서, 마치지 못한 말을 위협적인 웅얼거림으로 끝내버렸다.

두 여인은 집 뒤에서 만나, 지금 모든 카누들이 정박해 있는 개울 쪽으로 함께 천천히 걸어가고 있었다. 덤불의 가장자리에 도착하자 그들은 똑같이 본능적으로 멈춰 섰다. 올마이어 부인은 딸의 팔에 손을 얹고 자꾸 피하려는 딸의 얼굴을 가까이 들여다보려고 애썼다. 그녀가 말을 시작하는데 첫마디가 억누른 흐느낌 속에 묻혀버리고 말았다. 그 흐느낌은 이상하게도 인간의 모든 열정 가운데 오로지 분노와 증오만을 아는 여인에게서 나오는 울음소리 같았다.

"이제 떠나가면 너는 위대한 왕비가 될 거다." 마침내 그녀가 차분히 가라앉은 목소리로 말했다. "네가 현명하다면 엄청난 권력을 오랫동안 누리게 될 것이다. 네가 늙은 후까지도 지속될 수 있을 거야. 내가 어떻게 살아왔니? 나는 평생 노예였다. 용기도 없고 지혜도 없는 남자를 위해 밥을 지어왔어. 에이! 내가! 심지어 나조차도, 추장이자 무사였던 남자가 이도 저도 아닌 남자에게 건네준 선물에 불과했다. 에이! 에이!"

그녀는 자신과 같은 성질을 지닌 인간과 짝지어졌더라면 살인과 악행을 일삼는 운명이 되었을 텐데, 그 잃어버린 기회들을 슬퍼하며 혼자 나지막이 흐느꼈다.

검은 하늘에 쏟아지듯 나타나 숨죽인 채 그 이상한 작별을 내려다보고 있는 별들 아래서, 니나는 올마이어 부인의 늙어버린 모습을 주의 깊게 훑어보았다. 그리고 길고 고통스러웠던 자신의 경험에 비추어 어두운 미래를 그려보고 있는 모친의 푹 꺼진 눈도 꼼꼼히 들여다보았다. 예전에도 그랬듯이, 니나는 모친의 한껏 고취된 기분과 신탁을 내리는 듯한 말투에 다시금 매혹되었다. 올마이어 부인은 가끔 발작적으로 격렬해지는 점에서도 그렇지만, 바로 이런 말투 때문에 마을에 마녀라는 소문이 퍼져있었다.

"나는 노예였다. 하지만 너는 왕비가 될 거야." 올마이어 부인이 앞을 똑바로 응시하며 말했다. "하지만 남자의 강점과 약점을 기억하도록 해라. 그의 분노 앞에서는 몸을 떨어라. 낮에 환한 빛 속에서 그가 너의 두려움을 볼 수 있도록 해라. 하지만 마음속으로 웃어도 좋다. 해가 지면 그는 너의 노예가 되니까."

"노예라니요! 그 사람이! 내 삶의 주인인데요! 어머니는 그를 잘 모르시는군요."

올마이어 부인은 경멸한다는 듯 웃어젖혔다.

"너는 꼭 어리석은 백인 여자처럼 말하는구나." 그녀가 외쳤다. "남자들의 분노와 사랑에 대해 네가 뭘 알겠니? 죽음과 맞서다 지쳐 잠든 남자들의 모습을 본 적이 있니? 뛰고 있는 심장에 깊이 단검을 찔러 넣을 수 있는 강한 팔이 너를 껴안은 적이 있니? 그래! 너는 백인 여자니까 여자 같은 신에게 기도해야지."

"왜 그런 말씀을 하세요? 어머니 이야기를 하도 오래 들어서 예전의 삶에 대해서는 다 잊어버렸는걸요. 제가 백인이라면 여기서 떠날 준비를 하고 서있겠어요? 어머니, 집으로 돌아가서 아버지 얼굴을 한 번만 더 보고 올게요."

"안 돼!" 올마이어 부인이 격하게 말했다. "안 된다. 그는 지금 술에 취해 잠들었다. 네가 돌아가면 깨서 너를 보겠지. 안 된다. 그는 너를 다시는 보지 못할 거다. 네가 어렸을 때, 끔찍한 늙은이가 너를 나한테서 빼앗아 갔을 때, 너 기억나니……"

"아주 오래전 이야기잖아요." 니나가 중얼거렸다.

"나는 기억한다." 올마이어 부인이 사납게 말을 계속했다. "나는 한 번만 더 네 얼굴을 보고 싶었다. 그는 안 된다고 했어! 난 네가 우는 소리를 듣고 강에 뛰어들었다. 그때 너는 그의 딸이었지만, 지금은 나의 딸이다. 그 집으로 돌아가서는 절대 안 된다. 이 마당을 다시는 건너가지 못한다. 안 된다! 안 돼!"

그녀의 목소리가 높아져 거의 고함을 지르는 것 같았다.

도랑 건너편에서 길게 자란 풀이 살랑거리는 소리가 났다.

"집에 갈 거예요." 니나가 조심스럽지만 강한 어조로 속삭였다. "어머니의 증오심이나 복수가 저하고 무슨 상관인가요?"

그녀가 집 쪽으로 움직이자 올마이어 부인이 그녀에게 매달려 끌어당기려고 했다.

"멈춰, 못 간다!" 그녀가 헐떡거렸다.

니나가 모친을 초조하게 밀쳐내고 빨리 달려가고자 치마를 걷어쥐었다. 그러나 올마이어 부인은 앞으로 달려가 돌아서서 두 팔을 쫙 뻗은 채 딸의 얼굴을 똑바로 바라보았다.

"한 발자국이라도 움직이면," 그녀가 숨을 가쁘게 내쉬며 절규하듯 말했다. "소리를 지를 거다. 큰 집에 저 불빛들 보이지? 저기 두 백인 남자가 네가 사랑하는 남자의 피를 보지 못해 안달하며 앉아있다. 그리고 저기 어두운 집들에서……" 그녀가 촌락 쪽을 가리키며 다소 차분하게 말을 계속했다. "내 목소리를 듣고 너, 바로 너를 기다리고 있을 그에게 네덜란드 군인들을 이끌고 가려는 남자들이 잠을 깰 것이다."

딸의 얼굴이 보이지는 않았지만, 올마이어 부인은 앞에 서있는 하얀 여인이 어둠 속에 조용히 서서 마음을 정하지 못하고 망설이고 있는 것을 볼 수 있었다. 그녀는 이 유리한 순간을 놓치지 않고 계속 말했다.

"너의 과거 인생을 포기해라! 잊어버려!"그녀가 간청하는 어조로 말했다.

"네가 백인의 얼굴을 보았던 것을 잊어라. 백인의 언어도 잊고 사고방식도 잊어. 그들은 거짓말을 한다. 우리가 힘은 약해도 그들보다 훨씬 낫다. 하지만 그들은 저희보다 나은 우리를 무시하고 있어. 그러니까 거짓말을 하는 거야. 백인들과의 우정도 잊고, 그들의 경멸도 잊어라. 그들의 신도 잊어. 애야, 너는 너의 미소 하나를 보기 위해 자신의 목숨을 바칠 준비가 되어 있는 무사이자 추장인 남자가 있는데 왜 그런 과거를 기억하려고 하느냐?"

그녀는 말을 하면서 딸을 카누 쪽으로 살살 밀었다. 그녀는 자기 자신의 두려움, 불안, 의심을 감추려고 열정적인 말의 홍수를 쏟아놓았다. 그래서 설사 원했다 해도 니나는 생각할 시간도 항의할 기회도 가질 수가 없었다. 게다가 이제 니나는 원하지도 않았다. 다시 부친의 얼굴을 한 번 보고 싶었던 건 사실이지만, 스쳐 가는 감정이었을 뿐 강렬한 애정은 없었다. 부친이 자신에게 내보이는 감정을 알지도 못하거니와 이해할 수도 없었고, 갑자기 그를 떠나게 되었다고 해서 양심의 가책이나 회한 같은 것을 느낀 것도 아니었다. 그저 과거의 삶, 오랜 습관, 익숙한 얼굴에 대한 본능적 집착일 뿐이었다. 수많은 영웅적 행위나 수많은 범죄를 미리 막아온, 모든 인간의 가슴에 숨어있는, 예전의 삶이 끝나버리는 데 대한 두려움이 있을 뿐이었다.

여러 해 동안 그녀는 모친과 부친 사이에 서있었다. 모친은 약하면서 그 때문에 강하고, 부친은 강할 수 있는 면에서 너무도 약했다. 그 너무도 다르고 너무도 적대적인 부모 사이에서 그녀는 자신의 존재에 대해 분노한 채 어찌할 바를 모르고 애만 태우며 지내왔다. 이곳에 팽개쳐진 채, 점차 커가는 권태 속에서 견뎌 내어야만 하는 인생, 이러한 삶을 살아갈 만한 것으로 만들어줄 희망도 욕망도 목적도 없이 하루하루가 흘러가는 것을 보는 것은 그녀로서는 너무도 불합리하고 치욕적이었다.

그녀는 부친의 꿈에 대해 별로 믿음이 없었고 전혀 공감도 가지 않았다. 그러나 모친의 야만적인 헛소리는 그녀의 절망적인 가슴 깊이 어딘가를 울려 공감하게 할 때가 있었다. 그녀는 감옥의 벽 안에서 자유를 꿈꾸는 포로가 집요하게 몰두하는 것처럼 자신만의 꿈을 꾸고 있었다. 다인이 오면서 그녀는 새로 태어난 충동의 소리에 복종하게 되고 자유로 나아가는 길을 발견하게 되었다. 낯선 기쁨을 맛보며 그의 눈 속에서 자신의 가슴에 담긴 모든 질문에 대한 해답을 읽을 수 있었다. 그녀는 이제 자신의 삶의 이유와 목적을 이해했고 승리감에 차서 그 신비의 베일을 벗겼다. 강렬한 열정 앞에서 시들어 죽어버린 희미한 애정 따위는 슬픈 생각과 쓰라린 감정이 담긴 자신의 과거와 함께 조소하듯이 던져버렸다.

올마이어 부인은 묶여있는 니나의 카누를 끄르고 힘들게 몸을 세웠다. 손에 밧줄을 들고 딸을 바라보며 우뚝 섰다.

"빨리," 그녀가 말했다. "달이 뜨기 전에, 강이 캄캄할 때 빨리 가거라. 나는 압둘라의 노예들이 두렵구나. 그 끔찍한 자들이 때로 밤마다 배회하고 다니는데, 너를 보고 따라갈 수도 있다. 카누에 노가 두 개 있다."

니나는 모친에게 다가가 주저하며 주름진 이마에 가볍게 키스를 했다. 올마이어 부인은 그러한 부드러움에 항의하듯이 경멸의 콧소리를 냈지만 니나의 감정에 전염될까 봐 두려운 눈치였다.

"어머니, 다시 만날 수 있겠지요?" 니나가 중얼거렸다.

"그럴 일 없다." 올마이어 부인이 잠시 침묵한 후 말했다. "나는 여기서 죽을 운명이지만 너는 왜 여기로 돌아오려고 하니? 너는 머나먼 곳에서 영광과 권세 속에 살게 될 게다. 이 말레이 군도에서 백인들이 쫓겨났다는 소식을 듣게 되는 날, 그때 나는 네가 살아있다는 것, 네가 내 말을 기억한 다는 것을 떠올리겠다."

"늘 기억할게요." 니나가 간절히 대답했다. "하지만 제가 무슨 권력이 있겠어요. 뭘 할 수 있을까요?"

"그가 너의 눈을 너무 오래 들여다보게 하지 마라. 그가 네 무릎을 베고 누울 때마다 남자는 쉬기 전에 싸워야 한 다는 것을 그에게 상기시켜라. 그가 망설이면, 적이 가까 이 왔을 때 힘센 왕자의 아내라면 그렇게 하듯 그에게 검을 내어주고 나가 싸우라고 말해라. 그로 하여금 백인들을 죽 이게 해라. 무역을 핑계로 입에는 기도문을 외면서 손에는 총을 든 채로 우리에게 다가온 그 백인들을 말이다. 아!" 그녀가 한숨을 쉬며 말을 마쳤다. "백인들이 온 바다에 있 고, 온 해안에 있고. 그들이 너무도 많구나!"

그녀는 카누의 뱃머리를 강 쪽으로 돌렸다. 하지만 망설 이는 듯이 뱃고물에 손을 얹은 채 놓지를 않았다.

니나는 카누를 강 쪽으로 밀어내려고 노의 끝을 둑에 갖 다 대었다.

"왜요, 어머니?" 그녀가 낮은 목소리로 물었다. "무슨 소 리가 들렸나요?"

"아니다." 올마이어 부인이 무심히 말했다. "니나, 잘 들 어라." 그녀가 잠시 침묵하다가 갑자기 말을 계속했다. "세월이 흐르면 다른 여자들이……"

보트 위에서 니나가 억누른 듯한 외침 소리를 내어 그녀의 말을 끊었다. 니나가 항의의 몸짓으로 손을 뻗자 노가 미끄러져 카누에 떨어져 덜컥거렸다. 올마이어 부인은 둑에 무릎을 꿇고 앉아 딸의 얼굴에 자신의 얼굴을 가까이 대려고 뱃고물 위로 몸을 기울였다. "다른 여자들이 생길 거야." 그녀가 단호하게 반복했다. "네가 혼혈이기 때문에, 그리고 그가 위대한 추장이라는 사실을 네가 잊어버릴 수 있고 또 그런 일은 일어나게 마련이기에 그 말을 해주는 거다. 너의 분노를 감추어라. 그리고 그로 하여금 너의 얼굴에서 너의 심장을 좀먹는 고통을 보게끔 해서는 안 된다. 눈에는 기쁨을 담고 입에는 지혜를 담고 그를 맞이하도록 해라. 그는 슬플 때나 의심이 들 때 너를 찾을 테니까 말이다. 그가 많은 여인을 바라보는 한 너의 권력은 유지될 것이다. 하지만 너를 잊을 만큼 빠지게 될 한 명, 그 한 명이 생기면, 그러면……"

"그러면, 난 살아갈 수가 없어요." 니나가 두 손으로 얼굴을 가리며 외쳤다. "어머니, 그런 말씀 마세요. 그럴 일은 절대 없어요."

"그럴 경우," 올마이어 부인이 흔들림 없이 말을 계속했다. "그 여인에게 절대 자비를 베풀지 말아라, 니나."

그녀가 뱃고물을 밀어 카누를 강 쪽으로 돌리고, 두 손으로 카누를 잡아 뱃머리가 강을 향하도록 했다.

"울고 있느냐?" 그녀가 여전히 얼굴을 두 손으로 덮고 있는 딸에게 엄하게 물었다. "일어나라. 그리고 노를 잡아라. 그 사람이 너무 오래 기다렸다. 니나야, 명심해라. 자비를 보여선 안 된다. 네가 쳐야 한다면 주저 말고 치도록 해라."

그녀는 온 힘을 다해서 강 쪽으로 몸을 돌리며 가벼운 배를 강물로 깊숙이 밀어냈다. 그녀는 힘을 쓴 후 흔들리는 몸의 균형을 잡으며 카누를 한 번 보려고 애썼지만 이미 보이지 않았다. 카누는 판타이 강의 더워진 강물 위로 드리워진 하얀 안개 속으로 갑자기 사라져 버렸다.

잠시 무릎을 꿇은 채 열심히 귀를 기울이던 올마이어 부인은 깊은 한숨을 쉬며 일어났다. 그녀의 시들어버린 뺨에 두 눈물이 천천히 흘러내렸다. 그녀는 부끄러운 듯 회색 머리털 한 줌으로 눈물을 빨리 닦아냈지만 큰 한숨이 터져 나오는 것을 억누르지는 못했다. 부드러운 감정에 익숙하지 못해 마음이 무겁고 너무도 힘들었던 것이다. 그때, 그녀는 희미한 소리를 들은 것 같았다. 자신의 한숨이 마치 메아리라도 치는 것 같은 소리. 그녀는 멈춰 서서 가장 작은 소리라도 잡으려고 귀를 기울이며 가까이 있는 덤불 쪽을 주의 깊게 응시했다.

"거기 누구요?" 그녀가 떨리는 목소리로 물었다. 그녀의 상상력이 아무도 없는 적막한 강가를 유령 같은 형체들로 채웠다.

"누구 있어요?" 그녀가 희미하게 반복했다.

아무런 대답이 없었다. 단지 하얀 베일 뒤에서 슬픈 단음으로 웅얼거리는 강의 목소리만 들려왔을 뿐이다. 강의 웅얼거림은 잠시 더 큰 소리로 부풀어 오르더니 이내 사라져 버리고, 둑에 부딪치는 소용돌이의 부드러운 속삭임만이 들려왔다.

올마이어 부인은 자기 생각이 틀렸다는 듯이 고개를 흔들었다. 그리고 좌우를 주의 깊게 둘러보며 덤불을 빨리 벗어났다. 밤에 누군가 새로운 연료를 더 집어넣었는지 붉은 장작불이 여느 때보다 더 밝게 타오르고 있었다. 이를 본 그녀는 곧장 조리실로 갔다. 그녀가 다가가자 따뜻한 불 옆에 쭈그리고 있던 바발라치가 일어나 불빛을 벗어나며 어둠 속에서 그녀를 맞았다.

"따님은 떠났나요?" 초조한 듯 정치가가 급하게 물었다.

"네." 올마이어 부인이 대답했다. "백인들은 뭐하고 있나요? 언제 그들 곁에서 나왔어요?"

"지금 그들은 자고 있을 거예요. 그들이 절대 깨어나지 않기를!" 바발라치가 격하게 외쳤다. "아! 그런데 그 백인들 정말 악마예요. 저 시체에 대고 어찌나 말도 많고 힘들게 하던지. 그 두목은 두 번이나 손으로 협박을 하고 또 나를 나무에 묶어놓겠다고 하더군요. 나를 나무에 묶어! 나를!"그가 자기 가슴을 세게 치면서 말했다.

올마이어 부인이 놀리듯 웃었다.

"그리고 당신은 절을 하면서 자비를 베풀어달라고 간청했겠지요. 내가 젊을 때 무기를 가진 남자들이라면 그런 식으로 행동하지 않았었는데."

"그래서 그들, 당신 젊은 시절의 남자들이 어디에 있소? 정신 나간 여자 같으니!"바발라치가 화가 나서 반박하며 계속 말했다. "네덜란드 사람들에게 죽임을 당했겠지! 아하! 하지만 나는 살아서 그들을 속일 거요. 남자라면 언제 싸우고 언제 평화로운 거짓말을 해야 하는지 아는 법이지. 당신이 여자가 아니었다면 그 정도는 알았을 텐데."

하지만 올마이어 부인은 그의 말을 듣고 있지 않은 듯했다. 몸을 숙이고 한쪽 팔을 뻗은 채 헛간 뒤쪽에서 나는 어떤 소리에 귀를 기울이고 있었다.

"이상한 소리가 나요."그녀는 무척 놀란 듯 보였다. "나는 공중에서 슬퍼하는 소리를 들었어요. 한숨 쉬고 울고하는 그런 소리요. 아까는 강가였지요. 그런데 지금 다시 그 소리가……"

"어디요?" 바발라치가 목소리를 낮춰 말했다. "무슨 소리가 들린단 말이요?"

"여기 가까운 곳에서요. 숨을 길게 내쉬는 소리 같았어요. 매장하기 전에 시체 위에 종이를 좀 태웠어야했는데 그랬어요."

"그래요." 바발라치가 동의했다. "하지만 백인들이 즉각 구덩이에 던져 넣어 버렸지. 게다가 그는 강에서 죽음을 맞지 않았소?" 그가 즐겁게 덧붙였다. "그러니 그의 혼령은 카누를 찾아다니지 땅 위를 헤매진 않을 거요."

올마이어 부인은 오두막 쪽 모퉁이를 둘러보려고 목을 길게 빼고 있다가 몸을 바로 세웠다.

"저기엔 아무도 없네요." 그녀가 확신한 듯 말했다. "라자의 전투용 카누가 개간지로 떠날 시간이 되지 않았나요?"

"나도 직접 가봐야 해서 여기서 기다리고 있었던 건데요." 바발라치가 설명했다. "가서 왜 이리 늦어지는지 알아봐야겠소. 당신은 언제 올 거요? 라자가 당신에게 숨을 곳을 줄 텐데."

"나는 새벽녘에 건너갈래요. 내 돈을 여기 두고 갈 수는 없지요." 올마이어 부인이 낮게 중얼거렸다.

그들은 헤어졌다. 바발라치는 카누를 타러 마당을 가로

질러 도랑으로 갔고, 올마이어 부인은 천천히 집으로 걸어 갔다. 그녀는 판자로 된 길을 올라가, 뒤 베란다를 통해 집의 앞쪽으로 이어지는 복도로 들어섰다. 집 안으로 들어가기 전에 문간에서 돌아서더니 떠오르는 달빛에 환해진 텅 빈 조용한 마당을 뒤돌아보았다.

그녀가 안으로 사라지자마자, 바나나 농장의 나무줄기 사이에서 희미한 형체가 스치듯 나오더니 달빛이 비치는 공간을 휙 달려 베란다 아래쪽의 어둠 속으로 빨려 들어갔다. 그것은 흘러가는 구름의 그림자가 소리 없이 빠르게 지나간 것일 수도 있다. 하지만 풀잎이 달빛 아래 깃털처럼 떨리다가 한동안 앞뒤로 흔들리더니 잠잠해지며, 어두운 배경 위에 수놓아진 은빛 물보라 무늬처럼 빛나는 궤적을 이루는 것으로 보아, 그것은 구름이 아니었다.

올마이어 부인은 코코넛 램프에 불을 붙이고 조심스럽게 붉은 커튼을 들어 올리고는 손으로 불빛을 가리며 남편을 응시했다. 올마이어는 못마땅하게 트집 잡는 표정으로 자신을 내려다보고 있는 적의에 찬 그 시선을 의식하지 못했다. 의자에 움츠리고 앉아 한쪽 손은 늘어뜨리고 다른 손은 보이지 않는 적을 쫓기라도 하듯 얼굴의 아랫부분에 얹고는 다리를 쭉 뻗고 깊이 잠들어 있었다. 그의 발밑에는 깨진 병들과 식기들의 잔해 사이로 테이블이 엎어져 있었다. 필사적으로 싸운 흔적 같은 이 장면은 온 사방에 중구난방으로 흩어져 있는 의자들 때문에 더 난리 난 듯 보였다. 의자들은 베란다 주변에 무기력한 모습으로 술에 취한 듯 형편없는 모습으로 놓여있었다. 단지 높은 받침대 위에서 꼼짝 않고 있는 니나의 큼직하고 검은 흔들의자만이 굴하지 않는 위엄과 인내심으로 주인을 기다리며 사기가 꺾인 혼돈 상태의 가구들을 굽어보고 있었다.

잠들어 있는 자에게 마지막 경멸의 표정을 지어 보인 후, 올마이어 부인은 커튼을 지나 자신의 방으로 갔다. 어둠과 조용한 상황에 용기가 났는지 박쥐 두 마리가 올마이어의 머리 위로 소리 없이 비스듬히 날아다니기 시작했다. 오랫동안 그 집의 깊은 적막감이 깨지지 않고 있었다. 단지 잠자고 있는 남자의 깊은 숨소리와 도망칠 준비를 하고 있는 여자의 손에서 희미하게 딸랑거리는 은화 소리가 들릴 뿐이었다.

이제 밤안개 위로 떠오른 달빛이 밝아지자, 베란다 위의 추하게 뒤죽박죽된 물체들이 검은 그림자로 얼룩이 진 듯이 선명하게 그 윤곽을 드러내기 시작했다. 뒤편에 하얗게 회칠이 된 더러운 벽에는 잠자고 있는 올마이어의 그림자가 자세와 용모의 세세한 부분이 영웅적 사이즈로 확대되어 기이하게 과장된 채 드러나 있었다. 만족하지 못한 박쥐들은 더 어두운 장소를 찾아 떠났다. 도마뱀이 잰걸음으로 신경질적으로 돌진하며 나타나서는 하얀 테이블보가 마음에 드는지 숨죽인 부동의 자세로 그 위에 멈추고는 꿈쩍도 안 했다. 마당의 목재들 속에 숨어있던, 모험심이 덜한 다른 도마뱀 한 마리와 듣기 좋은 소리로 서로 부르지 않았더라면 죽은 걸로 착각했을 것이다.

복도에서 판자가 삐거덕거리는 소리가 나자 도마뱀은 도망치고, 올마이어는 한숨을 쉬며 불안한 듯 몸을 뒤척였다. 그는 술에 취해 잠들어 무감각한 소멸 상태에 빠져있다가 꿈의 영역을 통과하면서 깨어있는 의식으로 돌아오고 있었다. 올마이어가 꿈에 짓눌려 양어깨 사이에서 머리를 이리저리 흔들었다. 하늘이 무거운 덮개처럼 그를 덮치더니 별이 박힌 주름 장식처럼 저 멀리 발아래로 축 늘어졌다. 위에도 별, 온 사방에 별. 그러더니 발밑의 별들로부터 간청과 눈물이 가득한 속삭임이 들려오고, 저 아래 무한한 공간을 채우며 뭉쳐 있는 빛의 무리 사이로 슬픔에 찬 얼굴들이 휙휙 날아다녔다.

도대체 집요하게 따라오는 애처로운 외침 소리로부터 어떻게 벗어날 수 있을까? 아픈 어깨 위로 드리워진 세상의 짓누르는 듯한 무게 아래 그는 숨이 막혀 헐떡거렸다. 사방에서 몰려들고 있는 얼굴들의 슬픈 눈빛으로부터 도대체 어떻게 벗어날 수 있을까? 도망쳐라! 하지만 어떻게? 그가 조금이라도 움직이려고 하면 그는 허공으로 떨어질 것만 같았다. 자신이 유일한 받침대가 되고 있는 저 우주가 요란하게 추락하여 자신은 그 속에서 죽을 것만 같았다.

'저 목소리들은 무슨 이야기를 하고있는 거지?' 그에게 움직이라고 재촉하고 있었다! '왜? 파멸을 향해 움직이라고? 그렇게 못하겠는데!' 상황의 불합리함이 그를 분노로 채웠다. 그는 자신의 짐을 영원까지 갖고 가겠다는 영웅적 결심을 하며 더 확고하게 발판을 확보하고 힘주어 근육을 긴장시켰다. 맴돌며 쏟아져 내리는 세계 속에서 그는 초인적인 노력을 기울였다. 너무 늦기 전에 일어나라고 촉구하는 슬픔에 잠긴 목소리의 구슬픈 웅얼거림이 들리는 가운데 긴 시간이 흘렀다.

그에게 엄청난 과업을 부여한 불가해한 세력이 마침내 그를 파멸시키는 것 같았다. 불가항력의 손이 그의 어깨를 잡고 흔드는 것 같은 느낌에 공포에 질렸다. 그러는 동안 코러스처럼 들려오던 목소리가 점점 부풀어 오르면서 "가라, 너무 늦기 전에 가!"라고 외치는 고뇌 어린 큰 기도 소리로 변했다. 무언가가 다리를 잡아당겨서 균형을 잃고 미끄러지는 것 같더니 그는 추락하고 말았다. 희미한 외침 소리와 함께 그는 스스로 창조한 끔찍한 고뇌의 세계를 벗어나 현실로 미끄러져 들어왔다. 하지만 여전히 꿈의 마법에 갇혀있는 듯 혼란스러웠다.

"뭐야? 뭐야?" 그가 움직이지도 않고 눈을 뜨지도 않은 채 졸린 듯 중얼거렸다. 그는 여전히 머리가 무거웠고, 눈꺼풀을 들어 올릴 용기도 없었다. 그의 귀에는 여전히 간청하는 속삭임 소리가 맴돌고 있었다.

"내가 깨어있는 건가? 목소리들이 왜 들리는 거야?" 그는 멍한 채 혼자 따져 물었다. "나는 아직 이 끔찍한 악몽을 물리쳐 버릴 수 없어. ─무척 취했었나 보다─ 나를 흔드는 게 뭐지? 나는 아직도 꿈을 꾸고 있어. 눈을 뜨고 끝장내 버려야지. 나는 아직 잠에서 덜 깬 거야. 확실해."

그는 마비 상태를 벗어나려고 애를 썼다. 누군가 그에게 얼굴을 바짝 들이대고 긴장한 눈동자로 노려보고 있는 것이 보였다. 그는 두렵고 당황스러워 다시 눈을 감고, 사지를 떨며 의자에 똑바로 앉았다. 이 유령은 무엇인가? 물론 자신이 환상을 보는 것이리라. 그는 전날 밤 신경이 너덜너덜 닳았었고 술까지 마셨지 않은가! 행여 볼 용기가 있다 해도 그는 유령을 보고 싶지 않았다.

'아니, 똑바로 볼 거야. 우선 좀 침착하게. 그래. 지금이다.'

그는 눈을 떴다. 금속성 빛 속에 여인의 형체가 보였다. 베란다 저쪽에서 그를 똑바로 바라보며 간청하듯 두 손을 앞으로 내민 한 여인이 있었다. 올마이어와 그 끈질긴 환영 사이의 공간에 웅얼거리는 말들이 떠다니고 있었다. 그 말들은 그의 귀에 알아들을 수 없을 만큼 뒤범벅이 된 문장들로 쏟아지고 있었다. 아무리 노력해도 무슨 말인지 도대체 알아들을 수가 없었다. '누가 말레이어로 말하고 있는 거지? 누가 도망갔다고? 왜 늦었다는 거야? 뭐가 늦었다는 거지? 이상하게 증오와 사랑이 뒤섞인 저 말이 뭘 의미하는 거야? 내 귀에 계속 들리는 저 되풀이되는 니나와 다인의 이름은 뭐지? 다인과 니나? 다인은 죽었고, 니나는 내가 지금 겪고 있는 끔찍한 경험을 전혀 모른 채 잠들어 있을 텐데. 나는 자고 있을 때나 깨어있을 때나 영원히 고통 받아야 하는 것인가? 밤이고 낮이고 아무런 평화도 느끼지 못하게 된 건가? 이게 다 뭘 의미하는 거지?'

그는 마지막 생각을 큰소리로 외쳤다. 그림자 같은 여인이 움찔하며 문간 쪽으로 물러나는 것 같더니 있는 대로 비명을 질렀다. 그는 자신이 느끼는 이 고통이 무엇인지 알 수 없다는 데 분노하여 유령을 향해 달려들었다. 유령이 그의 손아귀를 살짝 빠져나가는 바람에 그는 벽에 세게 부딪혔다. 그는 번개처럼 빠르게 돌아서서 그의 분노의 불길에 연료를 퍼붓듯이 찢어지는 비명 소리를 내며 도망치는 그 알 수 없는 형체를 맹렬하게 쫓아갔다. 그는 가구를 뛰어넘고 뒤집힌 식탁을 돌아 그 유령을 니나의 의자 뒤로 몰고 갈 수 있었다. 그들은 좌우로 몸을 피하고 쫓고 했으며, 그들 사이에서 의자가 미친 듯이 흔들렸다. 그녀는 요리조리 피하며 계속 비명을 있는 대로 지르고, 그는 꽉 다문 이빨 사이로 무의미한 욕설을 으르렁거렸다.

"오! 나의 머리를 쪼개고 나의 목을 조르는 듯한 악마 같은 소리! ─죽을 것만 같다─ 멈춰야 해!" 비명을 질러대는 그것을 부서뜨리고 싶다는 미친 듯한 열망에 그는 무모하게 의자 위로 몸을 던져 필사적으로 잡아챘다. 그들이 함께 쓰러졌고, 갈라진 나무 틈에서 먼지가 구름처럼 피어올랐다. 그에게 깔리자 마지막 비명 소리가 희미한 꼴깍 소리로 이어졌다. 완전히 조용해졌다는 생각에 그는 안도감을 느꼈다.

그는 제압한 여인의 얼굴을 들여다보았다. 유령이 아니라 진짜 여인이었다. 그것도 그가 아는 여인. 놀라웠다. 타미나 아닌가! 그는 자신의 분노가 부끄러워 펄쩍 뛰어 일어나 이마를 닦으며 당혹스러워했다. 그 소녀는 억지로 몸을 일으켜 무릎을 꿇은 자세를 취하더니 자비를 베풀어 달라고 열렬히 간청하며 그의 두 다리를 껴안았다.

"두려워 말거라." 그가 그녀를 일으키며 말했다. "너를 해치지 않을 것이다. 너는 밤중에 왜 내 집에 온 거냐? 그리고 와야 했다면 여자들이 잠들어 있는 저 커튼 뒤쪽으로 가지 그랬니?"

"커튼 뒤 방은 텅 비어있어요." 타미나가 숨을 거칠게 몰아쉬며 말했다. "당신 집에는 더 이상 여자들이 없어요, 투안. 큰 마님은 제가 당신을 깨우려고 하기 전에 이미 가버렸어요. 제가 봤어요. 저는 여자들한테 용무가 있는 게 아니에요. 저는 당신을 뵈려고 왔어요."

"큰 마님!" 올마이어가 따라했다. "내 아내를 말하는 것이냐?"

그녀가 고개를 끄덕였다.

"하지만 넌 내 딸은 안 무서워하지 않느냐?" 올마이어가 말했다.

"제 말을 못 들으신 거예요?" 그녀가 외쳤다. "당신이 눈을 반쯤 뜨고 저기 누워 계실 때 제가 한참 동안 말했잖아요? 그녀 역시 가버렸어요."

"나는 잠들어 있었다. 너는 사람이 자고 있을 때와 깨어 있을 때도 구분 못 하느냐?"

"때로는요." 타미나가 낮은 목소리로 대답했다. "때로는 혼령이 잠든 육체에서 나와 가까이 맴돌다가 무슨 소리를 들을 수 있지요. 당신을 건드리지 않고 오랫동안 이야기했어요. 혼령이 갑작스러운 소음에 떠나버려서 당신이 영원히 잠들게 될까 봐 두려워 작게 말했다고요. 당신이 무슨 말인지 알아들을 수는 없지만 뭐라고 중얼거려서 그때 비로소 당신 어깨를 잡은 거예요. 그럼 제 말을 못 들으신 거예요? 그래서 아무것도 모르세요?"

"네가 한 말을 하나도 못 들었다. 뭔데 그러니? 내가 알아야 한다면 다시 말해봐라."

그는 그녀의 어깨를 잡고 저항 없는 그녀를 더 밝은 베란다 앞으로 데리고 갔다. 그녀가 너무도 슬픈 표정을 지은 채 두 손을 쥐어짜고 있어 그는 놀라기 시작했다.

"말해라." 그가 말했다. "너는 죽은 사람도 깨울 만큼 시끄러운 소리를 냈다. 하지만 살아있는 사람은 아무도 오지 않았구나." 그는 불안한 듯 나지막이 혼잣말을 했다. "벙어리냐? 말해라!" 그가 반복해 말했다.

잠시 갈등하던 그녀는 떨리는 입술에서 말을 쏟아냈다. 그녀는 그에게 니나가 사랑에 빠진 이야기와 자신의 질투에 대해 말했다. 그는 분노한 표정으로 그녀의 얼굴을 바라보며 몇 번이고 "입 다물어."라고 말했다. 그러나 그녀의 말을 막을 수가 없었다.

뜨거운 흐름으로 쏟아져 나와 자신의 발 근처에서 소용

돌이치다가 주변에서 끓어오르는 파도를 일으키며 더 높이 더 높이 솟아올라 자신의 심장을 익사시키는 그 소리. 녹은 납의 감촉으로 자신의 입술을 만지고, 타는 듯한 수증기로 자신의 시야를 가려버리고 머리 위에서 잔인하고 끔찍하게 자신을 덮치는 그 소리들을 그는 다 듣고 말았다. 그녀가 다인의 죽음을 둘러싼 속임수에 대해 이야기했을 때 —그는 바로 그날 그 속임수에 넘어갔었다— 그는 무서운 눈으로 그녀를 다시 바라보아 잠시 그녀를 멈칫하게 만들었다. 하지만 그는 즉각 돌아섰다. 그의 얼굴에서 갑자기 모든 표정이 사라지고 그는 돌처럼 굳은 시선으로 멀리 강을 응시했다.

아! 강! 그의 오랜 친구이며 그의 오랜 적. 반짝이는 흐름과 빙빙 도는 소용돌이를 품은 강의 다양하면서도 변함없는 수면 위로, 그는 행운 혹은 실망을, 또 행복 혹은 고통을 느끼며 달리고 또 달렸고, 그때마다 강은 늘 같은 목소리로 이야기를 들려주었다. 긴 세월 동안 그는 침착하고 달래주는 듯한 강의 웅얼거림을 들었다. 때로 희망의 노래, 때로 승리와 격려의 노래, 더 자주는 앞으로 다가올 더 나은 미래에 대한 위로의 노래였다. 그 긴 세월 동안! 그 오랜 세월을!

그런데 지금 그는 강의 웅얼거림과 함께 천천히 고통스

럽게 뛰는 자신의 심장 소리를 듣고 있었다. 그는 심장 박동 소리가 규칙적이라는 데 놀라면서 주의 깊게 들었다. 그는 기계적으로 세기 시작했다. '하나, 둘. 왜 세는 거야? 곧 심장이 멈춰버릴 텐데.' 어떤 심장도 그렇게 고통을 받으면서 그렇게 규칙적으로 오랫동안 뛸 수는 없었다. 천을 두른 망치 소리처럼 그의 귀를 때리는 규칙적인 박동 소리는 곧 멈출 것이다. 그런데 여전히 그치지 않고 잔인하게 들리고 있었다. 그 누구도 이것을 견딜 수는 없었다. '이것이 마지막인가? 아니면 다음번이 마지막이 될까? 도대체 얼마나 더 오래 지속될 건가? 오, 하느님! 얼마나 더 오래?' 그의 손이 무의식적으로 소녀의 어깨를 무겁게 눌렀다.

그녀는 고통과 수치와 분노의 눈물을 흘리며 그의 발밑에 웅크린 채 겨우 이야기를 끝냈다. 그녀의 복수는 실패로 돌아갈 것인가? 이 백인 남자는 감각이 없는 돌 같았다. '너무 늦었다! 너무 늦었어!'

"그리고 너는 그녀가 가는 걸 봤다고?" 올마이어의 목소리가 그녀의 머리 위로 거칠게 들려왔다.

"말했잖아요!" 그녀가 그의 손아귀에서 벗어나려고 몸을 살살 빼내며 흐느꼈다. "그 마녀가 카누를 미는 걸 봤다고 말했잖아요! 저는 풀 속에 숨어서 모든 이야기를 다 들었어요. 우리가 '백인 아가씨'라고 부르는 그녀가 당신 얼굴을 보러 돌아오고 싶어 했지만, 그 마녀가 막았어요. 그리고……"

그가 무거운 손으로 내리누르는 바람에 그녀는 몸을 반쯤 돌리면서 한쪽 팔꿈치를 바닥에 대고 주저앉았다. 그녀는 악의에 찬 눈빛으로 그에게 얼굴을 돌렸다.

"그리고, 그녀는 복종했어요." 타미나는 반쯤은 웃고 고통으로 반쯤은 울면서 악을 썼다. "놔줘요, 투안. 왜 저한테 화를 내세요? 서둘러요. 안 그러면 너무 늦어서 그 속임수를 쓴 여인에게 당신의 분노를 보여줄 수 없다고요."

올마이어는 그녀를 끌어 일으켜 세우고 얼굴을 똑바로 들여다보았다. 그녀는 그의 정신 나간 시선을 피하려고 얼굴을 돌리며 몸부림쳤다.

"누가 널 여기로 보내 나를 고통스럽게 만드는 거냐?" 그가 격하게 물었다. "나는 너를 믿지 않는다. 너는 거짓말을 하고 있어."

그는 갑자기 팔을 똑바로 뻗어 그녀를 베란다 저쪽의 문간으로 밀쳐버렸다. 그녀는 마치 생명을 그의 손아귀에 남겨둔 것처럼, 아무 소리도 내지 않고 움직이지도 않은 채, 거기에 검은 덩어리처럼 쓰러져있었다.

"오! 니나!" 올마이어가 비난과 사랑이 동시에 담긴 고통스러운 부드러운 어조로 말했다. "오! 니나! 나는 믿지 않는다."

강에서 가벼운 바람이 마당 위로 불어와 고개 숙인 풀에 파도를 일으키고, 베란다로 들어와 서늘한 숨결로 가엾다는 듯이 올마이어의 이마를 쓰다듬어 주었다. 여자들 방 입구의 커튼이 펄럭이며 무기력하게 떨어져 나갔다. 그는 여전히 펄럭이는 커튼을 바라보았다.

"니나!" 올마이어가 외쳤다. "니나, 어디 있느냐?"

바람이 긴 한숨을 쉬며 빈집을 빠져나오고, 사방이 조용해졌다.

올마이어는 끔찍한 장면을 보지 않으려는 듯이 두 손으로 얼굴을 가렸다. 미세하게 살랑거리는 소리에 그가 손을 내려보니, 문간에 있던 어두운 형체는 사라지고 없었다.

제11장

어린싹이 매끄럽고 고르게 자라는 넓은 장방형의 논에 달빛이 비치고 있었다. 그림자 하나 없이 교교한 달빛 아래 나뭇단 위에 세운 작은 오두막 하나가 보였다. 그 옆에 잔가지 땔감 뭉치와 타다 남은 모닥불이 보이고, 그 앞에 누워있는 한 남자가 보였다. 어찌나 작아 보이던지 땅에서 반사되는 창백한 초록의 빛 속에 파묻혀 버리는 듯했다.

빛의 착시 현상인지 아주 멀리 떨어진 것처럼 보이는 개간지의 삼면에는 숲의 큰 나무들이 뒤얽힌 덩굴식물에 칭칭 휘감긴 채 자라고 있었다. 이 나무들은 자신의 힘에 자신감을 잃은 거인처럼 체념한 표정으로 우울하게 발밑에 마구 자라난 작은 식물들을 굽어보고 있었다. 그 사이로 무자비한 덩굴식물들이 똘똘 말린 전선처럼 큰 나무줄기에 매달린 채, 낮은 쪽 가지에 가시투성이 꽃 장식을 늘어뜨리고, 높은 곳으로는 아주 작은 가지라도 찾아내려는 듯

가느다란 덩굴손들을 올려 보내며 나무 사이를 뛰어다니고 있었다. 이 덩굴식물들은 마치 조용한 파멸을 맹렬히 환호하며 큰 나무를 죽음으로 몰고 가는 것처럼 보였다.

나머지 한 면에 판타이 강 지류의 완만한 곡선을 따라 개간지로 들어오는 통로가 있는데, 그것이 여기로 들어서는 유일한 입구였다. 강둑을 따라 어린나무들, 관목들, 벌채 후 다시 자란 나무들이 검은 선을 이루고 있었는데, 한군데 나무들을 잘라낸 작은 구멍이 있을 뿐 끊긴 곳 없이 나무들이 빽빽하게 자라나 있었다. 그 구멍에서 시작되는 좁은 길이, 강가로부터 풀을 엮어 만든 오두막까지로 이어지고 있었다. 그 오두막은 멧돼지에게서 잘 자란 작물들을 보호해야 할 시기가 되면 야간 보초병들이 사용하는 곳이었다. 나뭇단 위에 세워진 그 오두막 앞에 잿더미와 타버린 나무 조각들로 뒤덮인 원 모양의 공간에서 길이 끝나는데, 그 꺼져가는 불길 옆에 바로 다인이 누워 있었다.

그는 초조한 듯 한숨을 쉬며 옆으로 돌아눕더니, 구부린 팔을 베개 삼아 머리를 얹고 꺼져가는 불길에 얼굴을 돌리고 조용히 누워 있었다. 붉은 장작불이 작은 원을 그리며 그의 크게 뜬 눈에 빛을 던지고, 꺼진 불에서 나온 미세한 하얀 재는 그가 깊은숨을 내쉴 때마다 벌어진 입술 앞에서 가벼운 구름을 일으키다가 불랑지의 개간지에 쏟아지는 달빛 속으로 춤추듯 날아가 버렸다. 그의 육체는 지난 며칠간의 격렬한 움직임으로 지쳐 있었고, 그의 마음은 외롭게 운명을 기다리는 긴장감으로 인해 육체보다 더 지쳐 있었다.

그는 여태까지 이보다 더 무기력하게 느껴진 적이 없었다. 그는 함선에서 발포하는 대포 소리도 들었고, 자신의 목숨이 신뢰하기 힘든 자의 손에 놓여있으며 적들이 아주 가까이 와있다는 사실을 잘 알고 있었다. 느릿느릿 흘러가는 오후 시간에 그는 숲의 가장자리를 배회하거나 혹은 덤불숲에 몸을 숨기고 불안한 시선으로 위험의 징후가 있는지 개천 쪽을 살펴보곤 했다.

죽음이 두렵지 않았지만 그는 열렬히 삶을 갈구했다. 그에게 삶이란 곧 니나를 의미했다. 그녀는 오겠다고, 그를 따르겠다고, 그의 위험과 영광을 함께하겠다고 약속했다. 그녀가 곁에 있으면 그는 위험 따위에 관심도 없었다. 그녀가 없으면 삶에 영광도 기쁨도 있을 수 없었다. 어두운 은신처에 웅크리고 앉아, 그는 그 하얀 형체의 우아하고 매혹적인 이미지를 떠올리려고 눈을 감았다. 그녀는 그에게 삶의 시작이자 끝을 의미했다. 그는 눈을 꼭 감고 이를 악문 채, 열정적인 의지를 한껏 발휘하며 최상의 기쁨을 주는 그 환영을 붙잡으려고 애를 썼다.

하지만 소용이 없었다! 니나의 모습이 희미해지고 다시금 다른 환영 ― 무기를 든 남자들, 화가 난 얼굴, 번쩍이는 무기들 ― 이 나타나서 그의 마음이 무거워졌다. 그들이 은신처에 숨어있는 자신을 발견하고 승리감에 차서 흥분한 목소리로 떠드는 윙윙 소리가 귓가에 들리는 것만 같았다. 자신의 공상이 너무도 생생한 데 놀라 그는 눈을 뜨고 햇빛 속으로 뛰어나가 다시 개간지 주변을 정처 없이 헤매기 시작했다.

그는 지친 걸음으로 숲의 언저리를 따라 거닐며 때로 숲의 어두운 그늘 속을 들여다보곤 했다. 그 컴컴한 그늘은 겉으로 서늘해 보여 사람의 마음을 홀리지만, 그 속에는 무수한 여러 세대를 거쳐 온 나무들이 무덤에 갇힌 듯 썩어가고 있었고 그 자손들은 무성한 검푸른 잎 속에서 애도하며 자기들 차례를 무기력하게 무한히 기다리고 있어 그 끔찍한 음산함이 혐오스럽기까지 했다. 큰 나무에 기생하고 있는 식물들은 죽었거나 죽어가는 나무들에서 양분을 빨아내고 있었다. 이 기생식물들만이, 희생시킨 그 나무들에 빛나는 분홍빛 꽃과 푸른빛 화관을 씌워주며 대기 중으로 햇빛 속으로 힘차게 솟구쳐 올라, 유일하게 살아있는 듯 보였다. 이 기생식물들은 마치 죽음을 맞이한 나무들이 이루는 엄숙한 화음에 귀에 거슬리는 조롱의 음조를 내는 것 같았고, 어울리지도 않았으며, 잔인해 보이기까지 했다.

길이 시작되는 곳은 덩굴식물이 뜯겨 나가고 아치 모양으로 잘려 있었다. 이곳을 보며 다인은 누군가 숨을 수도 있겠다는 생각이 들었다. 그가 속을 들여다보려고 몸을 굽히는데, 화가 났는지 툴툴거리는 소리가 들리더니 멧돼지 떼가 덤불에서 돌진해 나왔다. 그는 축축한 땅과 썩어가는 나뭇잎의 코를 찌르는 냄새에 질식할 것 같아, 마치 저승사자의 숨결에 닿기라도 한 것처럼 겁이 난 얼굴로 뒤로 물러났다. 그곳은 공기 자체가 죽은 듯했다. 무겁고 정체되고 무수한 세월의 부패로 독성이 생긴 듯했다.

다인은 초조한 불안감이 짜증스러웠지만 움직이지 않고 쉰다는 것은 더 혐오스러워, 비틀거리며 앞으로 나아갔다. 그는 자신이 숲에 숨어 있다가 거기서, 숨을 쉴 여유도 없는 그 어둠 속에서, 죽임을 당할지도 모르는 그런 형편없는 야만인이었던가 하는 생각이 들었다. 그는 햇빛 속에서, 하늘을 볼 수 있고 미풍도 느낄 수 있는 밝은 곳에서, 적들을 기다릴 것이다.

그는 말레이의 추장이 죽는 법을 잘 알고 있었다. 그의 종족에 고유한 유전적 특성인 침울하고 필사적인 분노가 그를 사로잡았다. 그는 개간지 너머 강가의 덤불숲에 있는 그 입구를 향해 야성적인 시선을 쏘아 보냈다. 그들은 그쪽에서 올 것이다. 그의 상상 속에서 지금 그들이 보이는 듯했다. 그는 턱수염이 난 장교들의 얼굴과 하얀 재킷, 자신을 향해 겨누어진 총대의 불빛을 본 것 같았다. 노예의 손에 놓인 무기 앞에서 가장 위대한 무사는 어떤 용기를 보여야 할까? 그는 항복하는 자세로 두 손을 쳐들고 아주 가까워질 때까지 웃는 얼굴로 그들에게 걸어갈 것이다. 그는 우호적인 말을 건넬 것이고 가까이, 더 가까이 손이 닿을 만큼 아주 가까이 그들이 포로로 잡으려고 손을 뻗칠 때까지 다가갈 것이다. 바로 그 순간, 그는 손에 단검을 꺼내 들고 소리를 지르며 펄쩍 뛰어, 죽이고, 죽이고 또 죽이면서 그들 속으로 파고들 것이다. 그리고 귀로 적들의 비명 소리를 듣고 눈으로 적들의 따뜻한 피가 뿜어져 나오는 것을 보면서 그렇게 죽으리라.

흥분에 휩싸여 그는 사롱에 숨겨두었던 검을 꺼내고 긴 숨을 들이마시며 앞으로 돌진하였다. 그리고 텅 빈 공중을 내리치다가 앞으로 고꾸라졌다. 흥분하여 갑작스럽게 내보인 자신의 행동에 놀라 그는 한방 얻어맞은 사람처럼 쓰러져 있었다. 자신이 아무리 명예롭게 죽는다 해도, 그것은 니나를 만나기 전이어야 한다고 생각했다.

'그게 훨씬 낫다.'

그녀를 다시 만나면, 죽는다는 것이 너무도 끔찍할 것

같았다. 그는 라자의 후손이자 정복자들의 후예로서 자신이 지닌 용맹심에 갑자기 의구심을 갖고 두려움에 휩싸였다. 삶에 대한 열망 때문에 발작적으로 고통스러운 회한에 빠졌다. 손발을 움직일 용기도 없었다. 자신에 대한 믿음을 잃어버렸다. 그를 남자답게 만드는 것들이 남아있지 않았다. 고통은 남아있었다. 고통은 인간의 신체에서 마지막 숨이 끊어질 때까지 남아있도록 되어 있으므로. 그리고 두려움도 남아있었다. 희미하게 자신의 열정적인 사랑의 깊은 곳을 꿰뚫어 보고 장점과 단점을 볼 수가 있었기에, 그는 두려워졌던 것이다.

해가 천천히 졌다. 서쪽 숲의 그림자가 개간지 쪽으로 행진을 하며 그의 볕에 탄 어깨를 시원한 덮개로 감싸주더니 서둘러 동쪽의 다른 숲의 그림자와 섞여버렸다. 태양이 푸른 논에 누워있는 그를 버려두고 떠나기가 아쉬운 듯이 잠시 높은 쪽 나뭇가지들 사이에 머물러 있었다. 그러자 저녁 미풍의 서늘함에 활기를 찾은 다인은 일어나 앉아 주변을 응시하였다. 태양이 그와의 교감을 들킨 것이 부끄러운 듯 갑자기 가라앉아 버렸다. 낮에 환하게 밝았던 개간지가 갑자기 새까만 어둠에 덮여버리고 모닥불이 사람의 눈처럼 빛났다.

다인은 천천히 개천 쪽으로 걸어갔다. 유일하게 몸에 걸치고 있던 찢어진 사롱을 벗어버리고 조심스럽게 물속으로 들어갔다. 그는 그날 아무것도 먹지 못했다. 낮에 물을 마시러 물가에도 나갈 수가 없었다. 그는 조용히 헤엄을 치며 입술에 스치는 물 몇 모금을 삼켰다. 기운이 났다. 불가로 돌아오며 자신에 대한 자신감과 다른 사람들에 대한 믿음을 되찾았다.

만일 라캄바가 그를 배신했다면 지금쯤 이미 모든 것이 끝장났을 것이다. 그는 큼직하게 불을 피웠다. 불이 타오르는 동안 몸을 말리고 나서 타고 남은 장작불 옆에 몸을 뉘었다. 잠을 이룰 수가 없었지만 팔다리가 온통 마비된 듯이 노곤했다. 불안감은 사라지고 없었다. 구름 한 점 없는 하늘 아래 미풍이 살짝 불어와 반짝이는 별빛을 더 밝게 부채질하는 동안, 그는 숲 위로 끊임없이 연속해서 떠오르는 별들을 관찰하는 것으로 시간을 측정하며 편한 마음으로 조용히 누워있었다.

그는 그녀가 꼭 올 것이라고 스스로 다짐하고 또 다짐했다. 그러자 점점 확신이 생기면서 그의 마음은 평화로움으로 가득하게 되었다. 날이 밝으면 그들은 죽음과도 같은 숲을 멀리 떠나 생명과도 같은 저 넓은 푸른 바다에 함께 나가 있게 될 것이다. 그는 부드러운 미소를 지으며 고요한 대기 속으로 나지막이 니나의 이름을 불러보았다. 그런데 이것이 마법 같은 고요를 깬 것 같았다. 저 멀리 개울가에서 개구리 한 마리가 대답이라도 하듯 큰 소리로 울음소리를 냈다. 덤불이 늘어선 진흙탕에서 코러스처럼 큰 외침소리와 구슬픈 소리가 울려 퍼졌다. 그는 한껏 웃었다. 틀림없이 이는 사랑의 노래였다. 그는 가까이 있는 그 시끄러운 생명의 소리에 즐거워져서, 개구리들에게 친근감을 느끼며 울음소리에 귀를 기울였다.

달이 나무 위로 올라 살짝 내려다보자 이전의 초조감과 불안감이 다시 그를 엄습해왔다. '그녀가 왜 이리 늦는 것일까?' 사실 노 하나를 저어서 오기에 먼 거리이긴 했다. '어떤 기술 또 어떤 인내심으로 그 조그만 손이 그 무거운 노를 다룬다는 말인가!' 너무도 놀라웠다. '그 작은 손, 나비의 날갯짓보다 더 가볍게 나의 뺨을 어루만질 줄 아는 그 부드럽고 자그마한 손바닥. 놀라워!' 그는 사랑스럽게 이 놀라운 수수께끼를 명상하는 데 빠져들었다.

다시 달을 바라보니, 달은 나무 위로 손 한 뼘만큼 떠올라 있었다. 그녀가 올 것인가? 그는 일어나서 개간지를 다시 돌아보고 싶은 충동을 억누르며 조용히 누워있으려고 애를 썼다. 그는 이리저리 돌아누우며 뒤척이다 마침내 억지로 등을 대고 누웠다. 그러자 별 가운데서 그녀의 얼굴이 자신을 내려다보고 있는 것이 보였다.

개구리들의 울음소리가 그쳤다. 다인은 쫓기는 사람처럼 경계하며 일어나 앉아 긴장한 채 귀를 기울였다. 물속에서 몇 번 텀벙거리는 소리가 들리고, 개구리들이 개천으로 빠르게 뛰어들고 있었다. 개구리들이 뭔가에 놀란 것이다. 그는 조심스럽게 방어하며 일어났다. 미세하게 긁히는 소리가 나고, 나무 조각 두 개가 서로 부딪치는 메마른 소리가 들렸다.

누군가 뭍에 오르려고 한다! 그는 길에서 눈을 떼지 않은 채 잔가지를 한 아름 집어서 타다 남은 장작불을 덮었다. 어떻게 할지 결정하지 못하고 기다리고 있다가 그는 덤불 사이로 뭔가 희미하게 빛나는 것을 보게 되었다. 어둠 속에서 하얀 형체가 나오더니 희미하게 빛나며 그를 향해 흘러오는 것 같았다. 그의 심장이 쾅쾅 뛰더니 조용해지고 다시 맹렬하게 뛰며 그의 온몸이 흔들렸다.

그는 타오르는 모닥불에 잔가지를 떨어뜨렸다. 자신이 그녀의 이름을 외쳐 부르고 그녀를 맞이하러 달려갔다고 생각했다. 그러나 그는 아무 소리도 내지 못하고 조금도 움직이지 못했으며, 드러난 어깨 위에 달빛이 흘러내리는 가운데 깎아놓은 청동처럼 꿈쩍도 않고 가만히 서있었다. 그가 너무도 강렬한 기쁨에 감각을 잃어버린 듯 숨을 제대로 쉬려고 애쓰며 조용히 서있을 때, 그녀가 빠르고 단호한 발걸음으로 그에게 다가왔다. 위험한 높은 곳에서 뛰어내리려고 하는 사람처럼 그녀가 갑작스러운 동작으로 두 팔을 뻗어서 그의 목을 감싸 안았다.

푸른빛이 마른 나뭇가지 사이로 스며들더니 불이 다시 살아나 탁탁 튀는 소리만 들릴 뿐 사위가 조용했다. 이렇게 만난 데 대해 감정이 격해져서 그들은 말없이 서로를 바라보고 있었다. 그러다 마른 장작에 불이 확 붙으면서 밝고 뜨거운 불꽃이 그들의 머리만큼이나 높게 위로 솟구쳐 올랐다. 그 빛 속에서 그들은 서로의 눈을 바라보았다.

두 사람 모두 아무 말이 없었다. 그는 미세한 전율이 경직된 몸을 따라 올라가며 떨리는 입술에 머무는 가운데 서서히 정신을 차리고 있었다. 그녀는 머리를 뒤로 젖히고 '여성의 가장 무서운 무기'라고 할 수 있는 그윽한 시선으로 그의 눈을 응시하고 있었다. 친밀한 접촉보다 훨씬 더 자극적이고 단검으로 찌르는 것보다 더 위험한 시선. 육신에서 영혼을 쫓아내어, 육신이 살아있으나 무기력해져 정열과 욕망의 변덕스러운 폭풍에 이리저리 흔들리게 만드는 그런 시선. 정복의 성취감에 열광적으로 고양되어 있을 때 엄청난 패배감을 가져오는, 전신을 휘감으며 존재의 가장 내밀한 구석을 꿰뚫어 보는 그런 시선.

그 시선은 정글과 바다의 남성에게나, '더 위험한 황야'라고 할 수 있는 집과 거리에 머무는 남성에게나 똑같은 의미를 지닌다. 가슴속에서 그런 시선이 일깨운 끔찍한 환희를 느껴본 남자들은 그저 천국과도 같은 오늘의 미물이 되어버린다. 그들은 고통스러웠던 어제를 잊어버리며 지옥이 될 수도 있는 내일에 대해 신경 쓰지 않는다. 그들은 영원히 그 시선 아래 살기를 갈망할 뿐이다. 그것은 여성이 자신을 완전히 내어 맡길 때의 표정이다.

그는 이를 이해하고, 갑자기 보이지 않는 족쇄에서 풀려난 것처럼 기쁨의 외침 소리와 함께 그녀의 발밑에 몸을 던졌다. 그녀의 무릎을 껴안고 감사와 사랑이 뒤범벅된 종잡을 수 없는 말을 중얼거리며 그녀의 드레스 주름에 머리를 파묻었다. 그녀의 절반은 자신의 원수인 백인이었으나 그런 그녀의 발밑에 엎드린 지금처럼 자신이 자랑스러운 적이 없었다.

그녀는 상념에 빠져 아무 생각 없이 손가락으로 그의 머리카락을 만지작거렸다. '상황은 끝났다.' 어머니가 옳았다. 그는 니나의 노예였다.

그의 무릎을 꿇은 모습을 내려다보며, 그녀는 자신이 ― 혼자 있을 때에도 ― '인생의 주인님'이라고 불렀던 그 남자에게 안쓰러운 애정을 한껏 느꼈다. 그녀는 눈을 뜨고 그들의 인생, '자신과 발밑의 남자의 인생길이 놓여있는 남쪽 하늘'을 슬프게 바라보았다.

그는 그녀를 '인생의 빛'이라고 말하고 있지 않은가? 그녀는 그의 빛이 되고 지혜가 될 것이며 그의 위대함과 힘이 되리라. 또한 다른 남자들의 시선에서는 감춰진 채 그만의 유일하고 영원한 사랑이 되리라. 단 한 명의 진정한 여인! 그런 유형의 여성이 지닌 숭고한 허영심으로, 그녀는 벌써 발밑의 진흙인 인간에게서 신을 만들어내고 있었다. 다른 사람들이 숭배할 신.

그녀는 있는 그대로의 그를 보는 것만으로도 만족했고, 가벼운 손가락으로 살짝 건드리기만 해도 전율하는 걸 보며 행복했다. 그녀의 시선이 남쪽의 별을 슬프게 바라보는 동안 그녀의 굳게 다문 입술에 희미한 미소가 떠오르는 것 같았다. 끊어질 듯하며 계속 타오르고 있는 모닥불 빛에 누가 제대로 볼 수 있을까. 그것은 승리의 미소 혹은 정신의 힘을 의식한 데서 나온 미소일 수도 있고, 애정 어린 동정심 혹은 사랑에서 나온 미소일 수도 있다.

니나는 다인에게 부드럽게 말을 걸었다. 그는 조용히, 그녀가 자신의 것임을 의식하며 그녀에게 팔을 두른 채 일어섰다. 그녀는 보호하듯 자신을 감싸 안은 그의 팔 안에서 온 세상을 대적할 힘을 느끼며 그의 어깨에 머리를 얹었다. 다인은 니나의 것이었다. 그의 장점과 단점까지 모두. 그의 힘과 용맹, 무모함과 대담함, 단순한 지혜와 야만적 영특함. 모든 것이 그녀의 것이었다.

두 사람은 붉게 비추는 장작불을 함께 지나 개간지에 쏟아지는 은빛 소나기 속으로 들어갔다. 그가 그녀의 얼굴 위로 머리를 숙였다. 그녀는 그의 옆구리에 친근하게 자신의 작은 몸을 밀착했다. 그녀는 그의 눈 속에서 꿈에 도취된 듯한 무한한 행복감을 볼 수 있었다. 그들이 달빛을 가로질러 숲의 그림자 쪽으로 걸어갈 때 그들의 몸이 박자에 맞춘 듯 흔들거렸다.

숲은 엄숙한 부동의 자세로 그들의 행복을 지켜주는 것 같았다. 그들의 모습이 큼직한 나무의 밑동에서 빛과 그림자의 유희 속에 용해되었다. 하지만 부드럽게 웅얼거리는 목소리는 빈 개간지 위에 좀 더 머물러 있다가 차차 희미해지며 사라졌다. 미풍이 마지막으로 안간힘을 쓰자 무한한 슬픔의 숨결 같은 한숨이 땅 위를 스치고 갔고, 이어 깊은 침묵이 뒤따랐다. 땅과 하늘이 갑자기 인간의 사랑과 인간의 맹목성에 대해 구슬픈 명상이라도 하듯이 숨을 죽였다.

그들은 천천히 불가로 돌아왔다. 그는 마른 나뭇가지로 그녀에게 앉을 자리를 만들어 주었다. 그녀의 발밑에 몸을 던지고 무릎에 머리를 얹고는 흘러가는 시간의 꿈같은 즐거움에 빠져들었다. 그들이 사랑과 미래를 이야기할 때, 부드럽게 혹은 열띠게 그들의 목소리가 커졌다 작아졌다 했다. 그녀는 때때로 세련된 언어를 사용하여 그의 생각을 이끌어주었고, 그는 그녀가 일깨우는 분위기에 따라 열정적이고 부드러운, 또 심각하거나 위협적인 이야기의 흐름에 자신의 행복을 띄워 보냈다.

그는 그녀에게 음산한 숲이나 진흙투성이 강 따위는 찾아볼 수 없는 자신의 섬에 대해 이야기했다. 계단식으로 된 논과 거대한 산의 옆구리를 따라 흐르는 깨끗한 실개천 이야기를 했는데, 실개천의 반짝이는 물이 졸졸 흘러내려 땅에 생명을 가져다주고 농부들에게는 기쁨을 가져다준다고 말했다. 그는 나무들로 이뤄진 좁고 긴 벨트 위로 외롭게 솟아오른 산봉우리 이야기도 했는데, 하도 높아 지나가는 구름의 비밀도 알고 있으며 동족의 신비로운 영혼과 가문의 수호신이 거주하는 곳이라고 말했다. 타오르는 산꼭대기 위로 휘몰아친 맹렬한 바람에 휩쓸렸던 방대한 수평선 이야기도 했다. 그는 자신이 앞으로 통치자가 될 그 섬을 오래전 정복한 조상의 이야기도 했다.

그녀가 기분이 내켜 그의 얼굴에 자신의 얼굴을 가까이 대면, 그는 그녀의 숱이 많은 긴 머리카락을 가볍게 만지며 그녀에게 자신이 너무도 사랑하는 바다 이야기를 해주고 싶은 갑작스러운 충동을 느꼈다. 그는 어린 시절, 살아 있는 사람은 아직 꿰뚫어 볼 수 없는 삶 너머의 숨겨진 의미를 궁금해하며 바다의 끊임없는 목소리에 귀를 기울이곤 했었다고 말했다. 그리고 매혹적인 반짝임과 몰지각하고 변덕스러운 분노에 대해서도 이야기했다. 심층부는 늘 변함없이 차갑고 잔인하며 파괴된 생명에 대한 교훈으로 가득한 반면에 수면은 지속적으로 변하면서 늘 매혹적으로 사람을 홀린다는 것이다. 그는 바다가 그 매력으로 남자들을 평생 노예로 잡아두고는, 그들의 헌신에도 상관없이 그 신비를 누구에게도 심지어 바다를 가장 사랑하는 자들에게조차 결코 드러내지 않으면서, 바다의 신비를 두려워하는 데 화가 나서 그들을 삼켜버린다는 이야기도 했다.

이야기를 하는 동안 니나의 머리가 점차 아래로 내려앉아 그녀의 얼굴이 거의 그의 얼굴에 닿을 정도가 되었다. 그녀의 머리카락이 그의 눈에 닿고, 그녀의 숨결이 그의 이마에 닿고, 그녀의 팔이 그의 몸 가까이에 놓였다. 어떤 존재도 이 두 사람보다 서로 더 가까울 수는 없었다. 그녀는 그가 희미하게 중얼거리며 약간 망설이면서 내뱉은 마지막 말을 이해할 순 없어도 그냥 추측하며 받아들였다.

"오, 니나! 바다는 여자의 마음과도 같아요."

그 말은 부지불식간에 심오하고 의미심장한 침묵 속으

로 사라져 버렸다.

그녀는 그의 입술을 갑작스러운 키스로 막으며 단호한 목소리로 대답했다.

"하지만 두려움을 모르는 남자들에게, 오, 나의 인생의 주인이여! 바다는 늘 진실하답니다."

그들의 머리 위로 거대한 거미줄같이 보이는 어둡고 실 같은 구름층이 별 아래 흐르기 시작하며, 다가오는 폭우를 예고하듯 하늘이 어두워졌다. 멀리 보이지 않는 언덕으로부터 첫 번째 천둥소리가 굉음을 일으키며 길게 울려 퍼졌다. 천둥이 언덕 여기저기 왔다 갔다 하더니 판타이의 숲에서 길을 잃은 듯했다. 두 사람이 일어섰다. 그는 불안한 듯 하늘을 바라보았다.

"바발라치가 올 시간이오." 그가 말했다. "밤이 벌써 반은 지나갔군요. 우리의 갈 길은 먼데 총알은 그 어떤 카누보다 더 빨리 날아와요."

"달이 구름 뒤로 숨어버리기 전에 그가 도착할 거예요." 니나가 말했다. "물에서 첨벙 소리가 났는데 들었나요?" 그녀가 덧붙였다.

"악어일 거요." 그는 무심히 개천 쪽으로 시선을 던지며 짧게 대답했다. "밤이 어두우면 어두울수록 우리가 갈 길이 짧아지지요." 그가 계속 말했다. "그러면 우리는 강의 본류의 흐름을 타고 갈 수가 있을 테니까요. 하지만 밝으면 —지금보다 밝지 않아도— 우리는 강물이 정체된 작은 물길을 따라 노만 의지해서 가야 해요."

"다인," 그녀가 진지하게 이의를 제기했다. "악어가 아니에요. 선착장 근처 덤불에서 바스락거리는 소리가 났어요."

"알았소." 그는 잠시 귀를 기울인 후 말했다. "바발리치는 공개적으로 큰 전투 카누를 타고 올 테니 그는 아니오. 누군지 몰라도 이리 오는 자들은 소음을 내고 싶지 않은 자들일 거요. 하지만 당신은 소리를 들었고, 이제 내게 보이기까지 하네요." 그가 빨리 말을 계속했다. "한 사람이군. 니나, 내 뒤로 가요. 친구라면 환영하겠지만, 적이라면 죽여야 할 테니 말이요."

그는 단검에 손을 얹고 예기치 않은 방문객이 다가오기를 기다렸다. 장작불이 낮게 꺼져가고, 폭풍의 전조인 작은 구름들이 달 표면 위로 빠르게 계속 지나가며 그림자를 드리워 개간지가 어둑어둑했다. 그는 그자가 누구인지 파악할 수가 없었다. 키가 큰 인물이 무거운 발걸음으로 길을 따라 계속 다가오자 불안해진 그는 멈추라고 큰 소리로 외쳤다. 그 남자는 조금 떨어진 곳에 멈춰 섰고, 그는 남자가 말을 꺼내기를 기대했으나 들리는 것은 깊은 숨소리

뿐이었다.

날아가던 구름의 틈 사이로 흘러가던 빛이 잠깐 개간지를 비췄다. 다시 어둠이 몰려들기 전, 그는 누군가가 자신에게 어떤 반짝이는 물체를 겨눈 것을 보았고 그녀가 "아버지!"라고 외치는 소리를 들었다. 즉각 그녀가 그와 총 사이에 끼어들었다. 그녀의 큰 외침 소리에 잠자던 숲이 깨어나 메아리가 울려 퍼졌다. 세 사람은 그들의 여러 감정을 표현하기에 앞서 침묵이 다시 돌아오기를 기다리기라도 하듯이 그대로 조용히 서있었다.

니나가 끼어든 것을 본 올마이어가 팔을 옆으로 떨구며 한 발짝 앞으로 나왔다. 다인은 니나를 점잖게 옆으로 밀어냈다.

"투안 올마이어, 내가 무슨 들짐승이오? 갑자기 어둠 속에서 나를 죽이려고 하다니." 그가 긴장된 침묵을 깨며 말했다. "오, 내 심장의 기쁨이여! 나의 백인 친구를 감시할 테니 그대는 불에 땔감을 좀 던져요. 당신이나 내가 무슨 일이라도 당할까 두렵소." 그가 니나에게 말했다

올마이어가 이를 뿌드득 갈더니 팔을 다시 들어 올렸다. 순간 다인이 펄쩍 뛰어 올마이어의 옆에 다가서고, 잠시 몸싸움이 뒤따랐다. 권총에서 한 발이 발사되었지만 다친 이는 없었다. 그는 올마이어의 손에서 무기를 빼앗아

공중에 던져버렸다. 총은 덤불숲 어디론가 나가떨어져 버렸고, 두 남자는 숨을 거칠게 몰아쉬며 가까이 서 있었다. 땔감이 보충된 모닥불의 흔들리는 불빛에 니나의 겁에 질린 얼굴이 보였다. 그녀는 두 손을 뻗은 채 두 사람을 바라보고 있었다.

"다인!" 그녀가 주의하라고 경고하듯이 외쳤다. "다인!"

그가 안심하라는 듯이 그녀 쪽으로 손을 흔들어 보였다. 그리고 올마이어에게 돌아서서 정중하게 예를 갖추어 말했다.

"투안, 이제 말로 할 수 있겠죠. 죽음을 불러오는 건 쉽지만, 당신의 지혜가 생명을 되돌려 놓을 수 있나요? 그녀가 다칠 수도 있었습니다." 그가 니나를 가리키며 말을 계속했다. "당신의 손이 너무 떨리는군요. 나는 나 자신에 대해서는 두려울 게 없습니다."

"니나!" 올마이어가 외쳤다. "당장 내게로 와라. 이 갑작스러운 미친 짓은 다 무엇이냐? 무엇이 너를 홀렸느냐? 아버지에게로 와라. 그리고 함께 이 끔찍한 악몽을 잊도록 하자!"

올마이어는 그녀를 순간 품에 안을 거라는 확신에 두 팔을 벌렸다. 그녀는 움직이지 않았다. 그녀가 자신의 말에 복종할 생각이 없다는 사실이 올마이어에게 떠오르자, 심장에 끔찍한 냉기가 스며드는 것만 같았다. 손바닥으로 관자놀이를 누르며 그는 말없는 절망 속에 땅만 내려다보았다. 다인이 니나의 팔을 잡아 그녀의 아버지 쪽으로 이끌었다.

"그에게 백인의 언어로 말하시오." 다인이 말했다. "그는 슬퍼하고 있어요. 나의 진주여! 그대를 잃을 거라는 생각에 슬프지 않을 사람이 누가 있겠소. 그에게 마지막으로 당신의 목소리를 들려주시오. 당신의 목소리가 그에게 무척 아름답게 들리겠지. 하지만 내겐 생명보다 소중하오."

그는 그녀를 놓아주고 빛의 반경에서 몇 걸음 물러나 어둠 속에 서서 차분히 그들을 지켜보았다. 먼 곳에서 번개가 번쩍이면서 그들 머리 위의 구름을 비추더니, 잠시 후 뒤이어 희미하게 천둥소리가 울려 퍼지며 막 입을 연 올마이어의 목소리와 뒤섞였다.

"네가 무슨 짓을 하고 있는지 알고 있느냐? 네가 저 남자를 따라가면 무엇이 너를 기다리고 있는지 아느냐? 너 자신이 불쌍하지도 않니? 너는 처음엔 그의 노리개가 될 것이고, 그다음엔 멸시받는 노예로 일꾼이 되고, 그리고 저 남자가 새로 좋아하는 여자의 하인이 될 거라는 걸 아느냐?"

그녀가 손을 들어 올마이어의 말을 막았다. 그리고 머리를 약간 돌리며 물었다.

"다인! 당신도 들었지요. 사실인가요?"

"신에 맹세코! 절대 아니오!" 어둠 속에서 격한 대답이 들려왔다. "하늘과 땅에 걸고, 나의 머리와 그대의 머리에 걸고 맹세를 하겠소. 이 말은 백인의 거짓말이오. 나는 내 영혼을 영원히 당신의 손에 바쳤소. 나는 당신의 숨결로 숨쉬고, 당신의 눈으로 볼 것이며, 당신의 마음으로 생각을 하고, 당신을 영원히 나의 심장에 담아둘 것이오."

"너 이 도둑놈!" 격분한 올마이어가 소리쳤다.

이 분노의 폭발에 깊은 침묵이 뒤따랐다. 이어서 다인의 목소리가 다시 들렸다.

"아니오, 투안." 그가 점잖은 어조로 말했다. "그것 또한 사실이 아닙니다. 따님은 자신의 의지로 온 것입니다. 나는 남자답게 나의 사랑을 그녀에게 보여준 것 이외에는 그 어떤 행동도 하지 않았습니다. 그녀는 나의 심장이 부르는 소리를 듣고 내게로 왔고 나는 당신의 아내에게 지참금도 전했습니다."

올마이어는 극도의 분노와 수치심 속에 신음하였다. 니나는 가볍게 올마이어의 어깨에 손을 얹었다. 떨어지는 낙엽의 감촉만큼이나 가벼운 손길이 올마이어를 진정시키는 듯했다. 올마이어는 빠르게 이번에는 영어로 말했다.

"말해라." 올마이어가 말했다. "그들이 네게 무슨 짓을 했는지 말해. 너의 어미와 저 남자가 말이다. 도대체 네가 무엇 때문에 너 자신을 저 야만인에게 내던진단 말이냐? 저자는 야만인이다. 그와 너 사이에는 절대로 제거할 수 없는 장벽이 있다. 네 눈 속에서 미친 사람이 자살할 때 짓는 표정이 보인다. 너는 미친 거다. 웃지 마라. 네 미소가 내 심장을 찢어놓는구나. 네가 내 눈앞에서 물에 빠져 죽는데 내가 너를 도울 힘이 전혀 없는 상황이라 해도 이보다 더 고통스럽지는 않을 것이다. 그렇게 오랫동안 받은 교육을 다 잊어버렸느냐?"

"아니요." 그녀가 말을 잘랐다. "그 교육을 너무도 잘 기억해요. 그것이 어떻게 끝났는지도 잘 기억하고요. 경멸에는 경멸, 무시에는 무시, 증오에는 증오예요. 저는 아버지의 종족이 아니에요. 아버지의 종족과 저 사이에도 절대 제거할 수 없는 장벽이 있어요. 제가 왜 가냐고 물으신다면, 저는 제가 왜 남아있어야 하는지 묻고 싶어요."

올마이어는 얼굴을 한 대 맞은 것처럼 비틀거렸다. 하지만 그녀가 빨리 결연하게 팔을 잡으며 그를 부축했다.

"왜 남아있어야 하냐고!" 올마이어가 당혹스럽다는 듯이 천천히 말을 따라 하다가, 자신의 불행이 정점에 이르렀다는 생각에 너무 놀라, 말을 멈추었다.

"어제 제게 말씀하셨죠." 그녀가 다시 말을 계속했다. "제가 아버지의 사랑을 이해할 수도, 볼 수도 없을 거라고요. 네, 그래요. 어떻게 제가 이해할 수 있겠어요? 어떤 두 인간도 서로를 다 이해하는 건 불가능해요. 그들은 자신의 목소리만 이해할 뿐이지요. 아버지는 제가 아버지의 꿈을 꾸고 아버지 자신의 환상을 보길 원하셨죠. 분노와 경멸 속에 자기들 무리에서 저를 내쫓아버린 백인들의 하얀 얼굴 속에서 살아가는 그런 환상이요. 하지만 아버지가 이야기하시는 동안 저는 제 자신의 목소리에 귀를 기울였어요. 그때 이 남자가 온 거예요. 그러자 모든 게 조용해지고 단지 그의 사랑의 중얼거림만이 들렸어요. 아버지는 그를 '야만인'이라고 부르시나요? 제 어머니인 당신의 아내는 뭐라고 부르시나요?"

"니나!" 올마이어가 외쳤다. "내 얼굴을 빤히 쳐다보지 말아라."

그녀가 즉각 시선을 떨구었다. 그러나 속삭임보다는 약간 목소리를 높인 채 말을 계속했다.

"곧 우리 두 사람, 저 남자와 제 목소리가 우리만 알아들을 수 있는 달콤한 말로 대화를 나누게 되었어요. 아버지는 그때 황금에 대한 이야기만 하셨죠. 하지만 우리의 귀는 사랑의 노래로 가득 차서 아버지 이야기가 들리지 않았어요. 그리고 저는 우리가 서로의 눈을 들여다볼 수 있다는 걸 알게 되었죠. 오로지 우리만 볼 수 있는 그런 것들이 있었어요. 우리는 아무도 따라올 수 없는 영역에 들어섰어요. 아무리 아버지라도 말이에요. 그제야 저는 제대로 살기 시작한 거예요."

그녀는 말을 멈추었다. 올마이어는 깊은 한숨을 내쉬었다. 니나는 땅에 여전히 시선을 고정시킨 채 다시 말을 시작했다.

"저는 이제 제대로 살 작정이에요. 그를 따라갈 생각입니다. 저는 백인들에게 멸시받고 배척당했어요. 그리고 이제 저는 말레이 부족입니다! 그는 저를 품에 안았고, 자신의 생명을 제 발밑에 바쳤어요. 그는 용감해요. 그는 막강한 힘을 지닌 사람이 될 거고, 저는 그의 용맹과 힘을 제 손에 쥐고 그를 위대하게 만들 거예요. 그의 이름은 우리 육신이 먼지가 된 후에도 오랫동안 기억될 거예요. 저는 아버지를 예전과 마찬가지로 여전히 사랑해요. 하지만 저는 그를 떠날 수 없어요. 저 사람 없이 살아갈 수가 없으니까요."

"저자가 네가 하는 말을 알아들었다면 아주 의기양양하겠구나." 올마이어가 멸시하듯이 대답했다. "너는 너의 이해할 수 없는 야망을 위해 그를 도구로 원한다는 말이지.

니나, 그만하면 됐다. 알리가 카누를 갖고 개천에서 기다리고 있다. 네가 그리로 당장 내려가지 않으면, 나는 알리에게 마을로 돌아가 네덜란드 장교들을 이리 데려오라고 시킬 거다. 너는 이 개간지를 도망칠 수 없다. 내가 너의 카누를 떠내려 보냈거든. 네덜란드인들이 너의 영웅을 체포하게 되면 내가 여기 서있다는 것만큼 확실히 그를 교수형 시킬 것이다. 이제 가자."

그는 딸 쪽으로 한 걸음 내딛고는, 한 손으로 선착장으로 내려가는 길을 가리키고 다른 손으로는 그녀의 어깨를 잡았다.

"조심하시오!" 다인이 고함을 쳤다. "그녀는 나의 여인이오!"

니나는 몸을 비틀어 빼고는 올마이어의 화난 얼굴을 똑바로 바라보았다.

"아니요, 안 가요." 그녀가 필사적으로 말했다. "그가 죽으면 따라 죽을 거예요!"

"네가 죽는다고!" 올마이어가 경멸조로 말했다. "오, 아니지! 너는 다른 떠돌이가 와서 노래할 때까지 거짓과 기만의 삶을 살아가게 될 거다. 뭐라 그랬지? 그래, 그 사랑의 노래! 빨리 결정해라."

올마이어는 잠시 기다리다가 협박조로 덧붙였다.

"내가 알리한테 소리 지를까?"

"소리 질러요." 그녀가 말레이어로 대답했다. "아버지는 자신의 동포에게도 진실된 분이 아니지요. 며칠 전만 해도 아버지는 그들이 파멸하도록 화약을 파셨죠. 이제는 어제만 해도 '친구'라고 부르던 사람을 그들에게 넘기시려고 하는 거고요. 오, 다인." 그녀가 어둠 속에서 꼼짝 않고 있으나 긴장하고 있는 인물 쪽으로 돌아서며 말했다. "나는 당신에게 생명을 주는 게 아니라 죽음을 가져오고 있군요. 내가 당신을 영원히 떠나지 않으면 그가 우리를 팔아 넘긴대요."

다인이 빛 속으로 들어와서, 니나의 목을 껴안으며 그녀의 귀에 속삭였다.

"나는 그가 입 밖으로 무슨 소리를 내기도 전에, 서있는 그 자리에서 죽여 버릴 수 있어요. 당신은 그렇게 하라 말라 말만 하면 돼요. 바발라치가 지금쯤이면 가까이 와있을 거요."

그는 그녀의 어깨에서 팔을 거두며 몸을 똑바로 세웠다. 그리고 분노에 싸인 표정으로 그들을 바라보고 있는 올마이어를 마주 보았다.

"안 돼요!" 그녀가 미친 듯이 놀라 다인에게 매달리며 외쳤다. "안 돼요! 나를 죽여요! 그러면 아마 그는 당신을 가게 놔둘 거예요. 당신은 백인의 마음을 이해 못 해요. 그는 내가 여기 서있는 것을 보느니 차라리 내가 죽기를 바랄 거예요. 당신의 노예인 나를 용서해요. 하지만 아버지를 죽이면 안 돼요." 그녀는 그의 발밑에 쓰러져 "나를 죽여요! 나를요!"라고 반복하며 격렬하게 흐느꼈다.

"나는 네가 살아있기를 바란다." 올마이어가 침울하지만 침착하게 말레이어로 말했다. "네가 나를 따라가든지, 아니면 저자가 교수형을 당하든지. 내 말을 들을 거지?"

다인이 니나를 밀치고, 몸을 날리며 칼끝을 자신에게 향한 채 단검의 손잡이로 올마이어의 가슴을 세게 쳤다.

"이봐요, 보세요! 내가 당신에게 칼끝을 돌리는 건 쉬운 일이요." 그가 침착한 목소리로 말했다. "가세요, 투안 푸티." 그는 위엄 있게 덧붙였다. "나는 당신의 목숨을 돌려드리고 당신에게 나의 목숨과 그녀의 목숨을 맡깁니다. 나는 이 여인의 노예요. 그녀가 원하는 대로 하는데, 그녀가 그러길 원하는군요."

이제 하늘에 빛이라곤 전혀 없었고, 나무 꼭대기도 개간지와 강 위에 낮게 드리워진 구름 덩어리 속에 묻혀 버린 나무줄기와 마찬가지로 보이지 않게 되었다. 공간만 남기고 모든 것을 파괴해 버린 듯한 강렬한 어둠 속에서 모든 사물의 윤곽이 사라져 버렸다. 눈에 보이는 모든 것들이 지워진 상태에서 단지 모닥불만이 잊힌 별처럼 희미하게 빛나고 있었다. 다인이 말을 마치고 난 후, 불가에 무릎을 꿇고 있는 다인의 팔에 안겨 흐느끼는 니나의 울음소리 외엔 아무 소리도 들리지 않았다. 올마이어는 침통한 표정으로 생각에 잠겨 그들을 내려다보고 서있었다. 그가 말을 하려고 입술을 벌렸을 때, 강가에서 경고하는 외침 소리가 들려와 그들은 깜짝 놀랐다. 뒤이어 여럿이 노를 젓는 소리와 사람들 목소리가 들려왔다.

"바발라치!" 다인이 빨리 몸을 세우고 니나를 일으키며 외쳤다.

"여기요! 여기!" 길을 따라 달려온 정치가가 숨 가빠하며 대답했다. "내 카누로 뛰어가요." 바발라치가 올마이어가 있다는 걸 전혀 눈치채지 못한 채 흥분한 목소리로 다인에게 말했다. "뛰어요. 빨리 가야 해요. 그 여자가 사람들에게 다 말해버렸어요."

"그 여자라니요?" 다인이 니나를 바라보며 물었다. 그때 그에게 온 세상에 여자라고는 한 사람밖에 존재하지 않았기 때문이다.

"그 하얀 이를 가진 못된 암캐, 불랑지의 일곱 번 저주받을 그 노예 말이오. 그게 압둘라네 문 앞에서 삼비르 사람들이 다 깰 때까지 악을 써댔어요. 지금 그 노예와 레시드의 안내로 백인 장교들이 이리 오고 있어요. 살고 싶으면 날 쳐다보고 있지 말고 그냥 가요!"

"당신은 이 일을 어떻게 알지?" 올마이어가 물었다.

"오, 투안! 내가 어떻게 아느냐는 중요하지 않아요! 나는 눈이 하나밖에 없지만, 우리가 카누를 타고 지나올 때 압둘라의 집과 그의 구역에서 불빛을 봤어요. 나는 귀가 있어요. 둑 아래 엎드려서, 압둘라가 백인들이 있는 집으로 전령을 보내는 소리도 들었어요."

"너는 내 딸인 저 여자 없이 떠나겠느냐?"

바발라치가 초조하여 "달아나요! 당장 달아나라고!"라고 중얼거리고 있는 동안, 올마이어가 다인을 향해 말했다.

"아니요." 다인이 끄덕도 않고 말했다. "안 갑니다. 어떤 자에게도 이 여자를 넘길 수 없어요."

"그러면 나를 죽이고 도망쳐요!" 니나가 흐느꼈다.

그는 그녀를 다정하게 바라보며 꼭 끌어안고 속삭였다. "우린 결코 헤어지지 않아요, 오, 니나!"

"난 여기 더 이상 못 있어요." 바발라치가 화가 나서 불쑥 끼어들었다. "정말 어리석기 짝이 없군. 어떤 여자도 남자의 목숨을 바칠 만한 가치는 없어요. 나는 늙었고, 세상 돌아가는 이치를 알아요."

바발라치는 지팡이를 집어 들고 가려고 돌아서며 마지막으로 도망칠 기회를 주는 것처럼 다인을 바라보았다. 다인의 얼굴은 니나의 검은 머리카락 속에 가려져 있었다. 다인은 마지막으로 호소하는 바발라치의 눈빛을 보지 못했다.

바발라치는 어둠 속으로 사라졌다. 그가 사라진 후 곧 전투용 카누 한 대가 휙 소리를 내며 여러 개의 노를 물속에 깊이 집어넣고 선착장을 떠나는 소리가 들려왔다. 거의 동시에 알리가 어깨에 노를 두 개 메고 강가에서 올라왔다.

"우리 카누는 개천에 감춰놨어요, 투안 올마이어." 그가 말했다. "숲이 물속까지 이어지는 덤불이 무성한 곳이요. 바발라치의 노잡이들이 백인들이 이리 오고 있다고 말해 주길래 거기에 숨겨놨어요."

"거기 가서 나를 기다려라." 올마이어가 말했다. "카누는 숨겨놓고."

그는 알리의 발소리를 들으며 가만히 있다가 니나를 향해 돌아섰다.

"니나, 너는 내가 불쌍하지도 않니?" 그가 슬프게 말했다.

아무런 대답이 없었다. 그녀는 다인의 가슴에 자신의 머리를 깊이 파묻은 채 고개를 돌리지도 않았다.

올마이어는 그들을 떠나려는 것처럼 움직이다가 멈춰섰다. 그는 꺼져가는 모닥불의 희미한 불빛 옆에 꼼짝도 않고 있는 두 형체를 바라보았다. 여자는 하얀 드레스 위로 길고 검은 머리를 흘러내린 채 그에게 등을 돌리고 있었고, 그녀의 머리 위로 다인의 침착한 얼굴이 그를 바라보고 있었다.

"안 되겠다." 그가 혼잣말로 중얼거렸다. 긴 침묵 후에 더 낮지만 차분한 목소리로 그가 다시 말을 시작했다. "이건 너무도 큰 치욕이 될 거다. 나는 백인이야." 그는 거기서 완전히 무너졌고 눈물을 쏟으며 말을 계속했다. "나는 백인이야. 좋은 가문 출신이야. 아주 훌륭한 가문이란 말이다." 그가 통렬하게 울음을 터뜨리며 말을 반복했다. "치욕이 될 거야…… 섬 전체에… 동쪽 해안의 유일한 백인인데. 안 되지. 그럴 수 없어…… 백인들이 내 딸이 이 말레이인과 함께 있는 걸 보게 된다면…… 내 딸이!" 그가 목소리에 절망의 떨림을 담은 채 크게 외쳤다.

그는 잠시 후 침착함을 되찾고 또박또박 말했다.

"니나, 나는 너를 결코 용서하지 않겠다. 결코! 네가 지금 내게 돌아온다 해도, 오늘 밤의 기억은 내 남은 평생을 독처럼 오염시킬 것이다. 나는 잊으려고 노력하겠다. 나는 딸이 없다. 내 집에 혼혈 여인이 하나 있었다. 하지만 그녀는 지금도 날 떠나고 있다. 너, 다인, 아니 네 이름이 무엇이든 간에, 나는 너와 이 여자를 강의 어귀에 있는 섬까지 데려가겠다. 나와 가자."

그는 둑을 따라 숲이 있는 곳까지 앞장서 갔다. 그의 부름에 알리가 대답하고, 그들은 울창한 덤불을 헤치고 나가서 늘어진 가지 밑에 숨겨져 있던 카누에 올라탔다. 다인은 니나를 바닥에 내려놓고, 그녀의 머리를 자신의 무릎에 올려놓고 앉았다. 올마이어와 알리는 각각 노를 집어 들었다. 그들이 밀고 나아가려고 할 때 알리가 경고하듯 쉿 소리를 냈다. 모두가 귀를 기울였다.

폭풍우가 몰아치기 직전의 위대한 정적처럼 고요한 가운데 그들은 노걸이에서 노 젓는 소리가 규칙적으로 나는 것을 들을 수 있었다. 그 소리는 지속적으로 다가왔다. 나뭇가지를 통해 바라보고 있던 다인은 큼직한 하얀 보트의 희미한 형체를 알아볼 수 있었다. 한 여인의 목소리가 조심스러운 어조로 말했다.

"백인들이여, 당신들이 상륙할 수 있는 장소가 있어요. 조금 위쪽으로, 거기요!"

보트가 좁은 개천에서 너무 가까이 그들을 지나쳐서 긴 노의 물갈퀴가 그들의 카누에 닿을 정도였다.

"됐다! 뭍에 뛰어내릴 준비를 하라! 그는 혼자고 무기도 없다." 한 남자가 네덜란드어로 조용히 명령을 내리고 있었다.

누군가 다른 사람이 속삭였다. "덤불 사이로 희미한 불빛이 보이는 거 같아요." 그러자 보트가 그들을 스쳐 지나가며 즉각 어둠 속으로 사라졌다.

"지금이오." 알리가 간절히 속삭였다. "카누를 밀고 나가 노를 저어요."

작은 카누가 흔들리듯 강의 흐름 속으로 들어가고 노를 힘차게 저어 카누가 반동처럼 획 앞으로 튀어 나갈 때, 분노에 찬 외침 소리가 들렸다.

"불가에 그가 없다. 모두들 흩어져서 그를 찾아라!"

푸른 불빛이 개간지의 여기저기서 빛나기 시작했다. 한 여자가 분노와 고통이 담긴 날카로운 목소리로 울부짖는 소리가 들렸다.

"너무 늦었어! 이 어리석은 백인들아! 그는 이미 빠져나갔어!"

제12장

"바로 저곳이오." 다인이 카누에서 1마일가량 떨어진 작은 섬을 노의 물갈퀴로 가리키며 말했다. "저기가 바발라치가 약속한 장소요. 태양이 머리 위에 올 때 프라우선에서 보낸 보트가 도착할 거요. 우리는 저기서 그 보트를 기다릴 겁니다."

카누를 조종하고 있던 올마이어는 말없이 고개를 끄덕이며 노를 살짝 밀어내어 카누의 뱃머리를 그쪽으로 돌렸다.

그들은 판타이 강의 남쪽 입구를 막 빠져나왔다. 판타이 강은 그들 뒤로 두 개의 울창한 푸른 초목의 벽 사이에서 곧고 길게 놓인 채 반짝이고 있었다. 양쪽의 녹색 벽이 서로 가까워지더니 저 멀리서 마침내 합쳐져 가라앉은 것처럼 보였다. 태양이 스트레이트 해협의 차분한 물길 위로 떠오르더니 빛의 궤적을 남기며 바다 위를 내달아, 빛과 생명을 전달하는 전령을 재빨리 해안의 음울한 숲으로 보내고 있었다.

태양이 이루는 찬란한 길목에 검은 카누 한 척이 햇빛에 푹 잠겨있는 작은 섬을 향해 나아가고 있었다. 그 작은 섬을 둘러싼 해안의 노란 모래는, 잘 닦은 강철 같은 매끄러운 바닷속에 새겨 넣은 황금 원판처럼 반짝거리고 있었다. 섬의 북쪽과 남쪽으로 화려한 초록과 노랑의 예쁘장한 작은 섬들이 솟아 있었고, 중앙 해변에서 시작된 맹그로브 야자나무 숲은 어두운 선을 그리며 이른 아침의 청명한 빛 아래 남쪽으로 달려 나가 가파르고 그림자 없는 바다로 이어지는 탄종 미라의 붉은 절벽에서 끝나고 있었다.

작은 선체가 해안 위로 올라오자 카누의 밑바닥이 모래 위에서 쉿소리를 냈다. 알리가 뭍으로 뛰어내려 카누를 잡고 있는 동안, 다인은 여러 사건과 밤 사이의 긴 여행에 지쳐버린 니나를 팔에 안고 밖으로 나왔다. 올마이어가 마지막으로 보트에서 내려, 알리와 함께 카누를 해안 위로 깊이 밀어놓았다. 알리는 오래 노를 저은 탓에 기진맥진하여 몸을 주체하지 못하고 카누의 그늘 속에 누워 잠들어 버렸고, 올마이어는 뱃전에 비스듬히 앉아 팔짱을 낀 채 남쪽으로 바다만 바라보고 있었다.

다인은 작은 섬 한가운데 자라고 있는 덤불 그늘에 니나를 조심스럽게 뉘어 놓고 그녀 옆에 몸을 던졌다. 그는 니나와 마주 보고 누운 채 그녀의 닫힌 눈꺼풀에서 눈물이 흘러내려 미세한 모래 속으로 사라지는 것을 말없이 우려하며 지켜보았다. 이 눈물과 이 슬픔이 그에게는 심오하고 불안한 수수께끼였다.

'위험이 다 지나간 지금, 그녀는 왜 슬퍼하는 것일까?' 그는 자신이 살아있다는 사실을 의심하지 않는 것처럼 그녀의 사랑을 의심한 적이 없었다. 하지만 그녀의 얼굴을 열심히 바라보며 그녀의 눈물과 벌어진 입술과 숨결을 지켜보노라니, 그녀에게 자신이 이해할 수 없는 뭔가가 있는 듯하여 불안해졌다.

그녀가 지혜로운 완벽한 존재라는 것은 틀림없었다. 그는 한숨을 쉬었다. 그들 사이에 보이지 않는 무엇이 있다는 생각, 그녀에게 어느 정도까지 깊이 다가갈 수는 있지만 뭔가 한계가 있다는 생각이 들었다. 그 어떤 열망도, 갈망도, 의지의 노력도, 혹은 살아가는 기간도, 막연히 느껴지는 그들 사이의 차이를 없앨 수는 없을 것이다. 그는 경외심과 함께 굉장한 자부심을 느끼며 그것 또한 그녀만의 비할 데 없는 완벽함이라고 결론 내렸다. 그녀는 자신의 여자였다. 그러나 그녀는 다른 세상에서 온 여인 같았다. '나의 여인! 나의 것!' 그는 이 영광스러운 생각을 한껏 즐겼다.

그럼에도 그녀의 눈물을 보니 마음이 아팠다.

그는 손에 쥐고 있던 그녀의 머리카락 한 움큼으로 소심하게 경배하듯이 그녀의 눈썹에서 떨리고 있는 눈물을 닦아내려고 했다. 다정하지만 뭔가 서툴렀다. 순간적으로 미소가 스쳐 가며 그녀의 얼굴이 환하게 밝아져 그는 보상이라도 받은 듯 기뻤다. 그러나 이내 눈물이 더 빨리 떨어지기 시작하여 그는 더 이상 보고 있을 수가 없었다. 일어나서 여전히 뱃전에 앉아 바다에 대한 명상에 빠져있는 올마이어 쪽으로 갔다.

올마이어가 바다 —모든 곳으로 이어지고, 모든 것을 가져오고, 많은 것을 빼앗아 가는 바다— 를 처음 본 이래로 정말 오랜 세월이 흘렀다. 그는 자신이 왜 거기에 왔는지 거의 잊어버리고 있었다. 그는 지금 꿈을 꾸듯이 눈앞에서 반짝이고 있는 매끄럽고 끝없이 펼쳐진 수면에서 자신의 모든 과거의 삶을 보고 있었다.

다인이 올마이어의 어깨에 손을 얹자 그는 깜짝 놀라며 머나먼 나라에서 깨어나 현실로 돌아왔다. 그는 돌아다보긴 했지만, 다인을 보는 게 아니라 다인이 서있는 자리를 바라보고 있는 것 같았다. 다인은 그의 의식 없는 멍한 시선에 불편해졌다.

"뭐요?" 올마이어가 말했다.

"그녀가 울고 있어요." 다인이 낮게 중얼거렸다.

"울고 있다고! 왜?" 올마이어가 냉정하게 물었다.

"내가 당신께 물어보는 건데요. 나의 말레이 왕비는 사랑하는 남자를 볼 때 미소를 짓지요. 지금 울고 있는 쪽은 백인 여자 같아요. 당신은 아시겠죠."

올마이어는 어깨를 한 번 움츠리더니 다시 바다를 향해 돌아앉았다.

"가시오, 투안 푸티." 다인이 촉구했다. "그녀에게 가보시오. 그녀의 눈물이 내게는 신의 분노보다 더 두렵소."

"그래요? 당신은 그 눈물을 더 보게 될 터인데. 저 애는 당신 없이 살 수 없다고 말하더군." 올마이어가 무표정하게 말했다. "그러니, 그녀가 죽지 않게 빨리 그녀에게 돌아가야 하지 않을까."

그가 불쾌한 웃음을 큰소리로 터뜨려 다인은 우려하는 표정으로 그를 응시했다. 하지만 그는 보트의 뱃전에서 내려와 태양을 올려다보며 니나에게 천천히 걸어갔다.

"해가 높이 뜨면 떠난다고 했지요?" 그가 말했다.

"네, 투안. 그때 우린 갑니다." 다인이 대답했다.

"오래 기다리지 않아도 되겠군." 올마이어가 내뱉듯이 말했다. "당신이 가는 걸 보는 게 내겐 아주 중요해. 둘 다 말이야. 아주 중요한 일이지." 그는 걸음을 멈추고 다인을 뚫어지게 바라보며 반복해 말했다.

그가 다시 니나 쪽으로 걸어가자, 다인은 뒤에 남았다. 올마이어는 딸에게 다가가 잠시 그녀를 내려다보며 서있었다. 그녀는 눈을 뜨지 않았지만, 다가오는 발소리를 듣자 낮게 흐느끼며 "다인"이라고 중얼거렸다.

올마이어는 잠시 망설이다가 그녀 옆의 모래 위에 주저앉았다. 그녀는 자신의 부름에 아무런 대답도, 손길도 못 느끼자 눈을 떴다. 눈앞의 자신의 아버지를 보고는 갑자기 두려움에 질려 일어나 앉았다.

"아, 아버지!" 그녀가 희미하게 중얼거렸는데, 그 단어에 후회와 두려움과 싹트는 희망이 담겨 있었다.

"니나, 나는 너를 절대 용서하지 않는다." 올마이어가 감정이 배제된 목소리로 말했다. "나는 너의 행복만을 꿈꾸었는데 너는 내 심장을 찢어놓았다. 너는 나를 기만했어. 너의 눈은 내겐 진실 그 자체와도 같았는데 그 시선이 매번 나에게 거짓말을 한 거구나. 얼마나 오랫동안 그런 것이냐? 네가 가장 잘 알겠지. 네가 내 뺨을 어루만져 줄 때도 너는 저 남자와 만날 신호인 일몰이 오기만을 초조하게 기다리고 있었던 거지. 저기 있는 저자 말이다!"

그는 말을 중단했다. 두 사람은 서로를 바라보지 않고 넓고 광활한 바다를 응시하면서 말없이 나란히 앉아있었다.

올마이어의 말에 니나의 눈물이 말라버렸다. 눈앞에 무한히 펼쳐진 푸른 천 같은 바다, 마치 하늘인 것처럼 투명하고 조용하고 흔들림 없이 빛나는 바다를 응시하며 그녀의 표정이 굳어져 갔다. 그도 역시 바다를 바라보고 있었다. 그의 얼굴에서 모든 표정이 사라져 버리고 눈 속의 생명도 꺼져버린 듯했다. 그의 얼굴은 아무런 감정, 느낌, 이성의 표시도 없고, 그 사실조차 의식 못 하는 것처럼 멍한 표정이었다. 모든 열정, 회한, 슬픔, 희망, 혹은 분노, 모든 감정이 사라져 버린 듯했다. 마치 이 마지막 타격에 모든 것이 끝장이 나버려 더 이상의 기록이 필요하지 않은 것처럼, 운명의 손에 의해 모든 감정이 삭제되어 버린 듯했다.

올마이어의 짧은 여생 동안 그를 본 사람은 몇 명 되지 않는다. 그들은 늘 내면에서 일어나고 있는 것을 전혀 모르고 있는 듯한 그의 표정에 강한 인상을 받곤 했다. 그의 얼굴은 마치 죄, 회한, 고통, 그리고 낭비된 삶을 모르타르와 돌로 에워싸고 있는 무심하고 차디찬 감옥의 벽 같았다.

"뭘 용서하고 말고 하신다는 건데요?" 니나가 물었다. 올마이어에게 물었다기보다는 자기 자신과 논쟁이라도 하는 것 같았다. "아버지가 자신의 삶을 사는 것처럼, 제가 제 자신의 삶을 살 수는 없는 건가요? 아버지가 원하셨던 길은 저와 상관없이 그냥 닫혀버렸어요. 제 잘못이 아니에요."

"너는 내게 그 말을 한 적이 없었다." 올마이어가 투덜댔다.

"아버지도 제게 물은 적이 없었죠." 그녀가 대답했다. "그리고 저는 아버지도 다른 사람들과 마찬가지라고 생각해서 신경 쓰지 않았어요. 저는 제 치욕의 기억을 혼자만 간직했지요. 제가 딸이기 때문에 아버지께 그런 일이 일어났다고 말씀을 드려야 하나요? 아버지가 제 복수를 해주실 수 없다는 걸 알고 있는데요."

"하지만 나는 오로지 그 길만 생각하고 있었다." 올마이어가 말을 끊었다. "네가 고통을 받던 그 짧은 기간에, 나는 그저 네게 행복한 인생을 주고 싶어 했었던 거다. 내가 아는 건 오로지 그 길뿐이었어."

"아! 하지만 그건 제 길이 아니었어요!" 그녀가 대답했다. "아버지는 제게 생명 없이 행복을 주실 수 있다고 생각하세요? 생명이요!" 그녀가 갑작스레 힘을 주어 말을 해서 마지막 말이 바다 위로 울려 퍼졌다.

"힘과 사랑을 의미하는 생명 말이에요." 그녀가 낮은 목소리로 덧붙였다.

"저자 말이냐!" 올마이어가 가까이에 서서 그들을 궁금

하다는 표정으로 바라보고 있는 다인을 손가락으로 가리
키며 말했다.

"네! 저 사람이요." 그녀가 부친의 얼굴을 정면으로 바
라보며 대답했다. 그러고는 그의 얼굴이 부자연스럽게 경
직되어 있는 것을 처음으로 알아차리고 다소 두려움을 느
꼈다.

"나는 차라리 내 손으로 너를 목을 졸라 죽이고 싶구나."
올마이어가 무표정한 목소리로 말했다. 자신의 목소리가
속으로 느끼는 필사적이고 통렬한 감정과 너무도 대조적
이어서 자신도 놀랐다. 그는 그 말을 한 것이 누군지 스스
로 자문해 보았다. 누군가를 보기를 기대하는 듯 천천히
주위를 둘러본 후 다시 시선을 바다로 돌렸다.

"아버지는 제 말의 뜻을 이해하지 못했기에 그런 말씀
을 하시는 거예요." 그녀가 슬프게 말했다. "아버지와 어머
니 사이에 사랑은 전혀 없었어요. 삼비르로 돌아와 보니,
마음을 평화롭게 감싸줄 피난처가 될 거라고 생각한 장소
가 권태와 증오로 가득한 곳이 되어 있었어요. 서로에 대
한 경멸로 가득한 곳이요. 저는 아버지 목소리도 듣고, 어
머니 목소리에도 귀를 기울였어요. 그리고 아버지는 저를
이해할 수 없다는 걸 알게 되었어요. 왜냐하면 저는 그 여
인의 일부가 아니었나요? 아버지 인생에서 회한과 수치였

던 그 여인 말이에요. 저는 선택을 해야 했어요. 저는 망설였지요. 아버지는 장님처럼 왜 아무것도 못 보셨나요? 제가 아버지 눈앞에서 몸부림치는 걸 보지 못하셨나요? 하지만, 그가 왔을 때 모든 의심이 사라졌어요. 제겐 오로지 구름 한 점 없는 푸른 하늘의 빛만 보이더군요."

"나머지는 내가 말해주겠다." 올마이어가 끼어들었다. "저 남자가 나타났을 때 나 또한 하늘의 푸른빛과 햇빛을 보았다. 그 하늘에서 갑자기 벼락이 내리쳤고, 갑자기 내 주변의 모든 것이 영원히 조용하고 캄캄해져 버렸다. 니나야, 나는 절대 너를 용서할 수가 없다. 그리고 내일이면 나는 너를 잊을 것이다! 나는 너를 결코 용서 못 해." 그가 기계적으로 고집스레 말을 반복했고, 그녀는 부친을 바라볼 수가 없다는 듯 고개를 숙인 채 앉아있었다.

그녀를 용서하지 않겠다는 자신의 의도를 분명히 밝히는 것이 그에게는 중요해 보였다. 그에게는 맹세코 딸에 대한 믿음이 희망의 토대였으며 용기 내어 살아가고 투쟁의 결단을 내리게 하는 동기였다. 오로지 그녀를 위해서 싸워 이기려고 했던 것이다. 그런데 이제 그 믿음이 사라져 버렸다. 성공의 바로 그 순간에 그녀는 자신의 손으로 그 믿음을 무너뜨려 버렸다. 어둠 속에서 잔인하게 배신해버린 것이다.

애정과 감정의 산산조각 난 잔해 속에서, 어깨부터 발까지 몸을 휘감는 채찍질처럼 찌르듯이 아픈 고통의 혼란스러운 느낌 속에서, 뒤죽박죽 혼란스러운 사고의 무질서 속에서, 오로지 그녀를 용서하지 않겠다는 생각과 또 다른 생생한 욕망, 바로 그녀를 잊겠다는 욕망만이 그에게 분명하고 확실하게 남아있었다. 그리고 이 점을 자꾸 반복함으로써 그녀에게 ―자신에게도― 그것을 명백하게 전달해야 했다.

올마이어는 그것이 자기 자신에 대한 의무이자 자신의 훌륭한 친족 ―자신의 동족― 에 대한 의무 그리고 자신의 삶의 끔찍한 파국에 의해 흔들리고 불안해진 우주에 대한 의무라고 생각했다. 그는 그 점을 분명하게 파악했으며, 자신이 강한 남자라고 믿었다. 그는 자신의 확고한 불굴의 의지에 늘 자부심을 갖고 있었다. 그러나 두려웠다. 그녀는 그의 전부였다. 그녀에 대한 사랑의 기억이 자신의 위엄을 약화하면 어떻게 하나? 그녀는 훌륭한 여성이었다. 그는 그것을 알 수가 있었다. 자신에게 잠재된 위대한 유전자가 ―그는 그리 믿고 있었는데― 그 작고 앳된 존재에게 모두 주입되어 있었다. 그녀는 위대한 일들을 이룰 수가 있었다!

그는 갑자기 그녀를 받아들이고 수치와 고통과 분노를

잊고 그녀를 따라간다면 어떨까 하는 생각이 들었다. 피부색이야 바꿀 수 없지만 마음은 지금이라도 바꾸면 어떨까! 그럼으로써 어떤 불행이 와도 그녀를 지켜주는 건! 사랑하는 두 사람 사이에서 그녀의 삶이 더 편해지게 해주는 건 어떨까! 그의 마음은 그녀를 갈망하고 있었다! 그녀에 대한 사랑이 그 무엇보다 훨씬 더 강하다고 말해버리면…… 어떨까!

그는 그런 생각을 하는 자신에게 갑자기 두려움을 느끼고, 펄쩍 뛰며 "니나, 나는 너를 결코 용서 못 한다!"라고 외쳤다.

이것이 그가 살면서 목소리를 높인 마지막 순간이었다. 그 후로 그는 단조롭게 속삭이는 듯한 목소리로만 말하게 되었다. 강한 충격을 받고 마지막으로 요란하게 울리면서 한 줄만 빼고 모든 줄이 끊어져 버린 악기처럼.

그녀가 일어나서 그를 바라보았다. 그의 그 격렬한 외침 소리에 그녀는 본능적으로 그의 사랑을 확신하게 되어 오히려 진정이 되었다. 그녀는 그 사랑의 슬픈 찌꺼기를 필사적으로 가슴에 품었다. 사랑이라면 어떤 유형이건 당연히 자신의 것이고, 자신의 삶의 숨결 자체라고 여기면서. 그 파편과 조각에조차 집착하는 여인들처럼 사랑에 대한 무절제한 탐욕을 보이면서. 그녀는 두 손을 올마이어의 어깨에 얹고, 반은 다정하게 반은 장난스럽게 그를 바라보며 말했다.

"저를 사랑하셔서 그렇게 말씀하시는 거지요."

올마이어는 고개를 흔들었다.

"맞아요. 그런 거예요." 그녀가 부드럽게 주장하고, 잠시 후 "그리고 아버지는 저를 결코 잊지 못하실 거예요."라고 덧붙였다.

올마이어가 약간 몸을 떨었다. 이보다 더 잔인한 말이 있을까.

"지금 배가 들어옵니다." 다인이 해안과 작은 섬 사이의 물 위에 있는 검은 반점 쪽으로 팔을 뻗으며 말했다.

그들 모두 그것을 바라보며 말없이 서있었다. 작은 카누가 해안으로 조용히 다가왔고, 한 남자가 내려서 그들 쪽으로 걸어왔다. 그는 조금 떨어진 곳에서 멈추고 머뭇거렸다.

"무슨 일인가?" 다인이 물었다.

"우리는 밤에 은밀히 지시를 받았소. 이 섬에서 한 남자와 한 여자를 태우고 떠나라는 지시요. 여자는 알겠는데, 남자는 두 분 중 어느 쪽이오?"

"자, 나의 눈에 기쁨을 주는 여인이여." 다인이 니나에게 말했다. "이제 우리는 갑니다. 앞으로 나만이 당신의 목소리를 듣게 될 것이오. 당신은 아버지, 투안 푸티에게 마지막으로 할 말을 다 했지요. 자, 갑시다."

그녀는 여전히 시선을 바다에 두고 있는 올마이어를 바라보며 잠시 망설이다 그의 이마에 키스를 남겼다. 그녀의 눈물 한 방울이 그의 뺨으로 떨어져 그의 무표정한 얼굴 위로 흘러내렸다.

"안녕히 계세요." 그녀가 속삭이고 망설이며 서있자 그는 그녀를 다인에게 확 밀어버렸다.

"내가 조금이라도 불쌍하다면," 올마이어가 암기한 문장을 반복하듯이 중얼거렸다. "저 여인을 빨리 데리고 가요."

올마이어는 몸을 똑바로 세우고 어깨를 뒤로 젖혔다. 고개를 높이 들고, 서로의 팔에 안긴 채 해안을 따라 카누로 걸어가는 그들을 바라보았다. 그리고 모래에 남은 그들의 발자국을 바라보았다. 그는 수직으로 뜬 태양의 뜨거운 빛 속에서, 승전을 알리는 청동 나팔처럼 거칠게 전율하는 그 빛 속에서, 움직이고 있는 그들의 모습을 계속 지켜보았다.

그는 남자의 갈색 어깨, 허리에 두른 붉은 사롱을 바라보았다. 그가 부축하고 있는 키가 크고 호리호리하고 눈이 부시도록 하얀 형체를 바라보았다. 하얀 드레스, 흘러내린 길고 검은 머리를 바라보았다. 그는 가슴에 분노와 절망과 회한을 안은 채, 얼굴에는 망각을 조각한 것 같은 평화로운 표정을 담은 채, 카누가 저 멀리 점점 작아지는 것을 바라보았다. 그는 속으로 갈가리 찢긴 기분이었다. 하지만 알리는 —이제 잠이 깨어 주인의 바로 옆에 서있었는데— 그의 얼굴에서 시력을 잃은 사람들의 절망적인 차분함 같은 그런 멍한 표정을 보았을 뿐이다.

카누가 사라졌지만, 올마이어는 그 흔적에 시선을 고정한 채 꼼짝도 않고 서있었다. 알리가 손으로 얼굴에 그늘을 만들고는 저쪽 해안을 궁금한 듯 바라보았다. 태양이지자, 북쪽에서 바닷바람이 올라와 유리 같은 수면을 바람결에 흔들리게 했다.

"보인다!" 알리가 기쁜 듯이 외쳤다. "주인님, 보여요! 프라우선이 보여요! 저기 말고요! 붉은 땅 타나 미라 쪽을 보세요. 아하! 그쪽이요. 주인님, 보여요? 이제 똑똑히 보여요. 그렇죠?"

올마이어는 눈으로 알리의 손가락 방향을 한참 쫓아갔으나 찾질 못했다. 그러다 마침내 탄종 미라의 붉은 절벽을 배경으로 삼각형 모양의 노랑 빛을 볼 수 있었는데, 프라우선의 돛에 햇빛이 반사된 것으로, 검붉은 만을 배경으로 화려한 색조가 뚜렷하게 돋보였다. 노란 삼각형이 절벽에서 절벽으로 서행하다가 마지막 육지의 돌출부를 벗어나, 푸른 망망대해에서 아주 잠시간 찬란하게 빛났다. 그러더니 프라우선이 바람을 타고 남쪽을 향해 나아가며, 바다를 향한 채 외로이 참을성 있게 텅 빈 바다를 굽어보고 있던 가파른 곳의 그림자 속으로 들어섰다. 그러자 돛에서 빛이 빠져나가고 갑자기 배가 완전히 보이지 않게 되었다.

올마이어는 미동도 하지 않고 있었다. 작은 섬 주변의 대기는 잔물결의 속삭임으로 가득 차있었다. 깃털 모양의 잔물결이 어린 생명의 날렵함으로 대담하고 즐겁게 해안으로 뛰어올랐다가, 노란 모래에 투명한 거품을 넓은 곡선 모양으로 남기며 재빨리 저항 없이 우아하게 죽어버렸다. 위로는 하얀 구름이 뭔가를 따라잡기라도 하는 듯 빠르게 남쪽으로 흘러갔다. 알리는 초조해졌다.

"주인님," 그가 소심하게 말을 꺼냈다. "이제 집에 가야 할 시간이에요. 한참 노를 저어야 하는 거리예요. 준비 다 됐습니다."

"잠깐만," 올마이어가 속삭였다.

그녀가 가버린 지금 그가 할 일은 잊는 것이었다. 그는 그 일이 체계적으로, 그리고 순차적으로 이루어져야 한다는 이상한 생각을 했다. 그는 손과 무릎을 대고 엎드려서 모래를 따라 기어가며 손으로 조심스럽게 니나의 발자국을 다 지웠다. 이를 본 알리는 무척 당황스러웠다. 물가 바로 옆까지 조그만 모래더미를 덮어 올려서, 그의 뒤로 작은 무덤의 모형이 일렬로 늘어서게 되었다. 그는 니나의 희미한 마지막 발자국까지 묻어버린 후에야 일어났다. 마지막으로 프라우선을 봤던 육지 쪽으로 고개를 돌리며 그는 결코 용서하지 않겠다는 단호한 결심을 다시 한번 큰 소리로 외치려고 노력했다.

그를 불안하게 바라보던 알리의 눈에 그가 입술을 달싹이는 것만이 보였다. 그는 발을 굴렀다. 자신은 단단한 바위처럼 강한 남자였다. 보내버려라. 딸은 아예 없었어. 그는 잊을 것이다. 이미 잊어버리고 있었다.

알리가 즉각 출발해야 한다고 주장하며 그에게 다시 다가갔다. 이번에는 그도 동의하고 앞장서서 카누로 내려갔다. 꿋꿋하게 버텼지만, 천천히 해변의 모래 위로 발을 질질 끌며 갈 때 그는 무척 낙담하고 힘이 없어 보였다. 그의 옆에 ─알리에게는 보이지 않는─ 특별한 악마가 따라다니고 있었는데, 인간이 삶의 의미를 잊을까 봐 기억을 일깨워주는 일을 맡고 있는 듯했다. 악마는 올마이어의 귀에 여러 해 전 아이가 재잘거리던 소리를 들려주었다. 올마이어는 머리를 옆으로 숙인 채 보이지 않는 동반자의 말을 듣고 있는 듯이 보였는데, 그의 얼굴은 뒤통수를 세게 맞아 죽은 사람의 얼굴, 갑자기 나타난 저승사자에 의해 모든 감정과 모든 표정이 말살되어 버린 그런 얼굴을 하고 있었다.

그들은 그날 밤 강에서 잤다. 덤불 아래 카누를 정박하고 나란히 카누 바닥에 누운 채, 지친 육신이 일시적으로 소멸되는 것 같은 깊은 잠이 들었다. 어찌나 피로감이 심했던지 허기와 갈증, 그리고 모든 감정과 생각까지 다 잊게 만드는 깊은 잠에 빠져들었다.

다음날 그들은 다시 출발하여 아침 내내 강물의 흐름과 집요하게 싸우고 정오 무렵이 되자 겨우 마을에 도착하여 링가드 앤 컴퍼니의 방파제에 작은 보트를 단단히 묶었다. 올마이어는 곧장 집으로 걸어갔고 알리는 뭔가 먹고 싶다는 생각을 하며 어깨에 노를 얹고 뒤따라갔다.

그들이 앞마당을 건너갈 때, 뭔가 버려진 곳 같다는 느낌을 받았다. 알리는 하인들의 여러 숙소를 바라보았으나 모조리 텅 비어있었다. 뒤뜰도 마찬가지로 아무런 소리도 들리지 않고 생명이라곤 전혀 찾아볼 수 없는 느낌이었다. 조리실에 불은 꺼져 있고 타다 만 검은 재는 식어 있었다.

바나나 농장에서 살금살금 나오던 키 큰 야윈 남자가 놀란 눈을 크게 뜨고 그들을 어깨너머로 돌아보면서 넓은 공간을 가로질러 재빠르게 도망쳐 버렸다. 주인이 없는 떠돌이처럼 보였다. 마을에는 그런 사람들이 제법 있었고, 그들은 올마이어를 자기네 주인으로 여겼다. 그들은 올마이어네 구역을 배회하고 다니다가, 지나가는 길에 방해가 되었을 때 그 백인이 욕설을 퍼붓는 것 이상의 나쁜 일은 일어나지 않을 것으로 확신하며 그냥 그곳에 눌러앉았다. 그들은 올마이어를 믿고 좋아하면서 자기들끼리는 그냥 그를 '바보'라고 불렀다.

올마이어가 뒤 베란다를 통해 들어간 저택에서 살아있는 것이라곤 그의 작은 원숭이뿐이었다. 지난 이틀간 돌보는 이 없이 배를 곯았던 원숭이는 낯익은 얼굴을 보자 즉각 원숭이 언어로 울부짖으며 불평을 해댔다. 올마이어는 몇 마디 말로 원숭이를 달래주고 알리에게 바나나를 좀 가져오라고 지시했다. 그리고 알리가 바나나를 가지러 간 동안, 그는 엉망으로 엎어져 있는 가구들을 바라보며 앞 베란다 입구에 서있었다. 마침내 그는 테이블을 바로 세우고 그 위에 앉았다. 원숭이가 대들보에서 사슬을 타고 내려와 그의 어깨에 폴짝 올라탔다. 바나나가 도착하자 둘은 함께 먹었다. 둘 다 배가 고팠고, 완벽한 우정 속에 서로를 믿고 침묵하며 주변에 껍질을 마구 뿌려대며 허겁지겁 탐욕스럽게 바나나를 먹었다.

집 주변에 머물던 여자들이 모두 사라졌고, 어디를 갔는지 알 수가 없었다. 알리는 투덜거리며 스스로 밥을 지으러 갔다. 올마이어는 신경 쓰는 것 같지 않았다. 마침내 식사를 마친 후, 그는 테이블에 올라앉아 다리를 흔들면서 생각에 빠진 듯 강을 응시하고 있었다.

시간이 좀 지난 후 그는 일어나 베란다의 오른쪽에 있는 방으로 갔다. 그것은 사무실이었다. 링가드 앤 컴퍼니 사무실. 그는 거기에 좀처럼 들어간 적이 없었다. 이제 아무런 사업도 없으니 사무실이 필요하지 않았다. 문이 잠겨있었다. 그는 아랫입술을 물어뜯으며 열쇠가 어디에 있는지 생각해 내려고 애썼다. 갑자기 생각이 났다. 여자들 방의 못에 걸려 있었다.

그는 붉은 커튼이 주름이 잡힌 채 얌전히 걸려 있는 문간으로 가서 잠시 망설이다가 무슨 견고한 장애물을 부숴버리기라도 하듯 어깨로 커튼을 밀어젖혔다. 창문으로 들어오는 햇살이 바닥에 큼직한 사각형 모양을 이루고 있었다. 그는 왼쪽에 올마이어 부인의 큼직한 나무 궤짝이 뚜껑이 열린 채 텅 비어있는 것을 보았다. 그 옆에 놓인 니나의 유럽식 트렁크에서 황동 못으로 된 큼직한 'N.A.'라는 이니셜이 반짝거리고 있었다. 니나의 드레스 몇 벌이 버려진 데 대해 자존심이 상한 것처럼 뻣뻣하게 나무못에 걸려 있었다. 그는 그 나무못을 만들어주던 자신의 모습을 떠올리며, 그 못이 무척 잘 만들어졌다는 생각을 했다. 열쇠는 어디 있는 거야?

그는 둘러보다가 자신이 서있는 문간 가까이 열쇠가 있는 것을 보았다. 그것은 붉게 녹이 슬어 있었다. 그걸 보며 그는 무척 화가 났다. 그러고는 곧 자신의 감정에 의아해했다. 무슨 상관이라고? 곧 열쇠든 문이든 다 사라지고 말텐데! 그는 손에 열쇠를 쥐고 잠시 멈춰 서서 자신이 무엇을 하려던 건지 다시 자문해 보았다. 그는 다시 베란다로 나가 생각에 잠겨 테이블 옆에 서있었다. 원숭이가 뛰어내리더니 바나나 껍질을 잡아채고 정신없이 열심히 조각조각 뜯어내고 있었다.

"잊어버린다!" 올마이어가 중얼거렸다. 그 말이 그에게 하려는 일의 순서, 해야 할 일에 대한 구체적인 계획을 떠오르게 했다. 그는 이제 무슨 일을 해야 하는지 완벽하게 깨달았다. 우선 이것, 그다음 저것, 그러고 나면 잊어버리는 일이 쉬워질 것이다. 아주 쉬워지지. 그는 죽기 전에 잊어버리지 않으면 죽은 후에도 영원히 기억하게 될 거라는 생각에 사로잡혀 있었다.

그의 삶에서 없애버려야 하는 일들이 있었다. 완전히 말살되고 파괴되고 잊혀야만 했다. 그는 절대 기억이 사라지지 않을 거라는 생각에 당황하여, 자신의 앞에 놓인 죽음과 영원에 대해 두려움을 느끼면서 오랫동안 깊은 생각에 잠겨있었다. "영원!" 그는 큰 소리로 외치고, 그 소리에 꿈에서 깨어났다. 원숭이가 깜짝 놀라 바나나 껍질을 떨어뜨리고 그를 바라보며 잘 보이려는 듯이 이를 드러내고 웃었다.

올마이어는 사무실 문 쪽으로 가서 힘들게 문을 열었다. 안으로 들어가자 발밑에서 먼지가 구름처럼 피어올랐다. 뜯겨나간 장부들이 펼쳐진 채 바닥에 흩어져 있었다. 결코 펼쳐진 적이 없다는 듯이 더러워지고 검어진 채 놓여있는 것들도 있었다. 회계장부. 그 장부에 그는 자신의 불어나는 재산을 날마다 기록하려고 했었다. 오래전 일이었다. 무척 오래전이었다. 수년간 그 장부의 파랗고 빨갛게 줄 쳐진 페이지에 기록할 것이 전혀 없었다! 방 한가운데 큼직한 사무용 책상이 하나 있었는데, 다리 하나가 부러져 좌초된 배의 선체처럼 한쪽으로 기울어져 서랍이 거의 모두 쏟아져 내렸으며 오래되고 먼지가 앉아 누렇게 된 서류 더미가 드러나 있었다. 회전의자가 제자리에 놓여있었지만, 돌려보려고 하니 회전축이 움직이질 않았다. 상관없었다.

그는 단념하고 시선을 천천히 옮겨 물건을 하나하나 바

라보았다. 모든 것들이 당시에는 비용이 무척 많이 나갔었다. 책상, 서류, 찢어진 장부, 부러진 선반들 모든 것에 먼지가 두껍게 앉아있었다. 끝장나 버린 사업의 잔해. 그는 이 모든 것을 바라보았다, 일하고 투쟁하고 지치고 낙담하면서도 수없이 견뎌낸 오랜 세월 후에 남은 것들. 이것이 다 무엇을 위해서였나?

그가 자신의 과거를 슬프게 돌아보며 서있는데, 이 모든 잔해와 폐허와 쓰레기 사이에서 어린아이가 맑은 목소리로 말을 하는 것이 또렷이 들려왔다. 그는 마음속에 공포를 느끼며 깜짝 놀라, 열병에 걸린 듯이 바닥에 흩어져 있는 서류를 긁어모으기 시작하고 의자를 부숴 조각내고 서랍을 책상에 내려쳐서 쪼개고 방 한쪽에 이 모든 잡동사니를 모아 큼직한 쓰레기 더미를 쌓아 올렸다.

그는 빨리 나와 문을 쾅 닫고 열쇠를 돌려 빼내서는 베란다의 앞쪽 난간으로 달려가서 있는 힘을 다해 집어던졌다. 열쇠는 윙 소리를 내며 강으로 날아갔다. 그러고 나서 그는 테이블로 천천히 돌아가 원숭이를 불러내려 쇠사슬을 풀어주고 자신의 재킷 안쪽에 얌전히 앉아있게 했다. 테이블에 다시 앉아 자신이 막 나온 사무실의 문을 뚫어져라 쳐다보았다. 그는 집중해서 귀를 기울였다. 사르륵하는 메마른 소리, 그리고 마른 나무가 꺾이는 듯 날카롭게 쪼개지는 소리, 갑자기 높이 솟아오르는 새의 날갯짓 같은 윙 윙 소리를 들었다. 그리고 열쇠 구멍을 통해 가느다란 연기가 새어 나오는 것을 보았다. 원숭이가 그의 코트 아래서 몸부림쳤다.

알리는 눈알이 튀어나올 것 같은 표정이었다. "주인님! 집에 불이 났어요!" 알리가 외쳤다.

올마이어가 테이블을 붙잡고 일어났다. 그는 마을에 놀라고 당황한 비명 소리가 울려 퍼지는 것을 들었다. 알리는 큰 소리로 울부짖으며 두 손을 쥐어짰다.

"바보 같으니, 시끄러워!" 올마이어가 조용히 말했다. "내 그물침대와 담요들 집어서 저쪽 집에 갖다 놔. 빨리!"

연기가 문틈 사이로 쏟아져 나오고, 두 팔에 그물침대를 든 알리가 한달음에 베란다의 계단을 내려갔다.

"불이 잘 붙었군." 그가 혼자 중얼거렸다. "잭, 조용히 해." 원숭이가 품에서 빠져나오려고 미친 듯이 날뛰자, 그가 말했다.

문이 위에서 아래로 쪼개지며 불꽃과 연기가 쏟아져 나와 그는 테이블에서 베란다의 앞쪽 난간으로 밀려났다. 그곳에 남아있다가 머리 위로 쾅음이 들리자 지붕에 불이 붙은 것을 확신하고는 베란다의 계단을 뛰어 내려왔는데, 머리 주변을 화관처럼 맴돌며 따라오는 푸른 연기 때문에 기침이 나고 반쯤 질식할 것 같았다.

올마이어네 뜰과 촌락 사이에 경계를 이루는 개천의 건너편에 삼비르의 주민들이 몰려 나와서 백인의 집이 타오르는 것을 바라보고 있었다. 바람이 없는 공중으로 옅은 벽돌색 불꽃이 강렬한 태양의 진홍빛 반짝임 속에 솟아오르고 있었다. 가느다란 연기 기둥이 흔들림 없이 똑바로 올라가다가 청명한 푸른 하늘로 사라져 버렸다. 흥미를 느낀 구경꾼들은 두 건물 사이의 넓고 텅 빈 공간에서 키 큰 투안 푸티가 고개를 푹 숙이고 발을 질질 끌면서 불길 쪽에서 '올마이어의 어리석음'이라고 불리는 자신의 은신처 쪽으로 천천히 걷고 있는 것을 보았다.

그렇게 하여 올마이어는 자신의 새집으로 옮겨가게 되었다. 그는 새로운 폐허에서 살게 되었고, 그의 마음에서 나오는 꺼지지 않는 어리석음 속에서, 망각이란 것을 불안과 고통 속에서 기다리기 시작했다. 망각은 참으로 천천히 다가오는 것이었다. 그는 할 수 있는 모든 것을 다했다. 니나가 존재했던 것을 말해주는 모든 흔적을 다 없애 버렸다. 매일 아침마다 오늘 해가 지기 전에 그리도 갈구하는 망각이 올 것인지, 죽기 전에 오기는 할 것인지 스스로 물어보곤 했다. 그저 잊을 수 있게 될 만큼만 살았으면 하고 바랐다.

끈질긴 기억이 두려움과 죽음의 공포에 빠지게 했다. 그 목적을 이루기 전에 죽음이 온다면, 그는 영원히 기억하게 될 것이다. 그는 또한 외로움을 갈망했다. 혼자 있고 싶었다. 그러나 그러지를 못했다. 셔터가 닫힌 방들의 희미한 불빛 속에서, 베란다의 밝은 햇빛 속에서, 그가 어디를 향하든 예쁜 올리브색 얼굴에 검은 긴 머리를 하고 어깨에 느슨히 흘러내리는 작은 분홍빛 가운을 걸치고는 사랑받는 아이의 다정한 신뢰감으로 자신을 올려다보던 소녀의 자그마한 형상이 보였다.

알리는 아무것도 보지 못했지만, 그 역시 집 안에 있는 아이의 존재에 대해 잘 알고 있었다. 마을로 내려가 저녁 불가에서 그는 친한 친구들에게 올마이어의 기이한 행동에 대해 길게 이야기를 늘어놓곤 했다. 올마이어는 노년에 마법사로 변해버렸다. 알리는 투안 푸티가 밤이 되어 자러 갔을 때 방에서 뭔가에 대고 말을 하는 걸 종종 듣곤 했다. 알리는 그것이 '아이의 형상을 한 영혼'이라고 생각했다. 그는 주인이 아이에게 말을 걸 때 어떤 표현과 어휘를 쓰는지 알고 있었다. 주인은 말레이어를 약간 쓰고, 대부분은 영어로 이야기를 했는데, 알리는 자신이 그 말을 알아들을 수 있다고 말했다. 주인님은 때로 아이에게 부드럽게 말을 걸었고, 그다음엔 울고 웃으며 야단치고 가라고 간청하며 욕하곤 했다. 그 영혼은 못되고 고집이 센 듯했다. 알리는 '주인님이 무분별하게 영혼을 불러내고 이제 와서 그 영혼을 없애버리지 못하는 것'이라고 생각했다.

주인은 무척 용감했다. 올마이어는 이 영혼을 바로 앞에서 야단치는 걸 두려워하지 않으며 한때는 싸우기까지 했다. 알리는 방안에서 뛰어다니는 시끄러운 소리와 신음 소리를 들었다. 주인이 신음하는 것이었다. 영혼들은 신음하지 않으니까. 올마이어는 용감했지만 어리석었다. 그는 영혼을 해칠 수 없지 않은가. 알리는 주인이 다음날 죽어있을 것으로 생각했지만, 주인은 다음날 아침 일찍 전날보다 훨씬 늙어 보이는 표정으로 방을 나왔고, 하루 종일 음식에 손도 대지 않았다.

알리는 마을 사람들에게 여기까지 이야기했다. 포드 선장에게는 훨씬 더 많은 것을 얘기했다. 포드 선장은 지갑을 가지고 있는 데다 또 명령을 내렸기 때문이다. 매달 포드가 삼비르를 방문할 때마다 알리는 '올마이어의 어리석음'의 거주자에 대해 보고하러 배 위에 오르곤 했다. 니나가 떠난 후 처음 삼비르를 방문했을 때 포드는 올마이어와 관련된 일들을 떠맡게 되었다.

올마이어의 일은 그리 골치 아픈 문제는 아니었다. 상품을 보관하던 창고는 비어있었고, 보트들은 사라져 버렸다. 보트들은 —대체로 밤이 되면 그러했는데— 운송 수단이 필요한 삼비르의 여러 주민들에 의해 잘 사용되고 있었다. 대홍수가 났을 때, 링카드 앤 컴퍼니의 부두가 아마도 더 상쾌한 환경을 찾기 위해서인지 둑에서 벗어나 강으로 떠내려가 버렸다. 심지어 거위 떼조차도 —'동쪽 해안의 유일한 거위들'— 그들의 황량한 옛집보다는 숲의 미지의 어둠을 선호하여 어디론가 떠나가 버렸다.

시간이 흐름에 따라, 옛집이 서있던 검은 땅에 잡초가 무성해졌다. 올마이어의 젊은 시절의 희망과 화려한 미래에 대한 어리석은 꿈, 각성, 그의 절망을 담고 있던 그 집의 위치를 표시할 만한 것은 아무것도 남아있지 않게 되었다.

올마이어를 방문하는 것이 별로 유쾌한 일은 아니었기에 포드는 그를 자주 찾지 않았다. 처음에 올마이어는 늙은 선원이 떠들썩하게 자신의 건강에 대해 묻는 데 대해 맥없이 답변을 하곤 했다. 이 세상의 어떤 소식도 자신은 아무런 관심이 없다는 것을 분명히 하는 목소리였지만, 세상 소식을 물으면서 그래도 대화를 하려는 노력을 하기는 했다. 그러다가 그는 점차 더 조용해졌다. 퉁명스럽지는 않았지만 말하는 법을 잊은 것 같았다.

그는 집의 가장 어두운 방에 숨어있곤 했으며, 포드는 자

기 앞에서 껑충대며 지껄이는 원숭이의 안내로 그를 찾아
내야 했다. 원숭이는 늘 거기에서 포드를 맞이하고 안내하
곤 했다. 작은 동물이 주인을 완전히 책임지고 있는 듯했
다. 그를 베란다로 나오게 하고 싶으면 원숭이는 그의 재
킷을 계속 힘껏 잡아당겼다. 그는 싫어하는 햇빛 속으로
마지못해 끌려 나오곤 했다.

어느 날 아침 포드는 벽에 등을 대고 다리를 뻣뻣하게 뻗
고 팔을 옆으로 늘어뜨린 채 베란다 바닥에 앉아있는 그를
발견했다. 그의 무표정한 얼굴, 크게 뜬 눈, 확장된 동공,
경직된 자세로 인해 그는 망가져서 구석에 팽개쳐진 거대
한 인형처럼 보였다. 포드가 계단을 올라오자, 그는 머리
를 천천히 돌렸다.

"포드," 그는 바닥에서 중얼거렸다. "나는 잊을 수가 없
어요."

"그래요?" 포드가 쾌활하려고 노력하며 순진하게 말했
다. "나도 당신 같으면 좋겠군요. 나는 기억력이 나빠지고
있는데요. 아마 나이 때문이겠죠. 저번 날만 해도, 내 하사
관이……"

포드는 말을 멈추었다. 올마이어가 비틀거리며 일어나
친구의 팔을 잡으며 몸을 바로 세웠기 때문이었다.

"자! 오늘 좋아 보이는군요. 곧 괜찮아질 겁니다." 포드

가 쾌활하게 말했지만 약간 두려운 생각이 들었다.

올마이어는 그의 팔을 놓고, 강의 반짝이는 윤슬을 무표정하게 바라보며, 머리를 들고 어깨를 뒤로 젖히고 몸을 곧추세웠다. 그의 재킷과 헐거운 바지가 미풍에 펄럭이며 그의 가느다란 다리를 쳤다.

"그녀를 그만 잊어!" 그가 거슬리는 목소리로 속삭였다. "그녀를 놔버려. 내일이면 난 잊을 거야. 나는 강한 사람이다. 강하지…… 바위처럼… 강해……."

포드는 그의 얼굴을 바라보았다. 그리고 도망쳤다. 포드 선장 역시 상당히 강한 사람이었다. 그와 함께 항해했던 사람들은 그렇다고 증언할 수 있다. 그러나 올마이어의 기행은 그가 감당하기에는 너무 도가 지나친 것이었다.

다음번 증기선이 삼비르를 들렀을 때, 알리는 슬퍼하며 일찌감치 배에 올랐다. 그는 포드에게 중국인 짐-웅이 올마이어의 집에 쳐들어와서 지난달 내내 거기서 살다시피 했다고 불평했다.

"그리고 함께 피워댑니다." 알리가 덧붙였다.

"아이고! 아편 말인가?"

알리가 고개를 끄덕였다. 포드는 생각에 잠겨있었다. 그리고 혼자 중얼거렸다. "불쌍한 인간! 이제 빠를수록 더 낫겠군." 오후에 그는 집 쪽으로 걸어갔다.

"당신 여기서 뭐 하는 거요?" 그가 베란다에서 한가롭게 거닐고 있는 짐-웅을 보고 물었다.

짐-웅은 엉터리 말레이어를 쓰면서 이미 아편 중독이 한참 진행된 사람의 단조롭고 무심한 목소리로 자신의 집이 낡고 지붕이 새고 바닥이 썩었다고 말했다. 그래서 올마이어가 오랜 세월 친구였으니, 돈과 아편과 파이프 두 개를 챙겨서 이 큰 집으로 살러 왔다고 말했다.

"방이 많아요. 그는 아편을 피우고 나는 여기 살아요. 그는 오래 피우지는 못할 거예요." 그가 단정적으로 말했다.

"지금 그는 어디에 있소?" 포드가 물었다.

"안에요. 자고 있어요." 짐-웅이 귀찮은 듯이 대답했다.

포드는 복도를 통해 안을 힐끗 들여다보았다. 방의 희미한 빛 속에 올마이어가 나무 베개를 베고 바닥에 등을 대고 누워있는 것이 보였다. 가슴 위에 길고 하얀 수염이 흩어져 있고, 얼굴은 누렇게 떴으며, 반쯤 감긴 눈꺼풀 아래 눈의 흰자위만이 보였다…….

그는 몸을 부르르 떨며 돌아섰다. 떠나려다가 그는 짐-웅이 집의 기둥에 색 바랜 붉은 비단 조각을 막 붙여놓은 것을 보았다. 기다란 천 조각에는 중국 글자가 적혀 있었다.

"그게 뭐요?" 그가 물었다.

"저거요." 짐-웅이 생기 없는 목소리로 말했다. "이 집의 이름이지요. 우리 집 거랑 똑같아요. 아주 좋은 이름이에요."

포드는 잠시 그를 쳐다보다가 그냥 가버렸다. 그는 빨간 비단에 새겨진 이상한 미로 같은 중국 글자가 무엇을 의미하는지 알지 못했다. 그가 짐-웅에게 물었다면 그 참을성 많은 중국인은 자부심을 보이며 그 의미는 '극락(極樂)의 집'이라고 설명해주었을 것이다.

그날 저녁 바발라치가 포드 선장을 찾아왔다. 선장의 선실은 갑판 쪽으로 열려있었는데, 선장은 안쪽에 놓인 긴 의자에서 파이프 담배를 피우고 바발라치는 높은 계단에 걸터앉아 있었다. 증기선은 다음날 아침 떠날 예정이었고, 늙은 정치가는 마지막 대화를 나누러 여느 때처럼 이곳을 방문하고 있었다.

"지난달 발리에서 소식이 왔어요." 바발라치가 이야기했다. "늙은 라자에게 손주가 태어났대요. 그래서 모두들 기뻐하고 있답니다."

포드가 관심을 보이며 자세를 고쳐 앉았다.

"네," 바발라치가 포드의 표정에 대답하듯이 말을 계속했다. "그에게 말해줬지요. 그가 아편을 시작하기 전이었어요"

"그렇군. 그리고?" 포드가 물었다.

"나는 죽어라 도망쳤어요." 바발라치가 무척 진지한 표정으로 말했다. "그 백인이 몸이 무척 약해졌는데, 나를 덮치려다가 쓰러졌거든요." 그리고 잠시 후 그가 덧붙였다. "그녀는 기뻐서 어쩔 줄을 몰라요."

"올마이어 부인 말이요?"

"네. 그녀는 우리 라자의 집에서 살고 있어요. 그녀는 빨리 죽지 않을 거예요. 그런 여자들은 오래 살거든요." 바발라치의 목소리에 다소 유감스럽다는 어조가 담겨 있었다. "그녀에게는 은화가 있는데, 파묻어 놨어요. 하지만 우리는 어디에 묻었는지 다 알죠. 우리는 그 사람들 때문에 힘들었어요. 백인들한테 벌금도 물어야 하고 협박도 들어야 했지요. 그리고 지금도 조심해야 해요." 그는 한숨을 쉬고 오랫동안 말이 없었다. 그리고 힘차게 말을 꺼냈다.

"전투가 벌어질 겁니다. 섬들에 전쟁의 기운이 감돌아요. 내가 오래 살아서 이런 것까지 봐야 할까요? ……아, 투안!" 그가 좀 더 목소리를 낮추어 말을 계속했다. "옛날이 좋았어요. 심지어 나까지도 라는 해적들과 함께 배를 탄 적이 있어요. 하얀 돛을 단 야간 해적선에 승선했었지요. 영국인 라자가 쿠칭을 다스리기 전의 일이에요. 그때 우리는 우리끼리 싸우고 행복했어요. 이제 우리는 당신들과 싸우니 죽는 수밖에 없지요!"

그가 가려고 일어났다. "투안," 그가 말했다. "당신은 그 불랑지의 여자 노예 생각나세요? 이 모든 문제를 일으켰던 여자 말입니다."

"기억나지." 포드가 말했다. "그녀가 어떻게 되었는데요?"

"그녀는 점점 마르고 일도 할 수 없게 되었죠. 그러자 불랑지, 그 돼지고기를 먹는 도둑놈이 그녀를 내게 오십 달러에 팔았어요. 나는 그녀를 좀 통통해지게 하려고 내 아내들에게 보내 함께 살게 했지요. 그녀의 웃음소리를 듣고 싶었어요. 하지만 그녀는 뭔가에 홀렸던 게 틀림없어요……. 이틀 전에 죽었답니다. 아니, 투안. 왜 욕을 하십니까? 나는 늙었지요. 맞아요. 하지만 나라고 내 집에서 젊은 얼굴을 보고 젊은 목소리를 들으면 안 됩니까?" 그는 말을 멈추고 다소 슬픈 웃음소리를 내며 덧붙였다. "내가 꼭 백인같이 말하네요. 서로 남자답지 못한 이야기를 잔뜩 주고받는 백인들 말이에요."

그는 무척 슬픈 표정으로 떠나갔다.

'올마이어의 어리석음' 건물의 계단 앞에 군중이 반원을 그리며 몰려들어 앞뒤로 말없이 움직이고 있었다. 그러다가 흰옷을 입고 터번을 쓴 무리가 풀밭을 가로질러 건물 쪽으로 나아가자 군중은 길을 열어주었다. 압둘라가 레시드의 부축을 받아 맨 앞에서 걷고 삼비르의 모든 아랍인이 그 뒤를 따르고 있었다. 사람들이 존경하는 표정으로 길을 터준 사이로 압둘라 일행이 들어서자, 나지막이 중얼거리는 소리가 들렸다. 그 가운데 "죽었어."라는 말이 또렷이 들렸다. 압둘라가 걸음을 멈추고 천천히 주위를 돌아보았다.

"그가 죽었는가?" 그가 물었다.

"만수무강하소서!" 군중이 짧게 외쳤다. 숨죽인 침묵이 뒤따랐다.

압둘라는 몇 발자국 앞으로 나아갔다. 그는 자신의 오랜 적이었던 인물과 마지막으로 마주하게 되었다. 한때 그가 어떤 존재였든 간에 지금은 전혀 위험하지 않았다. 그는 이른 시각의 부드러운 빛 아래 생명을 잃은 채 뻣뻣이 누워있었다. 동쪽 해안의 유일한 백인이 죽은 것이다. 그의 영혼은 지상의 어리석음의 족쇄로부터 해방되어 이제 영원한 지혜의 세계로 들어서게 되었다. 하늘을 향해 놓인 그의 얼굴에는 고뇌와 고통으로부터 갑자기 풀려난 평온한 표정이 깃들어 있었다. 이는 구름 한 점 없는 하늘 아래 여기 무관심한 시선들 아래 누워있는 이 남자가, 죽기 전에 드디어 잊을 수 있었다는 것을 말없이 증언해주는 것이었다.

압둘라는 그리 오랫동안 싸우고 또 여러 차례 패배시켰던 이 이교도를 슬프게 내려다보았다. 신앙이 깊은 자가 이긴 것이다. 하지만 늙은 아랍인의 마음에는 인생에서 사라져 버린 것에 대한 회한의 감정 같은 것이 남아있었다. 그는 우정, 적의, 성공, 실망 ―인생을 이루었던 그 모든 것들― 을 빠르게 떠나보내고 있었다. 그의 앞에는 이제 종말만이 남아있었다. "진정한 신자는 남아있는 날들을 기도로 채우리라!" 그는 허리에 매달린 염주를 손에 꼭 쥐었다.

"제가 그를 발견했습니다. 아침에 여기 이 모습으로 있는 것을요." 알리가 경외심에 찬 낮은 목소리로 말했다.

압둘라는 그 평온한 얼굴을 다시 한번 차갑게 바라보았다. "가자." 그가 레시드에게 말했다.

그들 앞에서 뒤로 물러나는 군중들 사이를 지나가며, 압둘라는 손에 쥔 염주를 굴리며 엄숙하고 나지막한 목소리로 알라의 이름을 경건하게 불렀다.

"자비로운 주여! 자애로운 주여!"

옮긴이의 말

조셉 콘래드를 만난 지 어언 사십 년이 넘었다. 처음 만
난 작품은 『어둠의 심연』(Heart of Darkness)이었다. 대
학 신입생 때였나? 이문동 좁은 건물의 한구석에 동아리
친구 몇이 모여 이 작품을 읽기 시작했다. 그때만 해도 번
역본은 찾아볼 수 없던 시절. 원서를 들고 끙끙댔던 기억
이 떠오른다. 도전! 뭔가 어둡고 심오한 진리가 담긴 것 같
아 사전을 뒤적이며 열심히 읽었다. 그 이후로도 여러 번
더 읽게 되었는데, 재밌는 사실은 몇 년의 시간 차를 두고
다시 읽을 때마다 이전과 다른 작품처럼 다가왔다는 것이
다. 그 유명한 '익명의 화자'가 보이지 않았고, 내 마음대
로 재창작을 했던 것 같다. 부족한 영어 실력 때문인지 그
만큼 내가 성장했다는 얘기인지…… 이 작품을 읽었다는
자부심으로 뿌듯해하던 대학 초년생 시절이 귀엽게 추억
되기도 한다.

그렇게 만난 콘래드. 망망대해 위의 작은 배, 폭풍우 앞의 작은 등불, 전쟁으로 무너진 인간 사회 등 주로 삶의 극한 상황을 그린 작가. 거대한 어둠 앞에서 나약하기만 한 인간군상, 동시에 그러한 인간에게서 보이는 영혼의 힘. 뭔가 어둠의 진리를 추구하는 듯한 분위기에 감동을 느끼며 점차 콘래드에 빠지게 되었다. 『노스트로모』(Nostromo)를 읽으며 인간 조건의 아이러니에 두려움을 느끼기도 하고, 『로드 짐』(Lord Jim)은 전반부를 읽으며 마치 미로를 헤매는 듯 좌절하다가 완독했을 때 보물을 찾아낸 듯 기뻐하기도 하고, 『서구인의 눈으로』(Under Western Eyes)를 읽으며 러시아 청년의 비극적 운명이 어쩌나 우리네 삶과 이렇게도 유사할까 공감하기도 했다.

그리고 10년 만에 콘래드를 떠났다. 그와 함께 내 젊은 시절도 마감된 것이 아닌가 싶다. 지방의 소도시로 내려와 연구실에 자리 잡은 후, 몸은 정착하였으나 마음은 방황을 시작한 것 같다. 페미니즘, 고딕소설, 포스트콜로니얼리즘, 아동문학 등 여러 분야를 여행하듯 돌다 보니 정년에 이르렀다. 다시 콘래드가 그리웠다. 나이가 들어서인지, 그간 지적 허영심에 외면했던 초기 작품이 새삼 정겹고 흥미로웠다. 한때 좋아했던 로버트 루이스 스티븐슨과

맞닿은 점도 많아 두 작가를 함께 다루는 논문을 쓰고 싶다는 생각에 이르기도 했다.

그러다 문득 콘래드의 난해한 대표 작품들은 번역이 되었는데, 초기작의 번역본이 전무하다는 사실을 깨달았다. 그렇게 『올마이어의 어리석음』(Almayer's Folly)의 번역을 시작했다. 번역 작업은 콘래드를 한 인간으로 새로이 보게 되는 과정이었다. 나이 탓일 수도 있다. 하지만 콘래드를 한 인간으로, 그의 창작품을 그의 일부로 읽어보는 일에 진정 흥미를 느꼈다.

콘래드의 부모는 폴란드 출신으로 러시아 치하에서 독립운동을 했다는 이유로 시베리아로 유배되었고, 어린 콘래드는 그곳에서 부모를 잃는다. 외숙부에게 맡겨진 그는 자유와 모험을 찾아 프랑스로 떠나 배에 오르고, 이십 대에 영국 상선에 올라 영어를 배우게 된다. 뒤늦게 배운 영어로 그 난해한 작품을 완성하다니! 아직도 강의할 때 학생들에게 "이삼십대에 영어를 배운 사람이 세계적인 유명작가가 된 사례가 있으니 여러분도 분발하라."라고 말하곤 한다.

콘래드는 실제로 1887년에 영국 상선 비다 호에 올라 싱가포르와 현재의 인도네시아 지역을 오갔으며, 『올마이어의 어리석음』은 이때의 경험을 토대로 하고 있다. 콘래드는 아프리카 작가들로부터 제국주의 작가라는 비판을 받기도 하는데, 이 작품을 보면 그들의 생각이 바뀔지도 모르겠다. 유럽에서 식민지로 이주한 백인과 말레이 군도에 뒤엉켜 살아가는 다양한 아시아인들의 심리, 그들이 엮어내는 인간 조건을 어쩌면 이렇게 잘 파악했을까. 이 초기작에는 낯선 공간에 처한 백인의 생존을 위한 몸부림, 현지인들의 꿋꿋하고 질긴 삶, 아시아인의 지혜와 힘, 혼혈 여인의 갈등과 사랑, 질투와 죽음 등 다양한 주제가 여실히 묘사되어 있다.

젊은 시절, 난해한 언어유희와 진리 탐구를 주제로 한 작품들을 선호했는데, 지금은 이 초기작의 아름다움에 눈 뜨게 되었다. 판타이 강의 일출과 일몰, 밀림과 폭우, 현지인들의 총천연색의 생활상, 니나와 다인의 호기심 어린 사랑, 올마이어의 자부심과 좌절, 해적 출신인 올마이어 부인의 심리, 말레이인 라캄바, 아랍인 압둘라, 중국인 짐-웅, 전략가 바발라치, 사랑에 눈뜬 질투의 화신 타미나 등 다양한 인물들이 어우러진 상상과 현실의 공간.

여행을 떠나고 싶어진다.

내년 여름은 니나와 다인의 섬 발리에서 보내게 될 것
같다.

2021년 초겨울
원유경

용어 정리

· **길더** Guilder

네덜란드의 화폐 단위. 기호는 G.

·**다야크족** Dayak

보르네오섬의 오지에 사는 말레이계 종족.

· **라눈** Lanun

말레이인의 민담에 등장하는 무서운 해적.

· **라우트섬** Laut

보르네오섬 동쪽에 위치한 작은 섬.

· **라자** Rajah

말레이어로 왕 또는 추장을 의미.

· **마두라섬** Madura

자바섬 동북부에 있는 섬.

· 메카 Mecca

이슬람의 창시자인 무함마드의 출생지이자
고대부터 성지로서 순례자가 많이 모이는 종교 도시.

· 발리 Bali

자바섬 동쪽에 위치한 섬으로 힌두교민이 지배적임.
작품에서는 다인 마룰라의 왕국.

· 바타비아 Batavia

자카르타의 옛 이름. 17세기 이후 유럽의 아시아 무역을
주도한 네덜란드 동인도회사 무역망의 중심지.

· 방갈로 Bungalow

높은 천장과 넓은 창, 베란다로 이루어진 단층집.

· 보고르 Bogor

자바 섬 서부의 휴양 도시. [옛 이름] 뷔텐조르그 Buitenzorg.

· 보르네오 컴퍼니 Borneo company

1856년에 런던에서 말레이 동부에 세운 회사.

· 부기스족 Bugis

말레이 군도에 흩어져 있는 부족 이름.

· 빈랑 Betel nut

야자나무과 식물 빈랑의 잘 익은 씨를 말린 것.
빈랑자는 카페인, 니코틴, 알코올과 같은
중독성 자극제.

· 베르디 Verdi 음악

일 트로바토레 Il Trovatore 를 의미.
중세 스페인을 무대로 하는 이 오페라는
음유 시인을 주인공으로 하여 극이 전개되는데,
극 중 주인공이 사랑하는 여자의 이름이
'레오노라 Leonore'다.

· **삼비르** Sambir

허구의 지명으로 작품의 주요 무대.

보르네오섬의 베라우 Berau 강 인근 지역을 말한다.

· **수라바야** Surabaya

자바섬 북동부 해안의

교역 중심지.

· **술루** Sulu

필리핀 남서부의 주.

· **스쿠너** Schooner

둘 내지 네 개의 돛대에 세로돛을 단 서양식 범선.

· **스트레이트 식민지** The Straits Settlement

19세기 초 영국의 동인도 회사가

동남아시아 지역에 세운 식민지.

작품에서는 싱가포르에 위치한 마을을 말함.

· 세마랑 Semarang
자바섬의 중요한 무역항.

· 셀레베스섬 Celebes
현재 이름은 술라웨시 Sulawesi 섬.

· 아낙 아공 Anak Agong
왕족을 일컫는 호칭.

· 아킨 전쟁 Acheen war
현재 인도네시아의 북서쪽 끝단에 위치한 아킨 부족과
네덜란드의 전투(1873-1904)를 의미함.

· 암페난 Ampenan
누사 탠가라 바라트의 어촌 마을.

· 쿠칭 Kuching
보르네오섬 북부의 항구 도시.

· 탄종 미라 Tanjong Mirrah
셀레베스섬 북쪽의 붉은 절벽으로 이루어진 해변.

· 투안 Tuan
말레이어의 옛말로 남성, 또는 높은 사람의 경칭.

· 판타이 강 Pantai
현재 보르네오섬의 베라우강을 의미.
작품의 주요 무대이다.

· 프라우선 Prau
말레이 해적들이 즐겨 탔던
길고 좁은 모양의 빠른 돛배.

· 하렘 Harem
이슬람 국가에서 부인들이 거처하는 방.

· 하지 Haji
메카 순례를 마친 인물에게 부여되는 경칭.
이슬람 교도들의 존중을 받는다.

· 본문에서 언급되는 술 종류 중 와인을 제외한
증류주 및 독주는 편의상 모두 위스키로 통일했음.

올마이어의 어리석음
Almayer's Folly

초판 1쇄 발행 | 2021년 12월 13일

지은이	조셉 콘래드
옮긴이	원유경
발행인	김인후

편집	정은진
디자인	김민영
마케팅	구예원
경영총괄	박영철
주소	서울시 은평구 통일로1034, 판매시설동 228호
문의전화	02-322-8999
팩스	02-322-2933
블로그	https://blog.naver.com/eta-books
발행처	이타북스
출판등록	2019년 6월 4일 제2020-000126호
이메일	eta-books@naver.com
ISBN	979-11-6776-270-2 (03840)